昨日まで名前も呼んでくれなかった公爵様が、急に溺愛してくるのですが？

TOブックス

著 三月叶姫
イラスト whimhalooo

二章　忘れられない君との記憶 ～アレクシア公爵～

イラスト whimhalooo　デザイン 團夢見（imagejack）

プロローグ

灼熱の炎に包まれ、朱色に揺らめく部屋の中――。


力無く地面に倒れ伏す僕の目の前には、一人の女性が横たわっている。

瞳を閉じ、透き通るような白い肌を自らの血で真っ赤に染め上げた彼女は、既に事切れている。

彼女は僕を殺そうとした男の前に立ち塞がり、身を挺して僕を守ってくれた。

その姿を、僕はただ後ろから見ている事しかできなかった。

誰よりも大切で、守りたかった。

僕が唯一、心から愛した女性。

マリエーヌ――。

僕はまだ、その名前を一度も呼んであげた事がない。

この胸に秘めたままの彼女への愛も、幾重にも積み重なり溢れそうな感謝の言葉も。

何一つ、伝える事ができなかった。

誰よりもずっと近くにいたのに――僕は彼女に何もしてあげられなかった。

今だって、少しでも彼女の傍に近付き、寄り添いたい。

まだ温もりを残しているであろうその手に触れたい。

それなのに……僕の体はピクリとも動いてくれない。


僕も間もなく、死を迎えるだろう。


肌を焦がすほどの熱の痛みが全身を駆け巡る。

息をする事もままならない苦しさに意識が朦朧《もうろう》とする。

――だが、それよりも僕の胸を埋め尽くすのは、無尽蔵に膨れ上がる激しい後悔の念。

叫び出したいほどの悔しさは涙となり、僕の瞳から溢れ出した。


僕は本当に馬鹿な男だ。

こんな状態になるまで、彼女の優しさに気付けなかったなんて――。

どうして僕は、彼女の事をもっとよく知ろうとしなかったのだろう。

なぜ、少しでも話をしようとしなかったのだろうか。

もしそれができていたのなら……彼女を幸せにする事ができたのかもしれないのに――。

彼女こそ、幸せにならなければいけない人だった。
こんな愚かな僕の事情に巻き込まれて、その尊い命を落とす必要なんてなかったはずだ……！
だから――。

神様。

どうかもう一度だけ……僕にチャンスを与えてください。
今度こそ、彼女を幸せにするチャンスを――。

もしもそんな奇跡が起きたなら……。

一度も呼んであげられなかったその名を呼び、伝える事ができなかった君への愛を……。
今度こそ……惜しむ事なく君に伝えよう――。

一章　不可解な溺愛生活の始まり　～マリエーヌ～

昨日まで、名前も呼んでくれなかったのに

「マリエーヌ！　マリエーヌ！　どこにいるんだ!?」

何日にもわたって打ち付ける雨が降り続けて、ようやく晴れた日の朝。

私の名前を呼ぶ声が、この公爵邸内に響き渡った。

その声は、いつものように自分の部屋で一人、身支度をしていた私の耳にも届いてきた。

腰まで伸びる亜麻色の髪を櫛《くし》で梳いていた手を止めて、私はその声が聞こえてきた扉の方に顔を向ける。パチパチと瞬きを二度繰り返し、首を傾げた。

――公爵様が……私の名前を呼んでいる？

必死に私の名前を呼んでいる声の主は、この公爵邸の家主であり、私の夫――アレクシア・ウィルフォード公爵様。

公爵様は三日前、原因不明の高熱を出して倒れたらしい。それからは、執務室の隣にある自分のお部屋で療養していたみたいだけれど、熱はもう大丈夫なのかしら？

私はその間、公爵様とは一度も会っていないので、詳しい容体は分かっていない。公爵様が倒れたという話も、この屋敷で働く使用人の会話を聞いて初めて知った。

部屋の外からは、使用人がバタバタと慌ただしく走る足音が聞こえてくる。

「公爵様⁉　どうされましたか⁉」

「うるさい！　僕に近寄るな！　今すぐマリエーヌに会わないといけないんだ！　マリエーヌ！　いるんだろう⁉　マリエーヌ！」

その声は、私がいるこの部屋へと徐々に近付いてくる。

いついかなる時も冷静沈着な公爵様が、あんなに声を荒げて取り乱しているなんて……きっと只事じゃないんだわ。よっぽどの切羽詰まった何かがあったんだわ。

だとしても、なんでそんなに必死になって私を捜しているの？


昨日まで、公爵様に名前を呼ばれた事なんて一度もなかったのに――。

◇◇◇

私がこの公爵家に嫁いできたのは一年前の事。

当時、私の年齢は二十一。公爵様は二十七だった。

私のお義父様は二年前、経営していたレストランが倒産し、多額の借金を背負った。

男爵の爵位が剥奪されるのも時間の問題と思われていた時。借金を肩代わりすると言い、救いの手を差し伸べてきたのが、このレスティエール帝国で随一の規模を誇る領地を統治している、アレクシア公爵様だった。

その代わりにと、私との婚約話を持ち掛けて。

『冷血公爵』

『人の血が流れていない殺人鬼』

『返り血を浴びすぎて瞳の色が血の色に染まっている』


そんな身の毛のよだつ噂が後を絶たない公爵様と、結婚したがる貴族令嬢は見つからず、借金に苦しむ私の家に目を付けたらしい。

婚約話を聞いたお義父様は、私の意思を確認する事なく喜んでこの話を受け入れた。

今の私のお義父様は、既にこの世を去った私のお母様の再婚相手で、私を愛してなどいなかった。私を気に掛けた事もなく、実の娘であり、私と同い年のスザンナばかりを可愛がっていた。

お義父様は多額の借金を清算するため、結納金を多く納めてくれそうな人を私の嫁ぎ先にしようと、躍起になって探していた。そこに舞い込んできた公爵様からの婚約の申し出は、願っても無いことだったに違いない。更には、生活するためには十分すぎるほどの補助金を毎月支給してもらえるという事で、この婚約話は私が知らないところでとんとん拍子に進んでいった。

そうして婚約した私たちだったけれど、公爵様は婚約が成立して結婚するまでの半年間、私に会いに来る事は一度もなかった。

行われた結婚式も、書類にサインをして終わりという、形式だけのもの。参列者は私のお義父様と、公爵様の右腕として働いている補佐官の二人だけだった。

結婚して一緒に暮らすようになってからも、会話をするどころか、顔を合わせる事もほとんどなかった。邸内で偶然会っても、全く興味なさそうに顔を背けられ無視される始末。食事ももちろん別々。私は食堂に案内された事もない。いつも食事の時は、無愛想な使用人が冷め切った料理を部屋まで運んできたので、それを一人で食べていた。だけどそれも時々、忘れられる事もあった。本当に忘れたのか、忘れたふりをしていたのかは分からないけれど。

ここで働く使用人も、私とはほとんど口を利かず、公爵様に無視される私を見て密かにほくそ笑んでいた。だけど、それを気に病んだ事はない。

実家にいた時からずっと、似たような境遇だったから——。

いつも私の存在を無視する公爵様だったけれど、月に一度だけ、私を夫婦共有の寝室に呼んだ。そういう時の公爵様は、決まってお酒の香りを漂わせ、虚ろな様子で少し不機嫌。そして私と目を合わせる事もなく、まるで作業のように子供を成すための行為をした。

私も、自分にとって唯一の役割を果たすため、義務的にそれに応えた。

愛されたいだなんて、期待しても無駄なだけ。

公爵様にとって、私は世継ぎを産むためだけの道具にすぎないのだから——。

◇◇◇

そう思っていたのに、公爵様は何であんなに必死になって私を捜しているのだろう。

私、何か怒らせる事をしたかしら……？

だけど、公爵様の仕事に関わる事なんて何もしていない。

公爵夫人という肩書きを持っていても、社交界に顔を出す必要はないと言われているので、貴族たちが集まるお茶会や夜会とは無縁で過ごしてきた。それに外出を許されていない私は、毎日この公爵邸の自室で、誰とも関わらないように一人で大人しく過ごしてきただけ。窓から見える中庭のお花を遠目で眺めたり、趣味の刺繍をもくもくとしてみたり。ただそれだけの日々。

公爵様の怒りを買う覚えは全くないのだけど、なんだか少し怖い。……いや、やっぱり凄く怖いわ。一体、何をやらかしてしまったのかしら。

「マリエーヌ!!」

その声と共に、ダァンッ！　と音を立てて、私の部屋の扉がものすごい勢いで開かれた。

ビクッと肩を跳ねさせ、私はとっさに扉へ背を向けた。

訳も分からず、恐怖と緊張でドキドキと心臓がうるさく音を奏でている。

公爵様が私を睨み付ける冷たい瞳――それを思い出すだけでカタカタと勝手に体が震え出す。

なんで私を捜していたのかは分からない。もしかしたら、この屋敷から出て行けって言われるのかもしれない。……だけど、それでもいい。

ここで公爵様や使用人たちから冷遇された生活を死ぬまで続けるよりも、その方がより良い人生を歩めそうな気がする。

――大丈夫。覚悟は、決まったわ。

「はい。お呼びでしょうか、公爵さ――」

私は吹っ切れた笑顔を張り付けて振り返り——その光景を見て絶句する。

そこには、絹糸のような白銀色の髪を乱し、しわくちゃな寝間着姿で、ハァハァと息を切らしている公爵様の姿。その瞳は大きく見開かれ、なんとも切なげな顔で私を真っすぐ見つめていた。

開いた口元はただ震えるだけで、何の言葉も発してこない。

初めて見るような公爵様の姿に、私はただ唖然《あぜん》としたまま固まってしまった。

だけど、切なげに何かを求める公爵様の瞳から、私は目を逸らせない。

次の瞬間、公爵様の深紅の瞳が大きく揺らぎ、ポロポロと大粒の涙が溢れ出した。

「あ……あ……。マリ……エーヌ……ほんとに……君……なのか……？」

公爵様は一層切なそうに眉を寄せ、絞り出すような声を漏らしながら私に手を伸ばしてきた。

そのままゆっくりと歩きながらこちらへ近付いてくる。悲痛に顔を歪め、頬からは涙がひっきりなしに滴り落ちる。私を求め縋る姿が痛々しくて、こちらまで胸が締め付けられた。

公爵様のそんな姿を、私は一度も見た事はない。

他人に隙なんて絶対に見せない。周りは全て敵だと思っているような——そんな公爵様だから。

それなのに、こんなに涙を流す姿を人前に晒しているなんて……夢でも見ているのかしら？

…………………………って、いけない。ボーっとしている場合じゃないわ。

私はポカンと開いていた口をグッと閉じ、表情を引き締め直す。しっかりと息を吸い込み背筋を伸ばすと、公爵様の前まで歩み寄った。そこで丁寧に深々とお辞儀をして、

「はい。正真正銘のマリエーヌでございます」

震えそうになる声を必死に吐き出し、慎重に顔を持ち上げた。胸の内に秘めている動揺が表れてしまわないようにと、できる限りの自然な笑顔で公爵様と向き合う。

――というか、公爵様って私の顔も知らなかったの？　一緒に住み始めて一年になるのだけど。でも、それも十分ありえるわね。今まで、私とまともに目を合わせてもくれなかったし。ある日突然、別の人と入れ替わっていたとしても、きっと気付かれない。

公爵様にとって私って、それくらいの存在だもの。

それはともかく、屋敷を追い出されるだけならいいのだけど、私が何か大きな失態をしていて、その代償を払えと言われたらどうしよう。お義父様はきっと私を助けてはくださらないでしょうし、そうなると身売りしてでも埋め合わせしろとか言われたら……。

その先を想像し、震える手の平を力一杯握りしめて、公爵様の言葉を待った。

――とりあえず、謝る準備だけはしておこう。

「マリエーヌ……君を愛してる」

「はい、申し訳ありま…………は？」

「な⁉」

突拍子もなく言われたその言葉に、私だけでなく、扉の前に集まっていた使用人からも驚きの声が上がった。

あいしてる？　今、あいしてるって言ったの？　きみって……わたしのこと……？

……公爵様。

きっとまだ熱が下がっていないんだわ。

熱が高すぎて、なんだかおかしくなってしまっているんだわ。

その熱を確認しようと、私は公爵様の額に手を伸ばし、触れる直前でピタリと止めた。

以前、公爵様の服に付いていた髪の毛を取ろうと手を伸ばした時、その手を払い除けられたのを思い出したから。鋭く冷たい眼光を私に向け「勝手に僕に触れるな」と、不快感をあらわにしながらそう吐き捨てられた。

私は自分の夫に許可なく触れる事すらも、許されていないのだった。

伸ばした手を引っ込めようとした時――突然、その手をガシッと力強く掴まれ、公爵様の方へと引き寄せられた。

「!?」

「マリエーヌ!」

公爵様は、そのまま私の手のひらに自らの頬を擦り寄せた。

思いがけない公爵様の行動に、ビクッと私の体が跳ねる。そしてそのまま硬直した。

公爵様の頬に触れる手の平から体温が直《じか》に伝わり、尋常じゃない熱を帯びているのが分かる。確かに、この高熱では正気を保つ方が難しいかもしれない。そう自分に言い聞かせ、私は小さく深呼吸して気持ちを落ち着かせると、声を絞り出した。

「公爵様。あの……まだお熱が高いようですが大丈夫でしょうか？　お部屋にお戻りになられた方が良ろしいかと……」

すると、公爵様は一瞬沈黙した後、既に赤くなっていた頬を更に赤く染め上げ、潤む瞳を嬉しそうに細めた。

「ああ、それはきっと君の温かい手に触れたから、嬉しさで僕の体温が舞い上がってしまったんだ。僕の心の炎が燃え上がるほど喜んでいるのだろう」

……………え？　なに？　今、なんて言いました？　心の……炎？

……公爵様。

絶対、熱、あると思います。燃え上がるほどの高いお熱が。

私が怪訝な顔で見つめていると、公爵様は切なく顔を歪めながらも、今までに見た事がないくらい優しい表情で微笑んだ。

そんな風に微笑まれて、私はドキッと音が出てしまうかと思うほどに大きく心臓が跳ねた。

冷酷な性格ゆえ、領民から恐れられている公爵様だけど、その容姿は一級品。初めて顔を合わせた時は『容姿端麗』という言葉以上の表現を探してしまうくらい、その見目麗しさに思わず息を呑んだ。特に真紅の瞳は引き込まれそうなくらい神秘的で、光を浴びれば鮮やかな赤い輝きを放った。

それはまるで極限まで磨き上げられたルビーのごとく綺麗で、とにかく美しかった。

だけど、その美しい瞳が私に笑いかけてくれる事は一度もなかった。

私に向ける眼差しはいつも、ゾッとするほどに冷たく威圧的で。その瞳を思い出すうちに、高鳴っていた心臓は何事もなかったかのように落ち着きを取り戻していく。

今もなお、柔らかい笑みを浮かべている公爵様は、私の右手を握ったまま跪くと、力強い眼差し

をこちらに向けた。

「マリエーヌ。どうか僕ともう一度、結婚してくれないだろうか？」

そう告げた公爵様はとても真剣な表情で私を見つめ、静かに返事を待っている。

以前まで私へ向けられていた冷たい眼差しが、今はほとばしる熱を帯びていて、思わず息を呑んだ。

――どうしよう。公爵様、やっぱり熱でおかしくなっちゃっているんだわ。

「えっと……私と公爵様は既に結婚していますので、もう一度結婚するというのなら、一度離婚をしませんと――」

「それは駄目だ！」

叫ぶと同時に公爵様は勢い良く立ち上がり、私の両肩を力強く掴んだ。

「きゃ⁉」

「あっ……すまない！　つい……マリエーヌが僕から離れて行ってしまうと思ったら気が気じゃなくなって……本当に申し訳ない。怖がらせるつもりは一切《いっさい》なかったんだ。……どうか、僕を信じてほしい」

公爵様は慌てて手を離すと、今度は優しく包み込むように私を抱きしめた。

……あの公爵様が……謝った？

決して自分の非を認めない。人に謝罪をするなど絶対にないと有名な公爵様が、今謝りました？

しかもなぜか抱きしめられているこの状況。

信じられない事が矢継ぎ早に起きて、もはや私の頭は全然付いていかない。

訳が分からず目を回しそうになっている私の頬に、公爵様の胸元が触れた。そこからものすごい速さで鳴り響く心臓の鼓動が、私をだんだんと正気に戻していく。

やっぱり熱は相当高いみたい。とにかくすぐにでも休んでもらわないと……。

もう一度、公爵様に声を掛けようとした時、

「公爵様……病み上がりですので、まだお体が本調子ではないのではありませんか？　とりあえず、もう少しお休みになってからの方が――」

恐る恐る近寄って来た男性の使用人が、先に公爵様に声を掛けた。

だけど次の瞬間、公爵様の目付きは鋭く冷たい視線に変わった。それはいつも私を見ていたのと同じ。氷のように冷たい瞳。

その瞳は、今は私ではなく声を掛けてきた使用人へと向けられている。

「うるさい。僕は今、マリエーヌと話をしているんだ。口を挟むな」

ゾッとするほどの不機嫌な声に、使用人の顔は真っ青に染まっていく。

公爵様の瞳は更に鋭くなり、憎しみを込めるような口調で言葉を続けた。

「ああ、なんだお前か。お前はもう明日から来なくていい。荷物をまとめて今すぐにこの屋敷から出ていけ」

「はい？」

唐突に言い出した公爵様の解雇宣言に、当人だけでなく他の使用人たちもざわめき出す。

すると、公爵様は後ろに控える使用人たちへと視線を移した。

「あと、お前も。そこにいる侍女たちも全員だ。ここにいない奴らにも後で伝えよう。一度しか言わないからよく聞け。今すぐこの屋敷を出て、二度と僕とマリエーヌの前にその姿を見せるな」

「な⁉」

「なんですって⁉」

「どういう事ですか⁉　私たちが一体何をしたというのですか⁉」

解雇を言い渡された使用人たちが次々と抗議の声を上げる。

だけど公爵様の気迫溢れるひと睨みで、シン……と静まり返った。

ピリピリと緊張感が漂う部屋の中に、公爵様の怒りを孕んだ低い声が重々しく響いた。

「分からないのか？　お前たちはこれまでマリエーヌを見下し、ぞんざいな扱いをしてきたのだろう？　その事を、僕が許すとでも思っているのか……？」

「そ……それは……！　公爵様だってそうだったじゃありませんか！　奥様の事なんて、今までこれっぽっちも気にかけた事なんてなかったのに！　だから私たちだって同じようにしてきただけで……それなのに、なぜ私たちがこんな仕打ちを受けなければならないのですか⁉」

侍女の一人が声を荒らげて訴えかけると、公爵様は少しだけ顔を伏せ、唇をグッと噛みしめた。

悔しがるような、苦しんでいるような……そんな表情を顔に滲ませる公爵様の姿が切なくて、胸の奥がギュッと締め付けられた。

「その通りだ。僕の罪も、決して許されるものではない。こんな僕が、今更マリエーヌにどう償おうとも、償いきれないだろう」

そう言うと、公爵様は抱き締めていた私の体をそっと離し、真正面から私と向き合った。

さっきまでの辛そうな表情は薄れ、何かを決意するような力強い眼差しが私を見つめている。そんな熱心に見つめられた事なんて今までなくて、再びドキドキと心臓の音が忙しなくなる。

「マリエーヌ。今までの僕の愚行、本当に申し訳なかった。僕を許さなくてもいい。だけど、どうか君の傍にいる事だけは許してほしい。僕は君が幸せになるためならなんだってする。マリエーヌ。君は僕の全てなんだ」

熱のこもる眼差しで真っ直ぐ私を見つめる公爵様は、全くの別人になってしまったみたい。

「僕はこの先、何があっても君の事だけを生涯愛し続けると誓う。君の願いならどんな事でも叶えてみせる。たとえこの世界を敵に回しても、君の事だけはこの命が尽きるまで、いや尽きたとしても必ず守り抜いてみせる。だからマリエーヌ。どうか僕と共に生きてほしい。君を愛してるんだ」

まるで初めて恋に落ちた少年のごとく、公爵様は私の事を愛しくて仕方がないという顔で見つめている。その眼差しにからめ捕られ、赤く煌めく瞳から目を逸らせなかった。


だけど、私は公爵様の言葉をどう受け止めればいいのだろう。

だってこの状況、この言葉も全て、どう考えても高熱のせいだとしか思えない。

そうでなければ、あんなにも冷たかった公爵様が私に愛を囁くはずがない。

きっと明日になれば、公爵様は全てを忘れていつもの冷たい公爵様に戻っているはず。

だから今の言葉を鵜呑《うの》みにしちゃいけない。期待しては駄目。

信じて傷つくのは自分なのだから――。

◇◇◇

突然の公爵様の変貌。盛大すぎる愛の告白。

それらを現実として受け止めるには、私には身に余りすぎる出来事だった。

昨日まで名前も呼んでもらえなかった私が、どうして公爵様の「愛してる」を素直に信じる事ができるのだろうか。

公爵様が熱で倒れる前日も、廊下ですれ違った私と目を合わそうともしなかったのに。勇気を出して「おはようございます」と挨拶をしてみたけれど、それもあっさり無視された。

それなのに、たった三日、顔を合わせなかっただけで、急にそんな事を言われても何の実感も湧いてこない。

慌ただしい一日を終え、自室のベッドに身を投げ出した私は、今日の出来事を振り返った。

あれから私は、熱に浮かされた公爵様に見つめられ、逃がさないとでも言うように両肩を掴まれたまま、その場から動けずにいた。

使用人たちは、納得いかない様子を見せつつも、誰からともなく無言で解散し始めた。

二人だけ残された自室で、いたたまれなくなった私は重い口を開いた。

「あの……公爵様。やっぱりまだお熱が高いようなので、今日はもう、お部屋でお休みになられた方がよろしいかと思います」

「こんな時まで僕の心配をしてくれるのか……？　マリエーヌ。君はなんて優しい人なんだ。だが、僕が一番休まる場所は君の傍なんだ。だからこのまま、どうか君の傍にいさせてはくれないだろうか」

「…………」

耳を疑う発言に、思わず声を失い固まってしまった。

公爵様はキラキラと瞳を輝かせ、嬉しそうに私を見つめている。

ふいに、その美しい顔が私の目の前まで近付き、熱を帯びた手を私の頬に添えた。

「ずっと思っていたんだが……。マリエーヌの瞳はペリドットのように美しく、ダイヤモンドの輝きにも勝る神々しい眩さが秘められているな。君の瞳と比べれば、どれほど美しい宝石も全て霞《かす》んで見えてくるだろう。比べる事すらもおこがましいと思えてくるほどに――」

――あの、公爵様？　いきなりどうされました？

すると今度は私の亜麻色の長い髪を、公爵様はしなやかな手つきで撫でた。

「マリエーヌの髪の毛は上質な絹のような艶やかさがあり、なんとも麗しい。優雅に流れる川のごとくなめらかで、まるで神の手によって作られた芸術品にも思える……いや、君自身が神だった。君は僕の女神なのだから」

……髪なのか……神なのか……？

もはや公爵様が何を言っているのかよく分からない。

そんな感じでひっきりなしに私の容姿を褒めちぎり始めたのだけど、その大半は意味があまり分からなかったのでよく覚えていない。それでも、私に話しかける公爵様がとても嬉しそうにしていたので、私は当たり障りのない笑みを浮かべ、相槌を打つのに専念した。

そのうち、公爵様が笑顔を浮かべたままフラフラと振り子のごとく頭を揺らし始めたので、とりあえず公爵様のお部屋に一緒に戻り、ベッドに横になってもらった。

案の定、公爵様の熱は相当高く、氷水で作った氷嚢《ひょうのう》があっという間に溶けてしまうほどで。新しい物に取り換えるため、公爵様が眠るベッドから離れようとした時、ガシッと手首を強く掴まれた。

振り返ると、目を大きく見開いた公爵様が、必死な様子で私を引き止めていた。

「マリエーヌ。行かないでくれ……お願いだから。今は僕の傍から離れないでほしい」

まるで今にも捨てられそうな子犬のような瞳で見つめられ、なんとも後ろめたい気持ちになる。

「でも……新しい氷嚢を作ったらすぐに戻って来ますので……」

そう伝えても、公爵様が手を離してくれる様子はなく、私は仕方なくその場に留まった。ホッと小さく息を吐いた公爵様は、私の手を解き、掴んでいた箇所を優しく撫でた。

反省するように眉尻を下げると、沈んだ口調で私に謝罪した。

「すまない。マリエーヌ。強く握ってしまって……痛くはなかっただろうか」

「……いえ、大丈夫です」

私の言葉に表情を緩めた公爵様は、今度は私の手の平を優しく握った。

——本当に……今日の公爵様って……なんか変。

公爵様の手の平から、熱いくらいの体温が伝わってくる。誰かと手を繋ぐなんて、お母様と手を繋いだ時以来な気がする。

私がその手を握り返すと、公爵様は嬉しそうに目を細めた。

そのまましばらく私を見つめた後、名残惜しそうに瞼《まぶた》が閉じられ、静かに寝息をたてはじめた。

安らかな表情を浮かべて眠る公爵様の顔を、少しの間、見つめていた。公爵様の髪と同じ白銀色の長い睫毛は、一糸乱れぬ美しい曲線を描いている。

瞳も宝石のように美しいけれど、眠る姿まで美しいだなんて……。

私は公爵様の寝顔を今まで見た事がなかった。夜伽の後、公爵様は私を一人寝室に残したまま無言で自室へと戻っていた。だからこんな無防備な姿を目にするのは初めての事で。

規則的に繰り返す公爵様の息遣いを、信じられない気持ちと共に眺めていた。やがて深い眠りについたのか、私の手を握る力が段々と弱まり、その手を慎重に解いて公爵様の部屋を後にした。

それから公爵様は一日中、眠り続けた。

解雇を言い渡された使用人たちは、早い者は今日のうちに荷物をまとめて去って行った。食事を任されていたシェフも、何かを察したのか、忽然《こつぜん》と姿を消していた。仕方がないので、公爵様からの解雇を免れ、わずかに残っていた使用人と一緒に、貯蔵庫にある食材を使って食事を切り盛りした。

彼らは自分よりも上位貴族にあたる使用人の目が怖くて、私への無礼を見て見ぬふりをしていたらしい。その事についても丁寧に謝罪されたので、私は彼らを咎めなかった。

残った人たちで食堂に集まり、少し不格好な食事を一緒に囲んだ。みんなで食べる食事は温かくて美味しくて——久しぶりに食べた作りたての料理に、満足感でお腹も胸も一杯になった。

◇◇◇

私はベッドの上でゴロンと転がり仰向けになると、目を瞑りながら公爵様の言葉を反芻した。

『マリエーヌ……君を愛してる』


どうして公爵様は、急にそんな事を言いだしたのだろう。

誰かに愛されるなんて、もうとっくに諦めていたのに。この檻みたいな部屋の中で一人、孤独に身を委ねて生きていくのだろうと。役立たずのレッテルを貼られて、この公爵邸から追い出されるまでは。そう思っていた……でも……心のどこかで期待していたのかもしれない。

公爵様からの愛の告白に、少なからず喜びを感じている自分がいた。

たとえ、それがいっとき限りの愛情なのだとしても——あの情熱的な瞳に真っすぐ見つめられて、甘い言葉を囁かれ、優しく手を握られ、力強く抱きしめられて。

期待してはいけないと分かっていながらも、ほんの少しだけでもその言葉に浸ってみたくなった。

誰かの愛を受け止めてみたかった。

だってお母様が亡くなって以来、誰からも愛されなかった私は、ずっと誰かの愛を欲していたのだから。

だけどこれはきっと束の間の夢。明日、夢から目覚めた私はいつもと同じこの場所で、今まで通り孤独に凍えそうな日々を繰り返すだろう。

――ああ、眠りたくないな。まだこのまま、温かい夢を見ていたい。

そう思うのに……瞼が凄く重たい。

心がポカポカと温かく満たされた満足感からか、心地良い眠気に誘われて、私はゆっくりと深い眠りに落ちていった。

◇◇◇

次の日――。

なんとも気持ちの良い目覚めを迎えた私は、普段着に手早く着替えた。

いつものように、お水を飲みに行こうと部屋の扉を開け――その先には、色鮮やかな花束を手に満面の笑みを浮かべて佇む公爵様の姿があった。

「マリエーヌ、おはよう。昨日はどうもありがとう。君の献身的な介抱のおかげですっかり体調が良くなったよ」

うっとりとした笑みを浮かべて私に感謝の意を述べる。その姿に、私は再三、言葉を詰まらせ固まった。

――公爵様が……ありがとう？　今、ありがとうって言ったの？

どんな恩を受けたとしても、感謝を口にしないと有名な公爵様が？

更に公爵様は、手にしていた花束を私の目の前に差し出した。

「たった今、中庭で君のように可憐に咲き誇る花々を摘んできたんだが、受け取ってもらえるだろうか。もちろん、マリエーヌ以上に可憐な花なんてこの世に存在するはずがないんだが」

「…………」

どうやら、夢はまだ覚めていないらしい。

私の目の前にいる公爵様は、昨日と同じ熱い眼差しで私を真っ直ぐ見つめている。

「あ……ありがとうございます」

とりあえず、差し出された花束を恐る恐る受け取ってみれば、公爵様は眩い笑みを顔に咲かせた。


公爵様。

一体、あなたに何があったのでしょうか？

どうしてそんなに愛しそうに私を見つめているのですか？

公爵様の眩しく輝く笑みを薄目で見つめたまま、思いを馳せてみるけれど何も答えは出なかった。

ただ、人って発光するのね……と、上手く働いてくれない頭の中で、そんなありえない事を自然と述べていた。

そしてこの日から、公爵様からとめどなく溺愛される日々が始まるのだった――。

◇◇◇

再び君と出会えた奇跡に、僕がどれほど喜びに震えていたか、君は気付いていないだろう。

もう一度、君の優しい笑顔を見る事ができた。
君の透き通るような声を聞く事ができた。
君の温もりを感じる事ができた。

――君が生きている。

その事が、何よりも嬉しい。
だから今度こそ――必ず僕が、君を誰よりも幸せにしてみせる。

毎日愛を囁かれているのですが……？

「おはよう、マリエーヌ。今朝は薔薇が綺麗に咲いていたから摘んできたんだが……やはり君の美しさの前では見劣りしてしまうな」

両手で抱くようにして真っ赤な花束を持った公爵様は、薔薇にも負けないくらい美しい笑顔を私に向けている。一瞬、公爵様の背後にもお花が咲いたように見えて、思わず目を拭ってしまった。

公爵様の態度が変貌してから一週間。

あの日から、公爵様は一日も欠かす事無く、毎朝中庭で摘んできたお花を綺麗な花束にして、私の部屋に持ってきてくれる。私のお部屋は、公爵様から贈られたお花で彩られ、すっかり華やかになった。大好きなお花をこうして身近に感じられるのはとても嬉しい。

「いつもありがとうございます。公爵様」

私が花束を受け取ると、公爵様は一層嬉しそうに微笑んだ。

とても素敵な花束なのだけど、思った以上に重たくて、ズッシリと私の腕にのしかかる。

ふと、何か違和感を感じて、花束を覗き込んだ。よく見てみると、薔薇の花束に交じってキラキラと輝きを放つ存在に気付いた。

深く赤い輝きを放つそれは、公爵様の瞳のように綺麗で…………え？

もしかしてこれ、宝石？　なんで宝石が花束の中に散りばめられているの……？

「えっと……公爵様。どうやらこの花束の中に宝石が交じっているようなのですが、何かの間違いではありませんか……？」

「ああ、いつも摘んだ花を束ねているだけの質素な物だったからな。もう少し工夫できないかと思って使用人に聞いてみたんだが、世間では花束に色々な装飾を施す『フラワーアレンジメント』という物が流行っているらしい。だから僕も流行に沿ってフラワーアレンジメントとやらに挑戦してみたんだが……どうだろう。気に入ってもらえただろうか？」

公爵様は少し照れながらも、得意げに話をしてくれている。だけどこれは多分、一般的に言うフラワーアレンジメントとは少し違うと思う。こんな物が流行っていたら、世界中の宝石が一気に枯渇してしまうだろうし、普通の貴族なら簡単に破産してしまうわ。

──それにしてもこの花束……一体いくらの費用がかかったのかしら？　……いや、それは気にしないでおこう。気にしちゃダメな気がする。

それよりも、目の前には期待の眼差しでこちらを見つめる公爵様の姿。恐らく、私が喜ぶと思ってこれを用意してくれたのだろう。だけど、ここで喜んでしまったら、きっと明日は更にものすごい花束を持って来そうな気がする。さすがにこのレベルの花束を毎朝持って来られるのはとてもよろしくない。ここはハッキリと言っておかないと。

……ものすごく言い辛いけれど。期待の眼差しがとても眩しいのだけれども……！

「ありがとうございます。とても素敵です。ただ……どちらかというと、私はいつもの花束の方が好きです。あまり派手なのはちょっと苦手ですので……」

苦笑いしながら遠慮がちに伝えると、公爵様は一瞬ガーン！　とショックを受けた表情を見せ、シュン……と項垂れた。

その姿が、なんだか耳が垂れ下がった子犬のように見えて、ちょっとだけ頭を撫でたくなる。

「そうか……。マリエーヌがそう言うのならば、明日からはいつも通りの花束に戻そう」

「わあ！　素敵な薔薇ですね！」

落ち込む公爵様の背後から現れたのは、私の新しい専属侍女——リディア。

夕日色の柔らかい天然パーマの長い髪は、白いリボンにより後ろで束ねられている。明るく元気で可愛らしい彼女は、今年十八歳になったらしい。

「マリエーヌ様、さっそくお部屋に飾る準備を致しますね！」

リディアは弾けるような笑顔で、私の手から薔薇の花束を持ち上げた。

「それにしても、本当に素敵な薔薇ですね！　なんでこんなにキラキラと輝いて見えるんでしょ……え？」

うっとりする笑みが、一瞬にして無に帰する。どうやら彼女も宝石の存在に気付いたらしい。何の感情も見て取れない表情のまま、

「……わー。本当に綺麗ですねー。公爵様の愛が重い……じゃなくて、マリエーヌ様への想いの深さが、この薔薇の重みとなって表れているのですね！　ああ重い！　ものすごく重たいわ！」

そう言い放つと、リディアは薔薇の花束を持って駆け足で部屋から飛び出していった。

リディアは建前を言うのが苦手らしく、つい本音が漏れてしまうらしい。それを本人は気にしているみたいだけど、私はリディアの嘘をつけない性格も素直で可愛いと思って気に入っている。

だけどいつか、公爵様の機嫌を損ねて解雇されてしまうのではないかと、それだけが少し不安でもある。もちろん、できる限り彼女を擁護するつもりではあるけれど。

それはそうとして、リディアの言葉が聞こえていたのかは分からないけれど、公爵様は未だに少

し落ち込んだ様子で表情に影を落としている。

——フラワーアレンジメントを断られたのがそんなにショックだったのかしら？

……そうよね。せっかく私を喜ばせようとしてくれたのに……それは落ち込むわよね……？

どことなく気まずい空気を漂わせていると、公爵様は意を決したように顔を上げ、私を真っすぐ見つめてきた。

「マリエーヌ。僕はいつも自分勝手に君に花束を贈っていたが、もしかして君を困らせていたのだろうか？　もし気に入らない事があれば、正直に教えてほしい」

「いえ、お花は好きです。公爵様のおかげでお部屋の中が色んなお花の香りに包まれて、とても嬉しいです」

それは建前でもない私の本音。だって公爵様があの日、花束をくださるまでは、このお部屋に飾りなんて一つもなかったのだから。

私の言葉に、公爵様は嬉しそうに頬を緩めると、パアアアァッと輝きを放つ笑顔となった。

——ああ……眩しい……。

その眩い輝きを前にして、私は反射的に目を細める。そこに公爵様の弾んだ声が聞こえてきた。

「そうか！　それなら良かった！　僕もマリエーヌのような可憐な花で部屋の中を埋め尽くしたい。僕の部屋が君の香りで包まれたらどんなに幸せな気分になれるだろうか」

「……」

——公爵様。

それは公爵様のお部屋に私を沢山飾りたいという事なのでしょうか？

それとも、私のようなお花（？）をお部屋に沢山飾りたいという事なのでしょうか？

それはともかく、私の香りって一体何なのでしょう……？

「マリエーヌ、今日も一緒に朝食を食べよう。食堂で待っているから、焦らずゆっくり支度をするといい」

「はい。分かりました」

公爵様はいつもそう言ってくれるのだけど、食堂で待っていた事なんて一度もない。

私が食堂へ向かう時、必ず私の部屋の扉の前で待っているのだから。

片時も私と離れるのが嫌だとでもいうように、公爵様は私の前によく出現するようになった。それは仕事中も例外ではなく「君の姿を一目見たくて」と言って、何度も私の部屋を訪ねてくる。更には「何か困っている事はないか？」「欲しい物は？」と聞いてきたかと思えば「今日の仕事は少ないからな」などと理由を付けてなかなか戻ろうとしない。

――あれ？　仕事といえば……今日、公爵様は隣町の視察へ行く予定だったのでは……？

「あの、公爵様。今日は外出の予定ではありませんでしたか？」

「ああ、心配しなくても大丈夫だ。その予定は無くなったんだ」

「え……？　そうなのですか？」

「一週間もマリエーヌの傍から離れるなんて、とても耐えられないからな」

……そんな理由で？　どんな時であろうと仕事を優先させる公爵様が？

公爵様の予定は常に数ヶ月先まで埋まっている。それほど多忙を極めているのにもかかわらず、私と離れるのが嫌という理由で予定を変えてしまったの……？

「それよりも、今日は天気が良いから昼食は中庭で一緒に食べよう」

朝食もまだなのに、嬉しそうに昼食の話までしだした。

——もしかして、私の存在が公爵様の仕事の邪魔になっているのでは……？

そんな私の懸念を察してか、公爵様は柔らかく目を細めると、私の左手を優しく握った。

「僕にとって一番大事なのは——マリエーヌ。君と一緒に過ごす時間だ」

そう告げると、公爵様は曇りのない瞳で真っすぐ私を見据えた。

その燃えるような熱を帯びた赤い瞳に見つめられ——。


「マリエーヌ」

唐突に、愛おしそうな声で私の名前を呼ばれて、次に何を言われるのかが分かってドキリと胸が高鳴った。薄く整った唇が、その言葉を紡ぐ。

「愛してるよ」


大事そうにその言葉を告げた公爵様は、私の左手を持ち上げ、手の甲にキスを落とした。そこに触れる柔らかい感触……熱……吐息……。何もかもが熱い。その熱は胸の奥までも浸透していく。

一呼吸置いて、顔を上げた公爵様は私と目が合うと、頬を赤く染めて嬉しそうに微笑んだ。

『愛してる』

その言葉を、あの日から何度聞いただろうか。

公爵様はあれから毎日、私の名を呼び、愛を囁いてくれる。

もちろん、夫からそんな風に愛を伝えられて嬉しくないはずがない。

それに、その言葉を口にする時の公爵様は、本当に嬉しそうに私を見つめていて。それがなんだか恥ずかしくて、いつも口を噤んだまま目を逸らしてしまう。本当なら私も同じように『愛しています』と答える方が良いのだろう。だけど……私は公爵様を愛してるといえるのだろうか。

そんな事もよく分からないまま、愛を伝えるのはあまりにも不誠実な気がする。

それに、私もまだ公爵様の言葉を完全に信じ切れてはいない。

だってその言葉はいつ覆るかも分からない、仮初の言葉にすぎないのだから――。

そんな葛藤を胸に秘めているうちに、公爵様は満足した様子で私の左手を丁寧に戻した。

「じゃあマリエーヌ。また後で会おう」

そう言い残して踵を返すと、公爵様は機嫌良さげに廊下を歩いて去って行った。

その後ろ姿を見送っていると、

「マリエーヌ様」

背後から名前を呼ばれ、振り返るとリディアが薔薇を生けた花瓶を持って立っていた。

若干気まずそうにしているのは、きっと出てくるタイミングを見計らっていたからだろう。

――いつからいたのかしら……。多分、今のも全部見ていたわよね……。

「こちらの花瓶、窓辺の所に置いておきますね」

何事もなかったかのように、リディアはニッコリと笑うと、持っていた花瓶を窓辺に置いた。

「あと、この宝石なのですが……どういたしましょうか？」

そう問いながら、リディアはスカートのポケットから布の包みを取り出すと、私の目の前で慎重に広げた。そこには花束にちりばめられていたと思われる赤い宝石が沢山積み重なっている。

……そういえば、そんな物もあったわね。

私はフラワーアレンジメントとして使われていた、光り輝く真っ赤な宝石をジッと観察する。宝石はそんなに詳しくないので、何の宝石なのかはよく分からないけれど、小ぶりの物から大きい物まで、リディアの両手一杯に収まっている。

――これは一体、どうすれば良いのかしら？　アクセサリーとかなら身に着けられるのだけど。でもせっかく頂いた物なのだから、観賞用に飾るのが正解なのかしら？

「それにしても凄い量ですね。私、初めて宝石をざるでこしましたよ。土とか付いてたらいけないので、しっかり洗い流しておきました。罪悪感が凄かったですけど」

「……そう。……これ、ざるでこしたのね……」

……で、ジャバジャバと洗ったのね。この宝石を。

確かに、あの状態からこれだけの数の宝石を一つ残らず取り除くのは大変だとは思うけれど……大丈夫かしら。いくつか宝石が流れたりしてないわよね……？

そんな不吉な想像をしている私の横で、リディアはごくりと喉を鳴らした。

「マリエーヌ様。これ、一体おいくらするのでしょうかね？　……っていうか、これ絶対公爵様の瞳の色を意識してますよね。確かに、恋人に自分の瞳の色の宝石をプレゼントする男性はいると聞きますが、こんなに多いとちょっと怖いですよね。……なんだかこれ、だんだん公爵様の目に見えてきました……うわっ……怖！　いつでもどこでも君を見つめているよっていう意味でしょうか⁉　怖っ……！　どうしましょうマリエーヌ様！　これ見える所に飾るのはちょっと怖いですよ⁉」

「落ち着いてリディア。あなたの発想が一番怖いわ。でも……そうね。確か先日、公爵様から頂いた物の中に宝石箱があったわよね？　その中に納めておきましょう」

「分かりました！　では勝手に箱から出てこないように鍵もしっかりかけておきますね！」

「ええ、お願いね」

——あれ？

宝石箱の鍵って、そういう目的でするものだったかしら……？

◇◇◇

リディアに手伝ってもらい、公爵様から贈られた淡い緑色の上質なドレスに袖を通す。肌触りが良くて着心地も快適。サイズもピッタリちょうど良い。こういうドレスを着るのはまだ慣れていないけれど、まるで自分がお姫様にでもなったかのようで、なんだかくすぐったい気持ちになる。

お義父様に「結婚相手を探してこい」と言われて、夜会に出席するために用意されたドレスやア

クセサリーは、全て義妹に奪われてしまった。公爵邸に持ってきた自分の所持品も、最低限必要になる下着や洋服くらいで。あとは幼い頃にお母様から贈られた刺繍道具だけ。今思えば、荷解きが楽で良かったとは思うけれど。

身支度を終えて部屋から出ると、

「ああ、マリエーヌ。今日は僕が贈ったドレスを着てくれたんだな。……良く似合っている。しかしそのドレスも素敵だが、やはり君が一番綺麗だ」

扉の外で待ち構えていた公爵様が、とろけそうな笑みを浮かべて私を称えた。

リディア曰く、公爵様は毎朝花束を持ち、私がお水を飲むために部屋を出る時間に合わせて、扉の前で待ち伏せているらしい。そして花束を渡すと、一度自室に戻るのだけど、私が支度を終えて出てくる時間に合わせて、再び扉の前で待っているのだとか。

『あの人のマリエーヌ様に関する察知能力の高さは異常ですよね。大丈夫ですか？　なんか変な監視付けられてません？』

そう言ってリディアは怪しんでいたけれど、今のところは大丈夫だと思う。多分。

確かに、公爵様が私へ向ける好意は、執着のようなものを感じる。

だけど私は不思議とそれが嫌ではない。むしろ嬉しいとさえ思える。

だって私はそれまで公爵様から空気のように扱われていたのだから。まるで私なんてここに存在していないかのように……。そんな人が、今は私の姿を追う事に必死になり、私と目が合うと嬉しそうに微笑んでいる。その姿を見て悦に入ってしまうのも仕方がない事だと思う。

「素敵なドレスをありがとうございます。公爵様」

そう伝え、ドレスを両手で摘《つま》んで淑女らしくお辞儀をすると、公爵様は満足気に顔を赤らめて目を細めた。

「気に入ってくれて良かった。君が喜んでくれる事が僕の何よりの喜びだからな……。さあ、一緒に行こうか」

そう告げて、公爵様は私に手を差し伸べる。その手に自らの手を重ねた私は、誘われるままに歩き出した。

公爵様と一緒に歩く時、私たちはこうして手を繋いで歩くようになった。たとえ、それがどんなに短い距離だとしても、公爵様は必ず私に手を差し伸べてくる。その手の平はいつもとても温かくて、指先から伝わる熱が私の体までポカポカと温かくする。心地良い温もりに包まれて、心が満たされていく……そんな感覚。

こうしていると改めて思う。本当に、別人になったみたいだと。

前の公爵様はどこまでも冷たい人だったから。

冷たい視線、冷たい態度、冷たい言葉。

公爵様の周りにはいつも、凍えそうなほどの冷たい空気が漂っていた。

自分以外の全てを敵視する姿は、決して触れる事なんて許さない孤高の猛獣にも思えた。

公爵様を診察した医者の説明では、今の公爵様は以前とは違う人格が現れているのではないか。との事だった。いわゆる二重人格というもので、人は大きなショックを受けたり、積み重なったストレスから自身を守るため、全く別の人格が現れる事があるらしい。

公爵様がまるで別人のように変わったのも、それと同じではないか——と。

今現れている人格がずっと続くかどうかは分からないらしく、もしかしたら、いつか元の人格に戻る日が訪れるのかもしれない。それが今日なのか、数年後になるのかは分からないのだとか。

もちろん、この話は公爵様には内緒にしている。

だけど、そうだとしても、なんで公爵様は急に私を愛するようになったのだろう。

——やっぱり私が妻だから？　家庭をとても大事にする……そういう人格なのかしら？

だとしたら、妻である私を愛するのは夫としての義務的なものにすぎない。たとえそれが私でなくても、結婚している相手であれば同じように愛を伝えていたのだろう。

そう考えると、少し期待外れのような……寂しい気持ちになった。

私自身が、公爵様にとって特別な存在になれた訳ではないのだと……そう痛感した。

◇◇◇

食堂に着くと、細長く高級感のあるテーブルの片側に料理が綺麗に並べられていた。

手を引かれて席の近くまで来ると、公爵様が私の座る椅子を引いてくれた。その椅子に私が腰かけると、公爵様も私のすぐ斜め前に置かれている椅子に座った。

目の前には、新しく来たシェフが作ってくれた美味しそうな料理。牛肉のマリネ、焼き立てのパン、みずみずしいサラダ、湯気の立つコーンスープ、彩り良く切り分けられたフルーツが数種類。

センス良く盛り付けられたその光景に、自然と感嘆の溜息が出てしまう。

お腹が『ぐぅぅ』と鳴って料理を催促してきたので咄嗟に押さえた。

公爵様はそんな私を、ニコニコと笑みを浮かべて楽しそうに見つめた後、

「マリエーヌ。さっそくいただこうか」

そう告げて、両手を合わせた。

「はい。いただきます」

私も両手を合わせて目の前の料理に敬意を払い、添えられているスプーンに手を伸ばした。

まずはうっすらと湯気の立つコーンスープを、音を立てないようにそっとスプーンで掬って口に含んだ。口の中に広がるコーンの甘い香り。だけどしつこくなくてあっさりしている。何よりもこの温かさが嬉しい。

前まで、私の料理は冷め切ったものしか用意されなかったから。

冷めてしまったスープはザラザラとしていて口当たりが悪く、パンも冷たくてカチカチに硬くなり、とても美味しいとは言えなかった。

だけど今、目の前のパンを手に取ってみれば、ほんのり温かくて柔らかい。手でちぎれば、まるで綿《わた》をちぎるように綺麗にほどけた。パクリと口にすると、ふわふわもちもちとした食感が絶妙。

自然と顔がほころび、その味と温かさをしっかりと堪能していると、公爵様と目が合った。

公爵様は、料理に手を付けるどころか、スプーンもフォークも持たずに穏やかな笑みを浮かべてジッと私を見つめている。

私の動作を一つも見逃さないとでも言うかのように、公爵様はいつもこうして私をくまなく見つめる。そして私がもう少しで食べ終わるという時に、ようやく自分の料理に手を付け始めたかと思うと、すぐに食事を終えてしまうのだ。

今までは気にしないふりをしていたけれど、今日は少しだけ勇気を出して聞いてみよう。

そう決意して、私は恐る恐る顔を持ち上げた。

「あの……公爵様は、召し上がらないのですか？」

「ん？　ああ、マリエーヌが美味しそうに食べている姿を見ているだけで、僕の胸もお腹も満たされるんだ。君が食べれば食べるほど、僕のお腹も一杯になるからどんどん食べてほしい」

キラキラと素敵な笑顔で、公爵様はさも当たり前とでも言うかのごとく告げた。

――公爵様。

それはさすがに無理があると思います。

食堂の扉の前に立っている使用人が無表情のまま、首の辺りをポリポリとやたらと掻きむしっているけれど、今は気にしないでおこう。それよりも――。

私は手にしていたスプーンを置き、公爵様を真っすぐ見据えた。

「公爵様。やっぱり一緒に食べませんか？　食事は誰かと一緒に食べるからこそ、より一層美味しく頂けるのだと思います」

そう伝えてみたものの、もしかしたら私は余計な事を言ってしまったかと思い、少しだけ後悔した。だけどこれでは一緒に食事をしているというよりも……私の食事に公爵様が付き添っているだけだと思ったから。

公爵様はというと、驚いた様子で目を見開き——その真っ赤な瞳が一瞬揺らいだ気がした。だけどすぐに目を伏せ、

「ああ。そういえばそうだったな」

そう呟くと、再び目を見開いた。

どこか遠くを見つめるような笑みを浮かべ、目の前に置かれていたフォークとナイフを手に取る。

「すまなかった。マリエーヌの言う通りだ。食事は誰かと一緒に食べるからこそ美味しいと思える……君が教えてくれた事だったな」

「え？」

最後にぼそりと小さく呟いた言葉が引っ掛かった。

——今のは何？　どういう意味……？

「いや……。さあ、今度こそ一緒に食べよう。料理が冷めてしまう前に」

そう言うと、公爵様はお皿のお肉を一口分に切り分け口に含んだ。それを味わうようにゆっくりと噛みしめている。その姿を見て私も再びスプーンを手に取り、コーンスープをもう一口頂いた。

うん。やっぱり誰かと一緒に食べる料理は、より一層美味しく思える。

「マリエーヌ、美味しいか？」

「ええ、とても。このマリネのソースも私の大好きな味です」

「そうか。君に大好きと言ってもらえるなんて……少し嫉妬してしまうな」

――それは、ソースにでしょうか？　それとも、料理を作ったシェフの方にでしょうか？

公爵様は皿の上のお肉を空にすると、ナプキンで口を拭い私をジッと見つめた。

満ち足りたように微笑むその瞳が、なんだか泣きそうにも見えるのは気のせい？

「本当に美味しいな……。マリエーヌ、君が一緒に食べてくれるおかげだ。ありがとう」

静かに告げられたその言葉に、私はできる限りの笑顔で応えた。


ですが公爵様。

その言葉はぜひ、料理を作ってくださったシェフの方にもお伝えしてあげてくださいね。

あなた誰ですか？　～補佐官ジェイク～

私の名はジェイク。三十六歳。

人使いが荒い公爵様の下で六年間、補佐官として身を粉にして働いてきた。

その公爵様が先日、原因不明の高熱で床に臥せた。

そのため、私が公爵様の代理として各地を駆けずり回り、片っ端から仕事を片付ける羽目になった。へとへとに疲れ果て、一週間ぶりに帰還した公爵邸は、まるで違う場所へ帰って来てしまったのかと錯覚するほどに様変わりしていた。

まず使用人の大半が知らない顔になっている。確かにこれまでも、公爵様が気に入らない使用人を解雇する事はあった。……だとしてもこの人数はさすがにやりすぎだ。熱でご乱心だったのだろうか。だが、新しい使用人たちは生き生きとした表情で懸命に仕事に励んでいた。以前まで雇っていたやる気のない使用人たちとは明らかに違う。恐らく……彼女たちは貴族ではない。労働階級の人間だ。公爵様がそんな身分の人間を雇う事は今までなかった。同じ人間という認識すら持っていなかったのではないだろうか？　それなのに……どういう事だ？

変わっていたのはそれだけではない。

見覚えのない絵画や女性が好んで選びそうな装飾品が各所に飾られている。そういう物は意味がないから不要だと言って、公爵様は決して飾ろうとしなかったのだが……。無地だった壁紙も景観を損ねないくらいの華やかなデザインに替わっている。

そのおかげもあってか、常に殺伐としていて重苦しさを感じていた邸内が、今は明るく朗らかな雰囲気で満たされていた。毒気を含んでいた空気も浄化されたかのように澄んでいる。

何よりも……温かい居心地の良さを感じた。

とりあえず訳が分からないので、見知った使用人を捕まえ、事の経緯を聞く事にした。

だが、にわかには信じ難い事を述べられて、事実を確認すべく公爵様がいる中庭へと向かった。

そもそも、正午もとっくに過ぎているというのに、あの公爵様が仕事もせずに中庭に居座っている事自体がもうありえない。一体、公爵様の身に何が起きているんだ？

——とにかく、この目で見て確かめなければ……。

その思いを握りしめ、中庭へと急いた。

中庭に到着した私の前には――目と耳を疑いたくなる光景が展開されていた。

「マリエーヌ、今日も君は綺麗だな。昨日の君も綺麗だったが、今日の君はもっと綺麗だ。ちなみに夢の中に出てきた君も綺麗だったよ」

「あ……ありがとうございます」

「でも、どうか夢の中の君に嫉妬しないでほしい。僕が本当に愛しているのは、今、僕の目の前にいる君だけだから」

「あ……はい、それは大丈夫です」

「そうか……大丈夫か……。まだ嫉妬はしてくれないか……。それにしてもマリエーヌ、どうして君はそんなに魅力的なのだろうか」

「え……？　そんな事は……公爵様の方がずっと魅力的だと思います」

「本当か⁉︎　それは……マリエーヌも、僕の事を好きでいてくれてると……思ってもいいのか？」

公爵様がテーブルを挟んで向かい合わせに座っているマリエーヌ様に、今まで見た事もないような満面の笑みで口説き続けている。

――いやいや。誰だあんたは。

「え……えっと……それは……あ！　公爵様！　ジェイクさんが戻られましたよ！」

出張の疲れも忘れて、ポカンと口を開けたまま唖然としていた私にマリエーヌ様が気付いてくださったらしい。一方で、私の方へ顔を向けた公爵様は少し驚いたように目を見開き、声を上げた。

「ジェイクじゃないか！　久しいな！」

久しい……？　まあ、一週間ぶりではありますが。

これまでにも私が単独で動き、長い期間、公爵邸を離れる事はあった。だが、そんな風に言葉をかけてくれた事なんて一度もなかった。しかもその顔が少しだけ嬉しそうにも見える。

……いや、ありえない。恐らく、疲れによる幻覚だろう。

「はぁ……ご無沙汰しております……？」

とりあえず言葉を返したものの、「初めまして。あなた誰ですか？」と問いたい。

公爵様の向かい側に座るマリエーヌ様が、少し気まずそうな笑みを浮かべて私にペコリと頭を下げたので、私も反射的に頭を下げる。

ひとまず、私は公爵様の前までそろりそろりと歩み寄り、

「公爵様……えっと……出張先での件を、執務室の方で報告したいのですが」

そう耳打ちをすると、公爵様は気の抜けた笑顔を引っ込め、瞬時に真剣な眼差しへと変わった。

さすが公爵様。仕事の話になると切り替えが早い。

「いや、それは後にしよう。今はマリエーヌと食後のお茶をする時間の方が大事だ」

「…………はい？」

仕事の鬼の公爵様が、仕事よりもマリエーヌ様との時間を優先する……だと？

「そんな事よりも、お前は昼食を済ませたのか？」

「いえ……まだですが……」

「それなら今のうちに済ませて来い。仕事の話はその後にしよう」

公爵様が……私の食事を気に掛けてくださった⁉

これまで私の食事時間など気にした事も無く、一日中飲まず食わずで働かされていた日もあったというのに⁉

「そ……それでよろしいのであれば……。でしたら、私も先に昼食を頂いてから、執務室の方で報告書を作成致します。マリエーヌ様との時間が終わりましたら公爵様もいらしてください」

「ああ、分かった」

「では……失礼致します」

公爵様とマリエーヌ様に頭を下げ、私は体をふらふらと左右に揺らしながらその場から離れた。

公爵様の意外すぎる気遣いに気が抜けたのか、どっと疲れが襲ってきた。

私の背後からは、再び公爵様がマリエーヌ様へ熱烈な愛の言葉を贈る声が聞こえてくる。

どうやら使用人から聞いた話は本当のようだ。

公爵様が別人のようになって、マリエーヌ様を溺愛し始めたと……。

だが、あんなに存在を無視し続けていたマリエーヌ様を、なぜ急に愛するようになったのだろうか？　……まあいい。とりあえずは朝食も抜いて急いで帰ってきたから腹が減っている。せっかく公爵様の計らいがあったのだから、昼食を食べるとしよう。

——そうだ。これを機に私にも優しくしてくれるかもしれないじゃないか。最高だなそれ。

そんな脳天気な事を考えながら、私は鼻歌交じりに使用人専用の食堂へと足を運んだ。

その後、昼食を終えた私は、執務室に入るなり雪崩を起こしている書類の残骸と、公爵様の机の上に散乱している『女性を口説く方法』『女性が喜ぶ言葉』などと表紙に書かれた数々の書物を目前に、白目を剥いて倒れた。

結局その日、公爵様が執務室へとやって来たのは、マリエーヌ様との夕食を終えた後だった――。

◇◇◇

私がこの公爵邸で働き始めたのは十年前の事。

当時はレスティエール帝国騎士団に所属する騎士として、帝国を守るために戦地に身を置いていたのだが、先代の公爵様に認められ、護衛として引き抜かれた。

そのうち、執務の方にも関わるようになり、補佐官という重要な役割を担う事になった。

だが六年前、先代の公爵様と奥様が不慮の事故で命を落とした。

そのため、二十二歳という若さでアレクシア様は公爵の爵位を引き継いだ。

「お前の名前に興味はない。僕が知りたいのは、お前が役に立つのか立たないのか。それだけだ」

公爵様に仕える補佐官として、改めて挨拶をした時に返ってきた言葉がそれだった。

第一印象――なんだこのクソガキは。

それまでも、何度か邸内で顔を合わせた事はあったが、いつも仏頂面で、こちらが挨拶をしても返事が返ってくる事は無く。笑う事もない、冷たい表情を張り付けた無機質な人形のようだった。

部屋に閉じこもり、食事も一人で済ませ、他者はもちろん、家族とも関わりを持とうとしなかった。

その若さ故、爵位を継いだ公爵様を手玉に取ろうと、各方面からあくどい貴族たちが次々と近寄ってきた。だが、公爵様は領内を占める上流貴族たちの情報を全て網羅《もうら》しており、彼らの持つ弱みに付け込み、逆に掌握《しょうあく》していった。

一人閉じこもっていた部屋の中では、目まぐるしく変化する領内の情報に目を光らせながら、領地経営学、投資学など、あらゆる方面に関する膨大な知識を独学で学んでいたらしい。

公爵様の手腕により税収は増え、公爵家の財産は潤い、それをまた投資に回す事で領内は大きく繁栄していった。だが、領民に課す税が増えた事により、領内に留まれなくなり去って行った領民も少なくはない。

謀反《むほん》を企てようとする者は武力で弾圧し、その首謀者は公爵様自らが、見せしめのごとく、みなの前で首を刎ねた。

正直、公爵様のやり方は決して領民を思いやるものではなかった。まるでボードゲーム上の駒を動かすかのように、利用できる者は利用し、使えない者は即座に切り捨てていくような。

それは私も例外ではなく。役に立たなくなれば、いつでも切り捨てられるだろう。公爵様にとって自分以外の人間は、利用価値があるのか、ないのかでしか判別していないのだから。

――そう。確かにそのはずだった。

だが……誰だあれは。

一体、公爵様の身に何があったのか、誰か詳しく説明してはくれないだろうか？

◇◇◇

公爵様の様子が変わって十日が経過した。

私と公爵様は、執務室で溜まりに溜まりまくった仕事に追われていた。

公爵様は頭の高さまで積み重なった書類の一番上の紙を手に取り目の前に置くと、流れるようにサインをスラスラと書き上げた。それをまたサイン済みの書類が積み重なった山の一番上に置き、再び次の書類を取ってサインをする。そのほとんどは、公爵様が許可した証しとしてサインが必要な申請書である。まるで流れ作業のように軽快にサインをしているが、公爵様は一瞬でその書類の内容を全て把握し、許可すべきかの判断を下している。

別人のようになり、仕事まで能無しになっていたらどうしようと不安だったが、この鬼才ぶりは以前の公爵様と変わっておらず、安心した。

安堵の息を小さく吐き、私は公爵様が処理した書類を、種類別の封筒へ入れる作業に集中する。

「む……あれは⁉」

唐突に聞こえた公爵様の声に、私は瞬時に手を止めて勢い良く立ち上がった。

「いけません！　公爵様！」

私は廊下へ繋がる扉に向かって駆け出そうとしていた公爵様の前に立ち塞がった。

「何をしている貴様！　僕の邪魔をするな！　マリエーヌに今すぐ会わなければ！」

「駄目です！　本日はすでに『仕事中、一回だけマリエーヌ様に会いに行く権利』を行使していま
す！」

「何を言う！　緊急事態だ！　どうしても今すぐ行かなければならないんだ！」

公爵様は苛立ちに顔を歪めて冷たいオーラを放ち出す。

だが六年間この人に仕えてきた私は、今更そんな事で怖気付いたりしない。

一歩も引く事なく、公爵様と真正面から対立し、冷静に問う。

「では、その理由をお聞かせください」

すると、公爵様は人差し指を立てて、青空が見える窓へ向けてビシッと突き立てた。

「虹が出ている！　マリエーヌと一緒にあの虹を見なければならないんだ！」

――虹……か……。ああ、本当だ。虹が出ているな。

「やっぱりそういう事だと思いましたよ！　公爵様、虹はまた今度にしましょう！　それよりもこの書類の山を見てください！　ここ数日、そうやって何度もマリエーヌ様の元へ行かれるから全く減っていません！　むしろ増えるばかり！　それに一度マリエーヌ様の所に行ったらいつ帰って来るか分からないじゃないですか！」

「知るか！　貴様がやれ！」

「やってますぅ！　やってるけど全然追いつかないんですぅ！」

ここ数日、マリエーヌ様の所へ行ったきり、いつまで経っても帰ってこない公爵様を見兼ねた私

は、本来ならば公爵様が書かなければいけないサインを、その筆跡を真似て書き始めた。

こんな事、絶対にやってはいけない。下手すると私の首が飛ぶ。比喩ではない。物理的にだ。

私がそれほど命がけで仕事に尽力しているというのに、全くこの男は……。

苛立ちから目の前の公爵様をキッと睨み付けたが、公爵様は私以上に怒りをあらわにして、禍々しいオーラを放ちながら震え出していた。

さすがの私も、この姿には冷や汗を流しながら後ずさる。

「貴様……こうしているうちに、あの虹が消えてしまったらどう責任を取るつもりだ……？　貴様も虹と同じように、その存在を消滅させてやろうか？」

悲しいが、虹が消滅するのも私の存在が消滅するのも、公爵様にとっては同じ事らしい。いや、むしろその言い方だと、私の方が虹よりも劣る存在と認識されているようにも思える。

首を刎ねられる覚悟で仕事に勤しむ私になんという裏切りだろうか。

ちょっと私もさすがに腹が立ってきた。

「公爵様。マリエーヌ様が大事なのは分かります。でも限度ってものがあります！　やる事はきちんと終えてからにしましょう！　あとこの際ついでに言いますがなんですか!?　あの宝石商からの請求書の額は!?　公爵邸で使用する予算半年分を一体何に使ったんですか!?」

「フラワーアレンジメントだ」

「……はあああ!?　フラワーアレンジメントでなんで宝石……まさか……マリエーヌ様に贈る花束に宝石を仕込んだ訳ですか……？　予算半年分を……？」

「一度だけだ。マリエーヌからは不評だったからもうやらん」

「当たり前です！　はぁ……マリエーヌ様が常識をお持ちの方で良かった。……しかし公爵様。奥様を愛するのはとても良い事だとは思いますが……あまりグイグイ行き過ぎると、女性は逆に引いてしまいますよ」

「……そうなのか？」

「そうですよ。私も若い頃はそれなりに攻めていましたが、今の妻に同じ事をすると本気で嫌がられます」

「……ジェイク。お前、結婚していたのか？」

「え……今更……？　どんだけ私に興味がなかったのですか……？」

私が結婚したのはもう十年も前になるし、子供も二人。上の子はもうすぐ十歳、下の子は六歳になる。公爵様の仕事に関わるようになって、どれだけ家族団欒《だんらん》の時間が犠牲になったかを理解していただけただろうか。

「んんっ……それはともかく。口を開けばマリエーヌ様。目を開いてもマリエーヌ様。公爵様はその行き過ぎたマリエーヌ様への愛を少し抑えた方がよろしいかと」

「なんだと貴様……僕に死ねと言うのか⁉」

「言ってません！　なんでそうなるのですか！」

「貴様には分からないだろうな。僕のこの内に秘めているマリエーヌへの無尽蔵に湧きあがる愛が……」

いや、全く内に秘められていない。むしろダダ漏れだから、もっと内に秘めていてほしい。

「早く……早くマリエーヌに会わなければ……胸が苦しい……このままでは死んでしまいそうだ……」

公爵様は自分の胸を手で押さえながら苦しそうにもだえ始めた。

死因。恋煩い。さすがにそれはよろしくない。先代の公爵様に顔向けできない。

だがこのまま黙ってここを通す訳にはいかない。

私も騎士の端くれ。戦地では最後の砦を守るためにこの身を盾にして戦ってきた。

こんなたった一人の若造の足止めをできないほど、ひ弱な人間ではない！

私は着ている上着を脱ぎ、ネクタイを緩めると、シャツの袖のボタンを外し、片方ずつ腕まくりをしていく。

「分かりました、公爵様。どうしてもここを通りたいと言うのならば、この私を倒してか――」

一瞬だった――。

公爵様の隙のない投げ技により、地面に叩きつけられた私は、しばらく動けずにいた。

一人部屋に放置されたまま、冷たい床を背に高く広い天井を虚ろな目で見つめる。開けっ放しにされた扉の向こうでは、公爵様がマリエーヌ様の名を呼ぶ声が聞こえてくる。

――本当に別人になっているな。

医者の話では、以前の公爵様とは全く違う人格が現れているのではないか……との事だったが、まさにその通りだろう。そうとしか考えられない。

仕事以外でこんなに公爵様と会話を交わした事はなかった。あんなに感情豊かに表情をコロコロと変える公爵様の姿も。

これを喜ぶべきか、嘆くべきかは難しい話だが。

——その時、私の顔の上に一枚の書類がはらりと落ちてきた。

それを手に取り、書いてある文字の羅列に目を通す。既に公爵様のサインは済んである。

「……土砂崩れ？」

………!?

書いてある内容に一通り目を通した私は、その書類を掴んだまま勢い良く起き上がった。

——そんな……馬鹿な！

その書類には、先日発生した土砂崩れの被害により、横断できなくなってしまった山道を補修するための予算について書かれていた。その土砂崩れが起きた日時と場所。それは本来ならば、私と公爵様が馬車に乗って通るはずだった場所なのだ。

公爵様はその日の前日、予定していた隣町の視察を突然キャンセルすると言い出した。更に、長い期間雨が降ったせいで地盤が不安定になっているだろうからと、通り道だった山岳一帯の通行を封鎖していた。今までの公爵様なら、恐らくそんな事は気にしなかっただろう。仕事を優先して予定通り馬車に乗って出掛けていたはずだ。

だから視察をやめると言い出した時は、きっとマリエーヌ様と長い期間、離れるのが嫌で無理やり理由付けしたのだろうと思っていたが……。まさか本当に公爵様の懸念が的中していたとは。

公爵様がこの日、道を封鎖していなければ大きな事故に繋がっていたかもしれない。

いや、それどころか……もしかしたら公爵様と私自身が、この土砂崩れに巻き込まれていた可能性もある。

あまりにもできすぎた偶然に、ゾッと背筋が凍る感覚に襲われた。

——だが……これは本当に、ただの偶然なのか……？

街デートに誘われているようですが……？

公爵様の様子が変わってから一ヶ月。

公爵様は相変わらずで、今も毎朝花束を持って私の部屋へとやってくる。

おかげで部屋にお花を飾る場所が無くなってしまったので、部屋の外の廊下にも飾らせてもらった。私の部屋を中心に置かれる花瓶が徐々に増え、廊下を歩くだけでも色んなお花を観賞できて楽しい。

公爵様から贈られる物は毎朝の花束だけではない。ドレスやアクセサリーなどの装身具も、毎日ひっきりなしに届いている。それも私のお部屋のクローゼットに収まりきらなくて、空いていた別のお部屋を、私のドレス専用のお部屋として使わせてもらった。だけどそれもそろそろ置き場所が無くなりそうで、どうしようかと頭を悩ませている。

そんな公爵様の変化は、領民の間でも噂になっているらしい。

『あの公爵様から労いの言葉をかけられたんだ』
『公爵様が、うちの子に笑いかけてくださったのよ』
『最近の公爵様はなんだか雰囲気が柔らかいわよね』

その内容は、一聞すると大した事ではないようにも思えるけれど、今までの公爵様の態度からしたら、天地がひっくり返るほどの衝撃的な出来事らしい。

私のお部屋でリディアとお茶の時間を楽しんでいる時、その話を持ち出したリディアは顔をしかめながら淡々と話し始めた。

「前の公爵様は領民に挨拶もしないし笑いかけもしない、完全に無視していましたからね。公爵様にとって、領民もそこら辺にいる虫も同じ存在だったのですよ。自分に直接利益をもたらさない存在はみんな同じっていう感じで……控えめに言って、最低のクソ野郎でしたね」

その言葉が控えめというのなら、控えめに言わなかったらどんな言葉が出てくるのかは少しだけ気になった。だけどそれはあえて触れないでおく。

私はリディアが淹れてくれた紅茶が入ったティーカップをそっと手に取る。

「そう……無視されていたのは私だけじゃなかったのね。じゃあ、今は誰に対しても優しくなったの？」

そう問いかけ、私は紅茶を一口飲み、ソーサーの上へ音を立てないように戻した。

リディアは複雑そうな顔をしながら、口元に手を当てて返答に困っている。

「うーん……そうですねぇ……。挨拶は返すようになったし、無視する事も無くなりましたけど……マリエーヌ様へ向けるような顔面崩壊レベルの笑顔は誰にも見せていないみたいですよ。やっぱり公爵様にとってマリエーヌ様は相当特別な存在みたいですね！　使用人に対する態度も、マリエーヌ様がいる時といない時とであからさまに違いますし。あ、これ私が言ったって事は内緒にしてくださいね」

嘘がつけない彼女がそう言うのだから、それは本当の事なのだろう。

未だになぜ、公爵様がこんなにも私を愛してくれているのか分からない。

――やっぱり私が公爵様の妻だから？

それに公爵様は私の容姿も沢山褒めてくれるけれど、私よりも綺麗な女性は世に溢れているし。

優しくなった今の公爵様なら、近寄って来る女性も多いんじゃないかしら？

その事を想像してしまい、少しだけ胸の奥の方がモヤっとした感覚に襲われた。

……何かしら？　今まで感じた事のない、このモヤモヤとする嫌な感覚は……？

その時、コンコンと部屋をノックする音が聞こえてきた。

「はい」

私が返事をすると、ガチャッと扉が開き、優しい笑みを浮かべた公爵様が姿を現した。

――あら？　昼食の時間はまだのはずなのだけど……。

公爵様はいつも以上にご機嫌な様子で意気揚々とこちらへ歩いて来たので、私も椅子から立ち上がって公爵様と向き合った。

「マリエーヌ、お茶を楽しんでいる所をすまないが……どうだろう。たまには二人で街に出て外食でもしてみないか？」

「え？　……でも、公爵様のお仕事は大丈夫ですか？　ものすごく忙しいと聞いていますけど」

「ははは。誰だろうな。それをマリエーヌに言った奴は。まあ、だいたい想像は付くが……大丈夫だ。マリエーヌが心配する事は何もない」

公爵様は変わらない笑顔で明るく話しているけれど、私に公爵様の状況を教えてくれたジェイクさんがちょっとだけ心配になった。

「今日の午前中は仕事に専念していたからな。マリエーヌと外食するくらいの余裕は十分ある」

確かに、いつもなら何かと私を訪ねてくる公爵様だけど、今日は朝食を終えてから一度もお部屋に顔を出さなかった。

「ですが、もう私たちの昼食も準備されているかと……」

「問題ない。僕たちの分は他の者に食べてもらうように言っておこう」

そう言う公爵様は、すぐにでも出発したいという期待の眼差しで私を見つめている。

もちろん、二人で外出するなんて初めてで。これってつまり……デートって事よね？

私がなんと返そうか悩んでいると、公爵様が私の手を取り、その甲を撫でた。

「君をこの公爵邸から連れ出したいと、ずっと思っていたんだ。もちろん、マリエーヌが行きたくないのであれば、行く必要はない。外で食事か、ここの食堂で食事か……好きな方を選んでほしい」

そう言うと、公爵様は優しく微笑み、私の答えを待っている。

公爵様は、決して無理強いはしない。私の意思をちゃんと尊重してくれる。こういう優しさを見せられると、嬉しくて泣きそうになる。誰かに優しくされるなんて、もうずっとなかったから。

だから公爵様の気持ちにはしっかりと応えたい。

それに私も公爵様との街デートはとても興味があるし、できる事なら行ってみたい……！

私がソワソワしながらリディアの顔を窺うと、「ぜひ行って来てください！」と言わんばかりに、とびきりの笑顔で返してくれた。

「公爵様ァ……！」

唐突に、扉の方から唸る声が聞こえて、ドキリと心臓が跳ねた。

そちらへ顔を向けると、少し開いた扉の隙間に、補佐官のジェイクさんが張り付いていた。なんだか酷くやつれて憔悴《しょうすい》しきっている。後ろで束ねられた漆黒の髪は、色が抜けて白くなり、青いはずの瞳は黒く濁り、その下にはクマがくっきりと現れている。

以前まで、ジェイクさんとは公爵様と一緒にいるところを、軽く会釈を交わす程度の仲だった。言葉を交わしはしなかったけれど、私を無視する事もなく。

――その存在は私にとって、数少ない救いだった。

そんなジェイクさんとも、公爵様が変わってからは頻繁に会うようになった。

といっても、だいたいが仕事を抜け出した公爵様を、ジェイクさんが追いかけてきた時なのだけど。

「お出かけになるのはいいんですよ……確かに、午前中に約束したノルマは達成していますから……ですが、食事を終えたら必ずすぐに帰って来てくださいね？　そのまま奥様と街でデートなんて絶対にしないでくださいよ？　絶対ですよ？　今日中に片付けなければならない仕事はまだ山ほど残っていますので、それを忘れないでくださいね！」

ジェイクさんは充血して真っ赤になった白目を見開き、必死の形相で公爵様に念を押している。

――公爵様。

全然大丈夫そうじゃありませんけど……？

公爵様の様子が変わってから、ジェイクさんからはどんどん覇気が無くなっている。

どうやら、公爵様が頻繁に仕事を抜け出して私に会いに来るので、それを穴埋めするために仕事が激増したらしい。おまけに遠方の地へ行きたがらない公爵様の代理として外出する事も多くなり、ただでさえ常人離れした働き方をしていた公爵様の代わりに行動するのは相当こたえているみたい。

だけどそれもそのはず。見た目は公爵様とさほど変わらないようにも見えるのだけど、確かもう三十六になったと言っていたし、体力的にもしんどいのかもしれない。

「ああ、分かっている」

公爵様はジェイクさんには見向きもせず、空返事で答えた。

これは多分、分かっていないわ。

私がジェイクさんに視線を移すと、ジェイクさんは「頼みます。マリエーヌ様」と言いたげな視線を送ってきていたので、私はコクリと頷いた。

「……は？　貴様、その目はなんだ？　なんでマリエーヌをそんなに見つめているんだ？　その両目をくり抜かれる覚悟はあるのだろうな」

ジェイクさんの視線が私に向けられているのに気付いた公爵様が、何か悍《おぞ》ましいオーラみたいな物を放ち始めた。おもむろに胸ポケットから万年筆を取り出し、それを強く握りしめながらジェイクさんの方へ歩もうとした時、私は慌ててその腕に手を添えた。

「公爵様！　時間がないみたいですので、早く行きましょうか！」

「……！　ああ、そうだな。マリエーヌとの時間が惜しい。さっそく出掛けよう」

私の声掛けに反応して、公爵様から放たれていた何かがヒュンッと引っ込み、その表情は一瞬で晴れやかな笑顔へと切り替わった。私はすっかりご機嫌になった公爵様の腕に手を回し、ジェイクさんがいた扉の方へ視線を移してみたけれど、ジェイクさんはいつの間にかその場から姿を消していた。多分、身の危険を感じて逃げたのだと思う。


ジェイクさん、大丈夫です。

公爵様は、必ず食事を終えたらすぐにお返し致しますので。……多分。

◇◇◇

私と公爵様は、最近できたばかりだという、女性に人気があるカフェへ行く事になった。

使用人からは馬車での移動も勧められたのだけど、公爵様があまり馬車には乗りたくないようにも見えたので、歩いて行ける距離だからと馬車は遠慮しておいた。

それにあまり目立つのも良くないだろうし、お忍びデートというのも楽しいかもしれないと、柄にもなくはしゃいでしまう自分がいる。

いつもよりも少しだけ華やかな淡いピンク色のドレスを身に纏い、日よけ用の帽子を被って外へ出ると、空は透き通るような青で染まっていた。まるでこの世界が広くなったのではと錯覚するくらい、青空がどこまでも続いているような——そんな思いに駆られた。

「マリエーヌ」

名前を呼ばれて振り返ると、つば付きの帽子を被った公爵様が柔らかい笑みを浮かべて手を差し伸べてきた。これはつまり手を繋ごうという合図なのだけど……いつものように応じようとした私の手がピタリと停止した。というのも、屋敷の中では確かに手を繋いで歩いていたけれど、外でも同じように手を繋いで歩くのかと思うと、なんだか急に恥ずかしくなってきた。

だって外で一緒に手を繋いで歩くなんて……それって誰がどう見ても恋人同士なわけで……。

いや、確かに私たちはすでにもう夫婦なのだから全く問題ないのだけど……。

なんだろう。このくすぐったいムズムズする感覚は……！

「……マリエーヌ？　どうかしたか？」

いつまで経っても手を握ろうとしない私を見て、公爵様は不思議そうに小首を傾げる。

「いえ……なんでもないです」

意を決し、差し出された手に自分の手を重ねると、公爵様は顔をほころばせて私の手を握った。

「さあ、行こうか。マリエーヌ」

「はい。公爵様」

顔を見合わせて声を掛け合う。「いってらっしゃいませ」と、リディアを含めた数名の使用人たちに丁重に見送られて、私たちは公爵邸を後にした。

◇◇◇

公爵邸を出発した私たちはいつものように手を繋いで大通りを並んで歩いた。

隣を歩く公爵様は、私の歩幅に合わせてゆっくりと歩いてくれている。そのさりげない優しさに気付くたびに、公爵様が私の事を本当に大事にしてくれているのが伝わってくる。握る手がどことなく熱くなったのは、私と公爵様、どちらの熱のせいだろうか。

繁華街まではそれほど遠くなく、しばらく歩くと多くの人が賑わう街並みが見えてきた。柔らかい風になびかれて、パンの焼ける香ばしい香りが漂ってきたかと思えば、焼き菓子のような甘い香りに惹きつけられた。行き交う人々の話し声が賑やかさを増し、活気で満ち溢れる様子が伝わってくる。

私がせわしく顔を振りながら見慣れない光景に目を輝かせていると、隣を歩く公爵様からフフッと笑う声が聞こえてきた。見上げると、公爵様がなんとも嬉しそうな顔で私を見つめていた。少し子供っぽかったかしらと、急に恥ずかしくなる。顔を見られないようにと、少しだけ俯いた。

——というのも、私はほとんど外出をした事がない。

物心がついた時、私はお母様とお祖母様と三人で暮らしていた。

年老いたお祖母様は、病の後遺症で体全体に麻痺が残り、自分で体を動かせない状態だった。そんなお祖母様を家に一人残す訳にはいかず、お母様がお出掛けをする時、私はいつもお留守番をしていた。だから家の外には滅多に出られなかった。

お祖母様が亡くなり、お母様が再婚してからは少しだけ自由に出歩ける事もあった。だけどお母様が亡くなってからは、私はだんだんと家に引きこもるようになった。義妹が私に虐められていると周囲に言いふらしていたせいで、外に出ると周りの人たちから白い眼で見られたから。

かといって、家の中にも、私の居場所なんてなかったけれど。

結婚して公爵邸で暮らすようになってからも、私は外出を許されていなかった。それは私が外で他の男性と関係を持ち、子をもうけては困るという理由から。

確かに公爵様にとって私は世継ぎを産むための女なのに、別の男性の子を身ごもるのは困るわよね、と私も納得していた。決して私が他の男性と関係を持つ事が不快だからという訳ではなく、ただ困るから。という理由だけで。

その事を思い出すうち、さっきまで浮かれていた気持ちはいつの間にか沈んでいた。

——いけない。せっかく公爵様が街へ連れ出してくれたのに、こんな暗い気持ちになるなんて。

「マリエーヌ、やはりどこか具合が悪いのか？」

虚ろ気味になっていた私の顔を、心配そうに公爵様が覗き込んでいた。とても近い距離で。

「——！」

急に至近距離で見つめられたのにビックリして、思わず足を止めた。

赤い瞳の中に、目を丸くした私の顔が映し出される。……なんて顔してるのよ……！

公爵様との距離の近さを強く意識してしまい、恥ずかしさのあまり、プイッと顔を背けた。

「いえ！　ちょっと人混みに酔ってしまったみたいで——」

動揺をごまかし弁明するも、なぜか公爵様が更に体を寄せてきた。

——え？

次の瞬間、私の体がふわりと浮き上がった。

体を包み込まれるような感覚と、目の前には公爵様の美しいお顔。

どうやら、私は公爵様に抱き抱えられているらしい。

突然の出来事に、私の頭の中は真っ白になり、以前の公爵様なんて一瞬で消し飛んだ。

「こ……公爵様？　これは一体？」

「ん？　疲れたのだろう？　もうすぐ店に着くから、それまで僕に身を任せてほしい。このまま眠ってくれても構わない」

いえ……この状態ではさすがに眠れません。

「でも公爵様！　これでは公爵様が疲れてしまいます！　このあと仕事もしないといけないのに」

「大丈夫だ。むしろこうしていた方が仕事の疲れが癒される。きっと君には癒しの力が秘められているのだろう。それにしてもマリエーヌは軽いな。やはり羽が生えているのではないか？　このまま空まで飛べそうな気がするな。はははは」

――どうしよう。公爵様のテンションがちょっとおかしいわ。やっぱり仕事の疲れが溜まっているんじゃないかしら？　というか、これはさすがに目立ってしまうような……。

「あれ？　もしかして公爵様じゃない……？」

「あ、本当ね！　じゃあ、一緒にいるお方が公爵夫人なのかしら？」

案の定、私たちの存在に気付いた人たちが顔を見合わせざわめきだした。

その中には、いそいそとこちらへ近付き遠慮がちに声を掛けてくる人もいた。

「公爵様、先日はありがとうございました。公爵様のおかげで道路の補修が早く済みました」

「あ、駄目よ。今は奥様とデート中なんだから、邪魔しちゃいけないわ」

「公爵様、また今度うちの店にもいらしてください」

そんな風に声を掛けてきてはすぐに立ち去っていく。多分、私が抱き抱えられた状態だから、気を遣ってくれたのだと思う。それにしても、以前の公爵様なら、こんなに気さくに話しかけられる事なんてありえなかったはず。今の公爵様は本当に領民から慕われているみたい。

そう思いながら、街の人たちに対応する公爵様の姿を、腕の中から見つめていた。

上に立つ人間としての威厳を見せながらも、人々の話に耳を傾け言葉を交わす。柔らかい笑みを浮かべつつも、その眼差しには少しの隙も見られない。

いつも私の前で見せる穏やかな姿とは違う。カリスマ性の滲み出る大人の風格が漂う姿。容姿の美しさも相まって、いつも以上に公爵様が格好良い。そんな人に抱き抱えられていると思うと、余計に恥ずかしくなってくる。

ドキドキと心臓の音がうるさく鳴り響き、体を駆け巡る熱は頭の先まで熱くさせていく。その熱に浮かされながらも、公爵様の凛々しい横顔に釘付けになった。

その時、私の視線に気付いた公爵様が照れるように笑い、頬を紅潮《こうちょう》させた。

「マリエーヌ。そんな風に見つめられると……勘違いしてしまいそうだ」

「？　……勘違い？」

「ああ。君が僕に気があるのではないかと」

「……」

――それはつまり……私が公爵様を好きだ。と、勘違いしそうになるって事……？

「それとも、僕は期待してもいいのだろうか？」

「……期待も何も……私と公爵様は、既に夫婦ですから」

少し棘のある返し方だっただろうかと小さく反省する。

すると公爵様は納得するように大きく頷き、瞳に少しだけ寂しさを滲ませ、微笑んだ。

「ああ、そうだな。確かに、僕たちは夫婦である事に違いはない。だが、恋人という領域にはまだ達していない。お互いの気持ちに大きな差がある事も理解している。しかしそれも当然だ。こうしてお互いが目を合わせて会話をするようになったのも、つい一ヶ月前の事。たったの一ヶ月で相手の事を知り、好きになるなんて到底無理な話だろう」

——公爵様。

一ヶ月どころか、たったの三日で心変わりして、私に告白してきたのをお忘れでしょうか……？

そう思ったけれど、公爵様の場合は人格が入れ替わったのも関係しているだろうから、例外という事にしておこう。だけど公爵様の言う通り、私たちはお互いが恋をする過程を飛ばして結婚している。でもそれは貴族社会なら普通の事。恋愛を経て結婚する方が少ない気がする。

「だけど僕は、いつか君に好きになってほしい。それがたとえ、どれだけ先の未来になろうとも、本当の意味で愛し合う夫婦になりたいと思っている」

「……愛し合う……夫婦……」

そういえば、私はずっと誰かに愛されたいと願うばかりだった。

誰かに心から愛されたとしたら、私も自然とその人を愛するようになると思っていたから。

公爵様は毎日欠かさず私に愛を囁いてくれる。だけどそれは私にというよりも、自分の妻に贈っている言葉なのだろう。

それでも、今は公爵様の妻として、少しだけその愛を受け止められるようになった。

もしいつか、私が本当の意味で公爵様を愛するようになったとしたら——公爵様が望む『愛し合う夫婦』になれるのだろうか？

そうなれたのなら……どんなに幸せな事だろう。

だけど――ある日突然、公爵様の人格が元に戻ってしまったら？

公爵様から愛される事はなくなり、私の公爵様への愛だけが残ってしまうのでは……？

その事を想像するだけでも、とても辛くて寂しい。それに元の人格に戻った公爵様を、私はきっと愛せない。それなのに、私と愛し合った公爵様の面影を見つめながら、行き場のない愛と共に生きていく事になるのだろうか。

愛が深ければ深いほどに、その悲しみも底知れないものとなるはず。

――怖い。公爵様を愛する事が。

「すまない。君を困らせるような事を言ってしまったな」

黙り込んでしまった私を気遣い、公爵様が声を掛けてくれた。

「いえ、そんな事――」

「二人は夫婦なのに愛し合っていないの？」

突然、一人の男の子が声をかけてきた。

不思議そうに首を傾げ、私たちを交互に見つめている。

その瞬間、我に返った私は周囲を見回した。いつの間にか、私たちを取り囲むように大勢の人が集まっている。私と目が合うなり、その人たちは次々と視線を逸らし、何事もなかったように動き始めた。

――もしかして、今までのやり取りをずっと見守られていたの……？

これは……さすがに恥ずかしい。しかも私、さっきからずっと抱き抱えられたままだし……！

「公爵様！　申し訳ございません！　うちの子が御無礼を……！」

男の子の母親らしき人物が血相を変えて飛び出してくると、男の子の後頭部をぐいっと押さえて一緒に頭を下げだした。

「いや、問題ない。顔を上げてくれ」

公爵様がそう言うと、男の子の母親は我が子の頭から手を離し、姿勢をピシャリと正した。男の子は何が起きたのかよく分からない様子で、ポカンとしたまま公爵様を見つめている。そんな男の子に、公爵様は静かに話しかけた。

「少年。確かに、僕たちはまだ愛し合う夫婦とは言えないのかもしれない。だが、僕は妻を——マリエーヌを愛している。それだけは、この先も永遠に変わらない事実だ」

男の子へ向けられたその言葉が、私の内に秘めている不安を少しだけ和らげた。それが意図的なものかは分からないけれど、公爵様は私の不安を感じ取ったのだろうか。

「ふぅーん……じゃあ、お姉ちゃんはどうなの？」

「え……？」

「ももも……申し訳ありませんんん!!」

母親の顔色が血の気が引いて真っ青になり、男の子の体をガシッと手荒く抱き抱えると、猛ダッシュで去って行った。

再び集まり始めていた人たちも、何食わぬ顔で散り散りに去り始めた。

人の気配が少なくなり、静かな時間が流れる。すると、フッと笑う声が聞こえてきた。

「マリエーヌ。焦る必要はないんだ。ゆっくりでいい。僕たちのペースで少しずつ愛を育む事ができれば、それだけで十分なんだ」

そう言って笑みを浮かべる公爵様は、本当に満ち足りているかのようで。

少しだけでも、何かを返したいと思い、公爵様の胸元にそっと手を添えた。

「…………私は……公爵様の事が、気になります。まだ、それがどういう意味を持つのかは分かりませんし、上手く説明する事はできないのですが……気になっています」

我ながら、ずるい言葉だと思う。だけど公爵様はそんな私の言葉に、大きく目を見開いた。

「……！　マリエーヌ……そうか。それだけでも十分だ。僕の事が気になるか……ふふっ……それは凄く嬉しいな」

そう告げると、顔を真っ赤に染めた公爵様が、太陽にも負けないくらい光り輝く笑顔を見せた。

「なんだ⁉　あの公爵様のキラキラとした笑顔は……⁉」

「ま、眩しい！　なんて神々しい輝きを放っているんだ⁉」

「うぅっ……！　とても直視できない……！」

「ママー、なんであそこだけ輝いてるのー？」

公爵様の眩いばかりの笑顔を見た周囲の人たちは一斉にどよめきだし、次々と目を覆い隠す。

――良かった。

眩しいと思うのが私だけじゃなくて。

◇◇◇

周囲からの視線を感じながらも、公爵様に抱き抱えられた状態で目的地のカフェに到着した。

そのまま店の中に入ろうとする公爵様に、私が「もう下ろしてください……」と恥ずかしさに震えながらお願いすると、名残惜しそうな顔で地面に下ろしてくれた。

店内に入ると、店員さんにお願いしてなるべく目立たない角の席に座らせてもらった。備え付けのメニュー表を覗くと、思った以上に品数が多い。それに加えて、知らない料理が大半を占めていたので、シェフお勧めの日替わりランチを頼んだ。私に合わせて公爵様も同じ物を注文した。

料理がくるのを待つ間、私が店内の様子を興味津々に見回していると、公爵様がニコニコしながら声をかけてきた。

「マリエーヌ、楽しいか？」

「あ……はい！　とても！　……ごめんなさい、はしたないですよね」

「いや、いいんだ。君のそんな姿が見られるのは僕にとっても嬉しいからな。とても可愛らしくてこの目に焼き付けておきたい」

「は……はは……」

公爵様は時々、反応に困る事をおっしゃられる。

「マリエーヌ。この店は気に入っただろうか」

「はい！　外観もお洒落で素敵でしたし、お店の中も可愛い雑貨が多くて見ていて楽しいです。料理も美味しそうですし、とても気に入りました！」

「そうか。それなら毎日一緒に来るのも良いかもしれないな」

「ふふっ……毎日来たいくらいですけど、さすがにジェイクさんに悪いですよ」

「問題ない。文句を言わせなければよいだけなのだから」

どうやって文句を言わせなくするのだろうと想像したら、恐ろしい事しか思いつかなかった。

公爵様、ジェイクさんには容赦ないから。

「またいつか時間に余裕ができた時に連れて来ていただけると嬉しいです。その時はぜひ、リディアやジェイクさんも一緒に行けたらいいですね」

公爵様と二人で出かけるデートも良いけれど、人数が増えた外出もきっと楽しいはずだと、想像したら思った以上に胸が弾んだ。

「そうだな。じゃあさっそくこの店を買い取ろう」

「はい。…………え？」

流れるように紡がれた会話だったけれど、さすがにその言葉を聞き流せなかった。

文句を言わせないって……まさかそういう事……？

「公爵邸の敷地内に持ってくれば、毎日でも来る事ができると思ってな」

「……それはこのお店を……ですか？」

「ああ。そうすればあの二人も連れて行けるだろう。さっそくこの店のオーナーと話をつけよう。おい、そこの――」

「待ってください公爵様」

公爵様が近くの店員さんに声を掛けようとしたのをすかさず制止した。

「ん？　どうかしたか？　マリエーヌ」

そう聞き返す公爵様の表情からは、何の悪気も見てとれない。むしろ生き生きとしている。

だけどさすがにこの話をこれ以上進展させる訳にはいかない。さっきから公爵様の後方で涙目になりながらこちらを見つめるオーナーっぽい人のためにも……！

「公爵様。そんな事をしてしまったら……外出した時の楽しみが減ってしまいます！　こういうお店は時々来るからこそ、いつもと違う特別感があって喜びが生まれるのです！」

「!?　なるほどな！　確かにそうだ……さすがマリエーヌだ。僕たちが初めてデートしたカフェという記念に持ち帰ろうと思っていたが、考え直すとしよう」

「ええ、そうしましょう」

——公爵様。

そんな事をしていたら公爵邸の敷地内に商店街が出来上がってしまいます。

話の行く末を見守っていたオーナーっぽい人も、ホッと胸を撫でおろしていた。

この一ヶ月間、公爵様と話をしていて分かった事がある。

公爵様は冗談を言えるほど、器用な人間ではない。

つまり、公爵様の発言は全て本気で言っている事なのだと。

だから公爵様が「女神のようなマリエーヌの石像を中庭に飾ったら、公爵邸が神の加護により守られるだろうな」と言っていたのを「ふふふ。そうなったら素敵ですね」と、笑いながら受け流してはいけない。本当に中庭に羽を生やした私っぽい石像が建てられてしまうから……ていうか、建ってしまったの。本当に。

それ以来、私は公爵様の言葉は全て真摯に受け止める事にした。そのうえで、ちゃんと止めるべき時は止めておかないと、あとで取り返しがつかない事態になるのも身に染みて分かっている。

とりあえず、公爵様はお店を買い取るのは諦めたみたいなので、私はホッと息を吐いた。

ふと、目の前のテーブルに視線を落とすと、テーブルクロスの端に施されている刺繍に目が留まった。そこには目が覚めるような鮮やかな赤色と青色の刺繍糸でお花の模様が細かく描かれている。私が知っている刺繍は、もっと色味を落として上品さを演出させる物で。こんなにカラフルな刺繍は今まで見た事がなかった。

テーブルクロスの端を摘んでそれを熱心に見つめていると、公爵様が声を掛けてきた。

「その刺繍を見る限り、これは東部にあるサンドガルズという国の民芸品だろう。どうやらこの店はサンドガルズの雑貨を内装に多く取り入れているみたいだな。この街にある港には貿易船の定期便が停まるから、国外の品を好んで扱う店も多いんだ」

「そうなのですね。初めて見る刺繍だったので気になったのですが、異国の文化だったのですね。モチーフになっているお花も可愛くてとても素敵です」

「……そういえば、マリエーヌも刺繍をするんだったな」

「え？　あ……はい。といっても、軽く嗜む程度なのですが……」

……あら？　公爵様の前で刺繍の話をしたかしら？

そう疑問に思ったけれど、リディアから聞いたのかもしれないと、気にしない事にした。

「もう少し港の方へ行くと、国外の雑貨を主に取り扱っている店があるんだ。良かったら食事を終えたら一緒に行かないか？」

「え……？　でも、早く帰らないとジェイクさんが待っていると思うのですが……」

「ああ、奴なら大丈夫だ。ああ見えて仕事だけはできるからな。何の問題もない」

――公爵様。

ジェイクさんのあの様子を見る限り、全然問題ありそうですが。

でも確かに、公爵様の言うお店も凄く気になる。異国の文化は前から興味があったし……。

だけどジェイクさんから食事を終えたらまっすぐ帰る事を託されている私は、ここで素直に頷く訳にはいかない。

「でも、昼食だけの外出という約束ですし、少しでも早く公爵邸に戻られた方がジェイクさんも喜ばれると思うのです。ですから今日は食事を終えたら真っすぐ帰りましょう」

すると公爵様は数秒だけ沈黙した後、納得するように頷くと柔らかく微笑んだ。

――良かった。納得してくれて。

「そうだな。やはりマリエーヌは優しいな……。たとえ他人であろうとも、繊細な気遣いができる……僕は君のそういう優しいところが本当に大好きなんだ」

若干ひっかかるところがありつつも、不意打ちの告白に少しだけ胸が高鳴った。

だけど次の瞬間、公爵様のうっとりとした笑顔に黒い影が落ちた気がした。

変わらない笑みを浮かべたまま、その口からぼそりと何か聞こえてきた。

「だが、その優しさが他の男へ向けられているのなら……その男の存在を消したくなるな」

「…………え、何か言いました？」

「ああ。マリエーヌは聖母のように優しい存在だなと言ったんだ」

聞こえないふりをして問いかけた私に、純真無垢な笑顔で答える公爵様。

でも、それ嘘ですよね？

今、存在を消したいとか言ってましたよね？　それ多分ジェイクさんの事ですよね？

「仕方ない。残念だが、今日は食事を終えたらすぐに帰ろう。次にデートをする時には事前に余計な懸念は消しておこう。……ああ、もちろん仕事の話だが」

嘘ですよね？

余計な懸念って、それやっぱりジェイクさんの事ですよね？

私の頭の中に思い描くジェイクさんの姿が、だんだんと霞んでいくような気がした。

「公爵様。やっぱりそのお店に行きましょう。急に行ってみたくなりました」

「本当か⁉　そうだな！　マリエーヌがそう言うのなら、ぜひ食後に行くとしよう！」

「はい、とても楽しみです」

曇りのない満開の笑顔を咲かせる公爵様に、私もニッコリと笑顔で返す。

――ジェイクさんごめんなさい。どうやら少し遅くなりそうです。ジェイクさんの存在を守るためにも……少しだけ寄り道していきます。

心の中で謝りながらも、街デートをもう少し堪能できるのだと思うと素直に嬉しかった。

「お待たせ致しました」

そこへタイミングを見計らったように店員さんが料理を持ってきた。

テーブルの上に次々と並べられていく料理を見ていると、ある食材に目が釘付けになった。ミディアムに焼けたステーキ。その隣に付け合わせで人参のグラッセがちょこんと添えてある。

実は公爵様は、人参が大の苦手。公爵様の唯一の弱点とも言えるのが、この人参なのだ。

公爵様が熱で寝込んでいた時、使用人が手違いで入荷してしまった人参をバレないように処分していた。なんでも、人参を見ただけでものすごい不機嫌になるのだとか。

——公爵様、きっと食べられないわよね？

でも公爵様ともあろうお方が、外出先で人参を残すのって世間的にどうなのかしら……。

かといって「その人参、私が食べましょうか？」と聞くのも失礼な気がするし。

「マリエーヌ、頂こうか」

「あ……はい。いただきます」

促されて咄嗟に返事をしたものの、やはり気になるのは人参の存在。お皿の上のステーキをナイフとフォークで切り分けながらも、チラチラと公爵様の人参に目がいってしまう。

その時だった。

公爵様がおもむろに人参をフォークで突き刺し、パクっと一口で食べたのだ。

「え……？」

――公爵様が……人参を……食べた……？

あまりにもあっさりと人参を口にした公爵様に、食べるのも忘れて目が釘付けになる。もぐもぐと軽やかに口を動かし、私の視線に気付くとゴクリとそれを呑み込んだ。

「マリエーヌ、どうかしたか？」

「え？　いえ……えっと、公爵様は人参が嫌いなのではなかったのですか？」

私の言葉に一瞬だけキョトンとした後、公爵様は柔らかく笑った。

「ああ、確かに前までは食べられなかった。だが、食べられるようになったんだ。君に少しでも良いところを見せたかったからな」

――え？　私に良いところを見せるため？

そのために人参を食べられるようになったの？

……私のために……人参を……食べたんだ……？

「ふっ……ふふっ」

「……？　どうかしたか？」

「いえ……だって……良いところを見せるために人参を食べるって……ふふふふっ」

まるで親に褒めてもらいたい子供みたいだと言ったら、さすがに怒るだろうか。

なんだか公爵様が凄く可愛く見えて、笑いが込み上げてきた。でも、私のためにせっかく弱点を克服してくれたのに、こんな風に笑うなんて失礼よね。

だけど公爵様は、笑う私の姿を嬉しそうに見つめている。そして少し切なそうに眉をひそめ、

「これを食べると、やはり君は笑ってくれるんだな」

消えそうになる声でボソリと呟いた。

公爵様は時々、そんな風に私が知らない私の話をする。まるで私ではない誰かを思い出すかのように、切なく笑うその顔を見ると、少しだけ寂しさを感じる。

その言葉の意味を、いつか教えてくれるのだろうか。


――それにしても、不思議だわ。

公爵様の人参嫌いは公爵邸で働く人なら誰もが知っている。だから人参を使った料理が食卓に並んだ事はない。間違えない限りは、仕入れる事すらないのだけど。

それなのに、どうやって公爵様は人参を克服できたのかしら？

◇◇◇

食事を堪能した私たちは、ペコペコと何度も頭を下げるオーナーに見送られ、カフェを後にした。

再び公爵様と手を繋ぎ、更に街の奥へと歩き進む。

そよ風が吹くたびに潮の香りが鼻をかすめ、海に近付いてきたのが分かった。

――海……見に行きたいな……。

ふいに、そんな思いに駆られた。

だけど時間もあまりないのにそんな我儘を言う訳にはいかない。

その思いは自分の心の奥へと押し込めた。

しばらく歩いたところで、公爵様が言っていた雑貨屋さんに辿り着いた。

店内には見慣れない雑貨や家具が置かれており、あまり馴染みのない独特な香りまで漂っている。

まるで異国の地へと足を踏み入れたかのようで、ワクワクと心が躍った。

「いらっしゃいませ……え、公爵様!?」

木彫りの揺り椅子に座ってくつろいでいた、店主と思われる中年男性が、公爵様を見るなり跳び上がって立ち上がった。

すぐにこちらへ駆け寄ってくると、深々と頭を下げ公爵様に挨拶する。その後ろを一匹の猫が「にゃぁ〜」と高い鳴き声を上げて追いかけてきた。お店の看板猫……なのかしら?

そういえば昔、お母様が話してくれた。猫には金運や人を惹き寄せる力があり、とある国では〝招く猫〟として猫の置物をお店に置く事もあるのだとか。

このお店は置物ではなく、本物の猫で客寄せの縁起をかついでいるのかもしれない。

素晴らしい商売魂だわ……なんて感心していると、店主と話を終えた公爵様が声を掛けてきた。

「マリエーヌ。あそこに刺繍の雑貨が置いてあるらしい。見てみよう」

公爵様が指さす方向には、刺繍が施されたタペストリーやハンカチ、洋服などの多種多様な品が陳列されている。手を引かれてそこまで来てみると、布地に施された絵画のように美しい刺繍を前に思わず感嘆の溜息が漏れた。

「本当に素敵な物ばかり……どうやったらこんな立体感を演出できるのかしら。それにこの繊細なステッチも見た事がないわ。この刺繍糸も……一体何色《なんしょく》使っているのかしら？　ああ、こっちもビーズとの組み合わせが絶妙だわ……！」

どれもこれも素敵すぎて、あちこちの品に目移りしていると、隣からクスクスと軽快な笑い声が聞こえてきた。その声の主はもちろん公爵様。どうやらお店の品には目もくれず、私の反応を見て楽しんでいるよう。だけどよく考えたら、公爵様は刺繍に興味はないわよね……？

「ごめんなさい。私ばっかり楽しんでしまって……。公爵様も、何か気になる物があれば見て来てください」

「――ああ。だからこうして見ている」

「え……？」

すると公爵様は私にぐっと身を寄せた。すぐ目の前まで迫った赤い瞳に私の顔が映し出される。

「僕が気になるのは、マリエーヌ……君だけだからな」

「――!!」

至近距離で見つめられて告げられた言葉に、恥ずかしさのあまり言葉を失った。咄嗟に視線を逸らし、そのまま一歩後ろへ後ずさり、小さく「そう……ですか」と呟いた。

――今のは……不意打ちだわ……。

ドキドキと心音がうるさく音を奏でる。それを紛らわせようと陳列された商品を見つめた。だけど全く集中できない。赤い糸で刺繍された物が目に入るたびに公爵様を連想してしまう……！

「マリエーヌ。気に入った物があれば遠慮せずに言ってほしい。僕から君へのプレゼントにしたい」

「え？　あ……いえ。確かにどれも素敵な物ばかりなのですが、公爵様からはもう数え切れないほどの贈り物を頂いておりますし、これ以上は何も――」

望む物はありませんと、やんわり断りを入れようとしたけれど、なぜか公爵様はシュン……と悲しそうに眉をひそめた。

一度グッと力強く閉じられた口が、ゆっくりと開く。

「その事なんだが……。マリエーヌ……僕が贈った品のほとんどは君の好みに合っていないと聞いている」

――ぎくり。

まさかこのタイミングでそんな話が出てくるとは思わず、さっきとはまた違う意味の動揺で額に汗が滲む。それを悟られまいと、できる限りの笑顔で公爵様に言葉を返した。

「えっと……そんな事はないですよ……？　沢山頂いたドレスやアクセサリーも着る機会がないだけで……人形や他の雑貨も……置き場所がなくて飾れていないだけですし――」

「いいんだマリエーヌ。僕を気遣ってくれるのはとても有難いが、リディアが言うのだから本当なのだろう」

リディア……ついに公爵様に言ってしまったのね……。

贈られたプレゼントの箱を一緒に開封するたび、隣で大きな舌打ちを漏らしていたから。

「マリエーヌは優しいから、人から贈られた物を断ったり、処分する事もしないだろう。君の好みに合わない物は僕が全て引き取る。探せば欲しがる人間もいるだろうからな」

切なそうに笑う公爵様には申し訳ないのだけど、確かにこのままではいけないとは思っていた。

公爵様の様子が変わってから、公爵邸には多くの商人が出入りするようになった。それは公爵様が私へ贈る品を注文するためであったり、仕上がった品を持って来るためであったり。

とにかく沢山のプレゼントを受け取った。公爵様が変わるまで、一度も贈り物なんてされなかった。だから嬉しいのには違いない。

ただ――派手な物が多いのが、ちょっとだけ気にはなっていた。

眩いほどの装飾が施されたドレスや、ありったけの宝石をちりばめたようなアクセサリー。もちろん、中にはそうでもない物も含まれてはいるのだけど、贈られてくる物の九割は、とにかく派手で贅を尽くしたようなものばかり。それらを身に着ける勇気はなく、とりあえずクローゼットの奥へと保管している。まさに宝の持ち腐れ状態。

それに加えてなぜか人形や剥製もやたらと贈られてくる。

人形は動物のぬいぐるみといった可愛い物ではなく、本当に生きているかのように作られたリアルな女の子の人形ばかり。最初は部屋に飾っていたのだけど、その人形も次々と贈られてくるものだから増える一方で。

それが八体ほど並べられたあたりで、リディアが突然、

「この人形これだけ並んでると少し不気味ですね……。大丈夫です？　夜中に動いたりしてません？　……え？　うわっ……今この子、瞬きしませんでした？　それによく見たら昨日の配置と少

し変わってますよね？　……こわっ！　マリエーヌ様！　この子たち多分生きてますよ⁉」

と言い出したものだから、急に人形に対する恐怖心が芽生えて、並べていた人形は全て丁重に収めさせていただいた。剥製も同じ理由でちょっと怖いので飾れずにいる。

だけどせっかく公爵様の御厚意でもらった物なのに、それを心から喜べない自分が腹立たしく思う。公爵様にも申し訳ない。

「……ごめんなさい。せっかく贈っていただいたのに……」

「マリエーヌが謝る必要は何もない。僕が勝手に間違えてしまったんだ。大切な人へ贈り物をする時には、まず相手の好みを知る事から始めないといけなかった。ただ一方的に贈りたい物を贈るだけでは駄目なのだと、心から反省したよ」

視線を落としたままの公爵様は、失望するように暗い顔をしている。

心底落ち込んでいる公爵様を前に、私もどうしようかと思い悩んでいると、

「マリエーヌ」

ふいに優しく名前を呼ばれて、両手を持ち上げられ握られた。

「僕はまだよく分らないんだ。どうすれば君が喜んでくれるのか。何を言えば君が笑ってくれるのか。……今まで、誰かを喜ばせたいなんて思った事もなかったから」

深刻な顔で自信なく話す言葉から、公爵様の苦悩が伝わってくる。

――公爵様も、私と同じなんだ。

私の事が分からなくて、不安なんだ……。

それなのに公爵様は、いつも真っすぐ愛を伝えてくれる。思いを込めた言葉を口にして――。

その時、私の両手を握る手に力が込められた。

気付けば、先ほどまでの憂いは消え去り、燃えるような熱を灯す真紅の瞳が私を見つめていた。

「だから、マリエーヌ。僕は君の事が知りたい。君が何を好きで、どんな事を望んでいるのか。何を見てどう感じるのか。どんな些細な事でも構わない。君の全てを知りたい。教えてほしい。誰よりも君の事を知り、理解できる人間に僕はなりたいんだ」

「……公爵様」

熱意の込められた赤い瞳と言葉に、胸が焼けるほどに熱くなる。

こんなに真剣に、私の事を知ろうとしてくれているなんて――そんなの嬉しいに決まってる。

――知ってほしい。公爵様に、私の事を……もっと。

「私は――」

そう口を開けば、公爵様は期待に目を輝かせながら私の言葉を待った。

「刺繍が好きです。小さい頃、お母様が趣味でやっていたのを真似してみたら、『マリエーヌはセンスがあるわね!』って褒められて……それが嬉しくてずっと続けていました」

「そうだったのか。マリエーヌが施す刺繍はさぞ美しい物なのだろうな」

「……」

穏やかな笑みを浮かべる公爵様に、「いつか私が刺繍した物をお贈りしたいです」と伝えようと口を開いたけれど、言葉は出てこなかった。

私の刺繍した物なんてもらっても迷惑になるだけだと。こんな時にまで卑屈な事しか考えられない自分が嫌になる。

そんな気持ちを払拭するため、言葉を続けた。

「あと……色は黄緑色が好きです。お母様がよく私の瞳の色が綺麗だと褒めてくれていたから」

「ああ、そうだな。マリエーヌの瞳は僕も大好きだ。ずっと見ていても飽きないくらい魅力的で美しい」

そう言われて、うっとりする眼差しでじっと見つめられる。だけど、公爵様のルビー色の瞳も本当に綺麗で……私も、ずっと見ていても飽きないと思う。

「でも――」

公爵様の真紅の瞳に誘われるままに、言葉を発していた。

「最近は赤色も好きになりました。公爵様の瞳がとても綺麗で素敵なので……」

「……………‼」

私の言葉に、二度瞬きした公爵様のお顔が一気に耳まで真っ赤に染まった。

そんな反応を見せられ、私も釣られて顔の熱が急上昇する。

なんだか自分が凄い事を言ってしまったような気がして、急に恥ずかしくなってきた……！

私たちを取り囲む空気の熱が一気に上昇する中、私はとっさに気になっていたハンカチに手を伸ばした。

「公爵様！　このハンカチとても気に入りました！　買っていただけますか⁉」

「……！　もちろんだ！　今すぐ買い取ろう！　他にもう一品……いや、二、三品ほど選んでみてくれないか⁉」

心底嬉しそうにハンカチを受け取ると、公爵様は更に目を輝かせた。そんな姿を見せられると、つい調子に乗ってしまう。躊躇いながらも、気になっていた洋服をそっと指さした。

「では……この洋服もいいですか？　ビーズを使った刺繍がとても可愛くて」

「ああ、もちろんだ。マリエーヌがこれを着た姿を早く見てみたいな。すぐに買い取ろう。他にはどうだ？」

「ええっと……そうですね……では、このタペストリーも良いですか？　色鮮やかなお花の刺繍が本当に綺麗です」

「よし。それもすぐに買い取ろう。他には？」

その時、「にゃ～」と鳴き声が聞こえ、足元にふわっとした何かが当たる感触。視線を落とすと、お店の看板猫が私の足にすり寄っていた。

「ふふっ。可愛い。人懐っこい猫ですね」

「ああ、可愛いな」

そう言って公爵様が身を縮めたかと思うと、おもむろに猫を抱き上げた。

「すぐに買い取ろう」

「いえ。それはやめましょう」

猫を抱き抱えたまま店主の元へ向かおうとした公爵様を、私はすかさず引き止めた。

——公爵様。

お店の看板猫を買い取ってはいけません。

◇◇◇

買い物を済ませた私たちは、猫を大事そうに抱きしめる店主さんに見送られてお店を後にした。

もうこのまま公爵邸へ戻るのだろうと思っていると、公爵様が足をピタリと止めた。

「マリエーヌ。他にどこか寄りたい所はないか？」

その問いに、私の頭を過ったのは、先ほど心の奥に押し込めた思いだった。

だけどそれを口にはできない。もうとっくに帰らなければならない時間は過ぎているのに。これ以上、公爵様の時間を拘束する訳にはいかない。今日はもう、これで十分。

「いえ、大丈夫です。好きな物を買っていただけましたし、なんだか今日は胸が一杯です」

自分が欲しいと思った物を誰かに買ってもらうなんて、お母様が亡くなってからは一度もなかった。心が満たされたような満足感。そんな気持ちになるのもいつぶりだろうか。

だけど公爵様は、私を優しく見つめたまま動かない。そのまま落ち着いた声で問いかけてきた。

「マリエーヌ。本当は言いたい事があるのだろう？」

「……」

——なんで？　どうして公爵様は分かったの……？

私が言いたくても言えない事があるのだと。

優しく微笑む公爵様に促され、じわりじわりと心の内から欲が漏れ出す。

「公爵様」

控えめに呼ぶと「なに？」と応えるように公爵様は目を細めた。

「私、海を見に行きたいのです。港に連れて行ってください」

初めて口にした私の我儘に、公爵様は嬉しそうに笑顔を弾けさせた。

「ああ、もちろんだ！　すぐに行こう！」

少年のようにはしゃぐ公爵様に手を取られ、私たちは少しだけ早足で更に街の奥、潮の香りが強くなる方へと進んで行った。

◇◇◇

港に着いた時、出港したばかりの船が紺碧の海へと旅立つところだった。

私たちは海が見える場所に置いてある少し古びたベンチに二人で腰かけた。

風が強く、被っている帽子が飛ばされそうになり、帽子を脱いだ。

なびく髪を手で押さえていると、公爵様が持っていた紙袋から何かを取り出した。お店で買った物は公爵邸へ届けるようにしていたのに、なぜ紙袋を持っているのかは気になっていた。

「マリエーヌ。良かったらこれを使ってくれないか？　君に似合うと思って買っていたんだ」

公爵様が差し出した手の平には、可愛らしい髪留めがのっている。

「可愛い……嬉しいです。ありがとうございます」

お礼を告げ、それを丁寧に摘んで受け取った。

白いフェルト生地にピンク色と水色を基調としたお花の刺繍が施され、ちりばめるように縫い付けてあるビーズがまた可愛い。実は私もこの髪留めはお店で見かけた時から気になっていた。私の好みを考えて選んでくれたのだと思うと、尚更嬉しくてほっこりと温かい気持ちになる。

髪の毛の上半分を後ろで纏めて髪留めをパチンと留めた。

それを見届けると、公爵様はうっとりとした笑みを浮かべた。

「マリエーヌに似合うと思っていたが、想像以上だ。画家を呼んで今この瞬間の君を絵画にして残しておきたいな」

「ふふふっ……大袈裟ですよ」

「そんな事はない。マリエーヌとこうして共に過ごせるのは、僕にとって奇跡みたいな時間なんだ。瞬きする間も勿体ないくらい、この瞬間を少しも見逃したくはない」

そう言う公爵様は幸せそうな顔で私を見つめている。そんな顔をされたらもう何も言えない。

だけど私も……今この場所にいられる事が、奇跡が起きているとしか思えない。

今だけじゃない。あの日——公爵様が初めて私の名前を呼んでくれた日から、ずっと終わらない奇跡が続いている。

温かい食事を誰かと一緒に食べるのも、こうして誰かと外へお出掛けするのも、こんな風に誰かの愛を感じられるのも。

私に奇跡を起こしてくれる誰かは、いつだって公爵様だ。

「私も……こうしていられる事が奇跡のように思います。公爵様、ありがとうございます。この髪留めも、私をここへ連れて来てくださった事も」

感謝を伝えると、公爵様は頬を赤らめとろけそうな笑みで応えた。

その笑顔を見ていると、ドキドキと心音が速くなっていく。落ち着かない気持ちを紛らわせようと、前方に広がる海へと視線を移した。

穏やかに波打つその景色を見ていると、少しずつ気持ちが落ち着きを取り戻していく。

すると隣から公爵様の穏やかな声が聞こえてきた。

「マリエーヌは海が好きなのか？」

「海が好きというか……海の向こうの景色を眺めるのが好きなんです。遠くに見える大陸を見ていると、なんだか期待に胸が膨らむのです。あの遠く離れた大陸にはどんな人がいて、どんな文化があって、どんな暮らしをしているんだろう……って」

遥か海の向こう側に見える大陸。一体どれだけこの海を渡れば、あの地へと辿り着くのだろう。目に見えているのに、ずっと遠い異国の地。私の知らない世界。

それを遠目で眺めながら、私は言葉を続けた。

「幼い頃も、大人になってからも……ほとんど家から出られなかったので……。私がいるこの世界は、とても小さくて狭い所だとずっと思っていました。時折、息苦しくなるほどに……」

――お母様がいる時は良かった。私を大事にしてくれる人が傍にいる事は、自分には居場所があるのだと安心できたから。

だけど、お母様という心の拠り所がなくなってからは、この世界に私の居場所はなくなった。

この小さな世界の中で、私はどこにいればいいのだろうと……毎日居場所を求めて同じ場所を延々と彷徨っているようだった。

そんな時に思い出すのは、幼い頃に一度だけ、家を抜け出した時に見た港での景色。

このちっぽけな世界を抜け出して、あの海の向こう側にある世界へと渡れたのなら——ここにはない、自分の居場所が見つかるのかもしれない。そんな思いを馳せ自分を慰めた。

「だから、憧れを抱いていると言えばいいのでしょうか。今日、こうして外に連れ出していただいて色んな人と出会い、憧れていたお洒落なカフェでランチを楽しみ、異国の文化にも触れる事ができました。ただそれだけで、この世界はこんなにも広かったのだと感動したのに、この海を渡った先には更に未知なる世界が広がっているなんて。想像するだけでもワクワクしてくるのです」

今日、あの雑貨屋を通して異国の文化に触れ、ずっと憧れていた向こう側の世界の片鱗を見る事ができた。私の知るこの世界はもうちっぽけな世界じゃない。

どこまでも、この世界は広く繋がっているのだと知った。

「だから公爵様。今日は本当にありが——」

嬉しくて何度でもお礼を言いたかった。だけど、見上げた公爵様の表情は切なく歪んでいた。

まるで自責の念に駆られるように。

どうしてそんな顔をするのだろうと思ったけれど、その理由はすぐに分かった。

少し俯いた公爵様がゆっくりと口を開く。

「マリエーヌ。すまなかった。君はこんなにも外の世界を知りたがっていたというのに……僕が君の自由を奪ってしまっていた。あの屋敷から出る事を許さず……君を孤独しかない牢の中へ閉じ込めた。全ては僕の愚かさが招いた事だ」

悔いるように歯を噛みしめ、声を絞り出す。すると公爵様は私の方へ体を向けるように座り直し、深々と頭を下げた。

「マリエーヌ、今まで本当に申し訳なかった」

誠意の塊のような姿で謝罪する公爵様に、私はとっさに声をかける。

「公爵様、顔を上げてください。私はもう気にしていませんし、当然の事です。公爵夫人が好き勝手に外を出歩くのもどうかと思いますし」

「そんな事はない」

頭を下げたまま、ハッキリとした口調で公爵様は断言した。

ゆっくりと顔を持ち上げ、真剣な眼差しを私に向けて言葉を連ねる。

「誰も人の自由を奪うなどあってはならない。何の罪も犯していない人間なら尚更の事、誰だって自由であるべきなんだ。そうでなければ、自らの意思で動かす事ができる手足も、ただの飾りでしかなくなってしまうのだから」

すると公爵様は自分の両手を持ち上げ、その手の平に視線を落とす。

「……前の僕は本当に間違えてばかりだった。数え切れないほどの罪も重ねた。どこから償っていけば良いかも分からないくらいに。……だが、僕はもう間違わない」

その手が下ろされ、今度は私の手の上へと重ねられた。そこから公爵様の熱いほどの熱が伝わってくる。

「マリエーヌ。君はもう自由だ。どこにだって行けるし、行っていいんだ。君が望むのならあの大陸に渡る事だってできる。ここで眺めて想像するだけでなく、どんな世界が広がっているのかを、その目で確かめてみるといい。自らの足で歩き、その手で触れ、そこに住む人々と言葉を交わせば、君が知りたいこの世界をより深く知る事ができるだろう」

——私があの大陸に……渡る？

そんな事、考えもしなかった。とてつもなく遠い場所だと思っていたから。

唖然とする私に、公爵様はいつものように笑顔をほころばせ、赤い瞳をキラキラと輝かせる。

「マリエーヌ。君が海を渡りたいと言うのなら僕が船を用意しよう。君が乗るに相応しい最高の豪華客船を手配する。退屈する事のない優雅な船旅となるよう、音楽を奏でるオーケストラを呼ぶのもいいだろう。もしも君が空を渡りたいと言うのなら、あの大空を自由に飛べる翼を作ろう。空を渡れば、あの大陸の更に向こう側にある大陸にだって辿り着ける。君が望む場所ならばどこへでも……たとえ世界の果てだろうと、君を連れて行ってみせる。僕と一緒にどこまでも続くこの世界を旅してまわろう」

まるで夢物語のような話を生き生きと語る公爵様は、少年みたいに純粋で澄んだ瞳をしている。

公爵様は冗談を言えるほど、器用じゃない。

本気なんだ。この夢のような話を現実にしようとしているんだ。

――私のために？

ふいに胸の奥から何かが込み上げそうになる。

それをグッと押し止めて、目の前で屈託のない笑顔を浮かべる公爵様に私も笑いかけた。

「はい。いつか……連れて行ってください。私の知らない世界をこの目で見てみたいです。……だけど、いきなり大陸を渡るのは私にはまだ身に余り過ぎます。まずは少しずつ、身近なこの地から知っていきたいです。――だからまた……公爵様と、二人でお出かけがしたいです」

そう伝えると、公爵様の表情が一瞬泣きそうになった気がした。

「マリエーヌ……。ああ。僕もまたマリエーヌと一緒にデートがしたい」

嬉しそうに笑う公爵様を見て、ふいにある事を思い付き、私は小指を立てた。

「じゃあ、約束しましょうか」

そう言って公爵様へと小指を向ける。一瞬キョトンとした公爵様は、すぐにその意味を理解したようで。

「ああ、約束だ」

そう言って小指を絡め……私たちは未来の約束を交わした。

堪らなく嬉しそうな笑みを浮かべて、公爵様は愛しそうに私を見つめている。

絡める小指の先……鼓動を増す胸の方から……灯された熱が延焼するように体の中を熱くさせる。

ずっと海の向こうの世界を知りたいと思っていた。

とてつもなく遠い存在だと思っていたのに……今は手を伸ばせば届く場所にあるような気がした。
だけど、あんなに知りたがっていた異国の地よりも、まだ知らないこの世界の事よりも……。

誰よりも近い場所にいる公爵様の事を、もっと知りたいと思った――。

◇◇◇

君を縛り続けていたあの場所から連れ出し、手を繋ぎ、二人並んで歩ける事を。
地に足を踏みしめるたび、込み上げてくる涙を必死に堪えていた。

あの時、君が僕を外へ連れ出し、新しい世界を見せてくれたように。
僕も君に、新しい世界を見せてあげる事ができただろうか。
いつも本音を押し殺している君が、初めて僕に告げてくれた願い。
その願いを叶えられる事に、喜びを抑えきれずについ舞い上がってしまった。
だが、これからも君が望むのならばどこへでも連れて行こう。
どんな場所でも、君と一緒なら素晴らしい世界が広がっているはずだ。

君がいるからこそ、この世界は美しく光り輝くのだから――。

公爵様の恋愛相談　～リディア～

「リディア。僕の愛はマリエーヌにちゃんと伝わっているのだろうか？　マリエーヌは君に僕の事で何か言ったりしていないか？」

私と机を挟んで向き合う公爵様は、腕を組みながら真剣な表情で私に問いかけている。

私はというと、なるべく感情を顔に出さないよう、ポーカーフェースを保ってはいるが、その内心は穏やかではない。果たして、今からの時間外労働分の残業代は給料に上乗せしてくれるのだろうか？　あと精神的苦痛の代償も請求したい。

先ほど、マリエーヌ様に就寝の挨拶を告げて部屋から出たところ、待ち伏せていた公爵様に出くわし、思わず「げ……」と小さな呟きを漏らした。

今日はもう自分の部屋に戻ってベッドにダイブしたいと思っていたのに、最後の最後でこんな大仕事が待っているなんて。

公爵様は、マリエーヌ様へ向けるような笑顔は微塵も見せず、不機嫌そうに眉をひそめたまま、私に向かって「ちょっと来い」と告げた。仕方なくしぶしぶとその後ろを付いて歩き、そのまま執務室へと誘導されたわけだ。

公爵様の机の上には、山積みになった書類と同じくらい山積みになった本が置かれているのだけど……。どうしてもその本のタイトルに目が行ってしまう。


『続・女性が悦ぶ言葉　完全版』

『これであなたも恋愛マスター！』

『意中の女性を絶対に口説き落としたいあなたへ』


うわ……こういうの実際に買ってる人、初めて見た。

ていうかこの人、仕事もせずに何やってんだ。

「おい、聞いているのか？」

苛立つ声と共に漂う空気が冷え出したので、私は嫌々ながらも公爵様と目を合わせた。

正直、私は公爵様が苦手だ。二人きりで会話なんて苦痛でしかない。

だってこの人、マリエーヌ様が一緒にいる時といない時とで全然態度が違うんだもん。

確かに、以前の公爵様と比べたら断然話し易くはなっているのだけど、人を信用していないのは相変わらずだと思った。もちろん、マリエーヌ様だけは例外みたいだけど。

「そうですね。マリエーヌ様から私には特に何も言われてないですね。……で、公爵様の愛が伝わっているかどうかについてですが……そうですね。伝わっているというか、伝わりすぎているというか……もう少しだけ抑えた方が良い気がします」

思っている事を正直に伝えると、公爵様をまとう空気が瞬時に凍り付いた。

鋭い瞳が私をギロリと睨みつける。

「何だと……？　貴様、僕に死ねと言うのか？」

「言ってません」

たまにこの人、言葉が通じなくなるんだけど、どうにかならないかな。

公爵様は長く深い溜息をつくと、氷のような瞳が虚ろな瞳へと変化した。

その姿はまるで恋煩いをしている青年のよう。……知らんけど。

「僕はこれでもマリエーヌへの愛を抑えているつもりだ。この止まる所を知らない、無限に湧き上がるマリエーヌへの熱い想いを、これ以上胸の内に秘めておく事などできない。……狂おしいほどに僕の心を掻き乱す感情に押し潰されて死んでしまいそうだ」

「うわあー。それは大変ですねー」

自分の胸に手を当て、苦しそうに美しい顔を歪める公爵様の姿を、私はなるべく心を無にして見つめた。というか、恋人すらいない未婚の女性《わたし》が、何が悲しくてこの男の異常とも言える惚気を聞かなければならないのか。これだから公爵様と二人で話すのは嫌だ。

私は小さく咳ばらいして、至極丁寧に自分の見解を述べた。

「んんっ……。えっとですね……公爵様は、常に愛を全力で囁きすぎなのだと思います。ああいう言葉は、ここぞと言う時に使うのが効果的なのですが、公爵様の場合は挨拶するように『愛してる』って言ってますよね。ていうか、もう『愛してる』が挨拶になっちゃってますよね。つまり、マンネリ化してしまっているのですよ。公爵様の愛の言葉は」

「は？　それはつまり、貴様は僕のマリエーヌへの愛がマンネリ化しているとでも言いたいのか？」

怒りを孕む瞳が再び冷気を放ち始め、更には周りの空気まで凍りつかせ――うわっ……めちゃくちゃ寒っ！　雪男かコイツは！

ああもう！　だからこの人と二人きりで話すのはほんとに嫌なのよ！

「いえ、そうではなくて、ですね！　マリエーヌ様が公爵様の『愛してる』に慣れ始めているのですよ！　あとプレゼントもひっきりなしに贈るもんだから、プレゼントの有難みという物も薄れてきているんです！『愛してる』という言葉も愛を込めたプレゼントも、そんなポンポンと多用するものではないのですよ！　これらの好意に慣れすぎたマリエーヌ様の心に響く告白なんて、せいぜい逆立ちしながら階段を下りてきてマリエーヌ様の靴にキスして告白するくらいしかないいんじゃないんですかァ⁉」

苛立ち任せに言い切ってしまって、私はハッと我に返った。

さすがに今の言い方はマズかっただろうかと、恐る恐る公爵様の顔色を窺うと、予想に反して公爵様は唖然としたまま口を開いて停止していた。その口がゆっくりと動く。

「逆立ちしながら……靴にキスを？　そんな簡単な事でいいのか？　それでマリエーヌへ僕の愛が伝わるのか？」

「ごめんなさい。今のは私の言い方が悪かったです。それはやめたほうがいいです」

駄目だ。この人に冗談は通じないんだった。

「えっと、つまりですね。私が言いたかったのは、それくらいのインパクトを与える告白でないと、

『愛してる』に慣れてしまったマリエーヌ様の心には響かないっていう意味です」

「ふむ……インパクトか……ならば、花束を咥えて逆立ちしながら階段を下りてきて、マリエーヌの靴にキスをしてその場で回転して愛を伝えるのはどうだろうか」

え……？

うわ、何この人怖い。

超絶の美形がド真面目な顔で何を言っているんだろう。

確かに発案者は私だけど、さすがに引くわ。……っていうかそれはやめろって言ってんじゃん。

ほんとにこの人はマリエーヌ様の事になると本気で馬鹿……頭が悪くなるのよね。

マリエーヌ様に好きになってもらえるためなら、見境なく何でもやらかすに違いない。

とりあえず、公爵様が突然逆立ちしはじめたら、私が責任を持って全力で止めよう。

◇◇◇

二ヶ月前、私はマリエーヌ様の専属侍女として任命された。

私が知るマリエーヌ様は、とても優しくて素敵なお方だ。

今まで仕えてきた令嬢に良いイメージを抱いた事がない私がそう思うのだから、間違いない。

どんな時でも落ち着いた雰囲気をまとい、誰にでも優しく笑顔で接してくれる。その懐の深さにも、私はいつも救われている。マリエーヌ様のお傍は温かくてとても居心地が良い。

私は昔から嘘をつくのが苦手だった。

嘘をつこうとすると、全身に蕁麻疹が出て体調が悪くなる。そんな私が辺境の田舎村を飛び出し、侍女になる道を選んだのは完全に間違いだった。その理由も、従妹が侍女として仕えていた令嬢のお兄さんと結婚して、見事に玉の輿に乗ったと聞いたからだ。

そんな上手い話がぽんぽん起きるはずがないと思いながらも、体は正直に行動していた。

侍女として初めて配属された先では、ペタペタに厚化粧していた貴族令嬢に「どうかしら？」と問われて、「油絵のような厚塗りで芸術的です」と返したら即解雇されてしまった。

次に配属された先は、気に入らない事があれば侍女に当たり散らし、婚約者の前では見事なまでに猫をかぶる令嬢の下だった。

その令嬢を褒め称えるキザな婚約者に「君もそう思うだろ？」と同意を求められて「いえ。私から見たお嬢様は態度も性格も最悪です。あと男の趣味も最悪です」と言ってしまい、婚約者に不快な思いをさせてしまった。更にその後、怒り狂った令嬢から追いかけ回され、それを見た婚約者は彼女の変貌ぶりに目を回して卒倒した。後日、その令嬢は婚約破棄されたらしい。

とにかくどこへ配属されても、嘘をつけない体質のせいで同じ事を繰り返し、職場を転々としているうちに私を雇ってくれる所は無くなった。

もう田舎へ帰ろうかと思った矢先、臨時で雇われた公爵邸で、あろうことか公爵夫人であるマリエーヌ様の専属侍女に抜擢された。

こんなにも問題児扱いされている私をなんで？　と思っていたのだけど、どうやら理由はこれらしい。公爵様は、マリエーヌ様に関して、嘘偽りなく意見を述べてくれる相手が欲しかったのだ。

私がマリエーヌ様に初めて挨拶をした時、公爵夫人という肩書きに驕る事なく、優しい微笑みを向けて丁寧にお辞儀を返してくれた。

その姿に感動した私は、マリエーヌ様の下から離れたくなくて、今度こそ失礼になる本音を口にしないと決意した。だけどそれは早々に打ち砕かれた。

マリエーヌ様が公爵様から贈られたドレスを試着した時。装飾品がジャラジャラと施され、どこぞの派手好き令嬢が作らせたドレスなのかと目を疑った。そのドレスを身に纏ったマリエーヌ様が、「どう？　似合うかしら？」と聞いてきたので、「そのドレスは派手すぎてマリエーヌ様にはとても似合いません。本気でセンスを疑うレベルです」と返してしまった。すぐに「しまった……」と青ざめたが、マリエーヌ様は「やっぱりそう思うわよね！　正直に教えてくれてありがとう」と嬉しそうに感謝を述べてくれた。

その後もたびたび、口をついて出る私の失礼な本音にも、マリエーヌ様は嫌な顔一つせず、むしろ楽しそうに聞いてくれている。

全てを受け入れてくれる包容力と優しさに、私の荒んだ心も癒されていった。

だから公爵様がなぜこんなにマリエーヌ様に惚れているのか、分かる気がする。私も男として生まれていたら、間違いなくマリエーヌ様を好きになっていたと思う。そして公爵様に無き者にされていただろう。良かった。女で。

◇◇◇

それはともかく、マリエーヌ様には絶対に幸せになってほしい。

そのためにも、ここで公爵様に適切なアドバイスをして、二人の距離を縮めてあげたいのだけど、残念ながら私は男性に口説かれた経験がない……！

というか、目の前でこんなに女性に猛アタックする男性の姿を見せつけられたら、私もいざ自分が口説かれた時に、ちょっとやそこらの口説き文句じゃ物足りなくなっていそうなんだけど……うわぁ、やだなそれ。

――とりあえず、私の事は頭の片隅に置いておくとして、公爵様に何か助言しないと、この人本気で逆立ちし始めてしまうわ。

「公爵様。やはりここは、恋愛指南書を読むべきだと思います」

「恋愛指南書だと？　そんなものとっくに読んでいる」

「でしょうね。でも多分それ、古いんですよ、色々と。ずっと公爵様の言葉のセンスの古さに疑問を抱いていましたが、ようやく謎が解けた気分です」

「……何だと？　僕の言葉のセンスが古い……だと……？」

「ええ。『君の瞳に乾杯』とか、いまどきそんな言葉使う人いたんだって逆に感心しました。あと、別れ際に『夢の中でまた会おう』って言うのも……ネタとしては笑えますけど、本気で言われるとちょっと引きますよね。それにどうせ朝起きたら嫌でも会うというのに、夢の中でも束縛されるなんて――」

「リディア。なぜ今までその事を僕に教えなかった……？」

あ。やばい。公爵様から冷気が漂い出している。

「そ……それは……そんな言葉でも、マリエーヌ様は喜ばれていたからです！」

「……!!　そうか！　マリエーヌが喜んでくれていたなら、センスが古かろうがネタだろうが関係ない。それにあの時のマリエーヌは本当に瞳がキラキラと輝いていて綺麗で気付いたら口をついて――」

漂っていた冷気がヒュンッと引っ込み、公爵様は満足気な様子で喜びに浸りながら語り始めた。

確かに、公爵様がいくら古くさい口説き文句を口にしたとしても、マリエーヌ様は喜んでいた。うん。喜んではいたんだけど、笑いを堪えてもいたのよね。その事は内緒にしとこう。

とりあえず、私は語りモードになっている公爵様の言葉を遮るように口を挟んだ。

「公爵様。それでもやはり、女性の心を確実に掴むためには最新の口説きテクニックを取得する必要があります」

「ほう……？　詳しく教えろ」

緩んでいた公爵様の表情が引き締まり、鋭い視線をこちらに向ける。

「はい。女性が憧れるシチュエーション……口説き文句……それらが全て詰まっている指南書と言えばやはり……恋愛小説ですよ！」

「恋愛小説……？　その恋愛小説とやらを読めば、何か大きなヒントが得られるというのか？」

「ええ。今の公爵様のようにやたらと極端な愛を伝えるのではなく、ゆっくりと、時には焦れったく……少しずつ育む愛の形を学ぶのです。それが今の公爵様には必要な事だと思います」

——知らんけど。

とりあえず、恋愛経験ゼロの私が助言できるのはこれくらいだろう。

「そうか。ならばさっそく領地内の恋愛小説を全て集めよう！」

ですよねー。そうなりますよねー。ていうかそれは危険だわ！

恋愛小説ってめちゃくちゃ幅広いしその内容も中にはちょっと独特な要素を含んでいる物もあるのよね。そんな知識を全て注ぎ込みまくった公爵様が、マリエーヌ様に一体何をやらかすのか想像しただけでも恐ろしい……！

マリエーヌ様のためにも、ここは私が一肌脱ぐしかないわ！

「公爵様、お待ちください！　そういうとこです！　公爵様は極端なんです！　できれば恋愛小説を御用意するのはこの私にお任せください！　ぜひマリエーヌ様の好みに合いそうな男性が出てくる恋愛小説を調査して御用意しますので！」

「は？　マリエーヌの好みの男だと……？　許さん。そんな存在今すぐ斬り捨ててやる！」

「いや、あくまでも架空の人物ですから！　斬り捨てるとかそんなん無理ですから！」

「ならばその男を生み出した作者諸共無き者にして存在ごと消滅させてやる！」

「ああもう、この人めちゃくちゃ面倒くさいな！」

再び吹雪のごとく周囲を凍り付かせ始めた公爵様とそんなやり取りを繰り広げているうちに、騒ぎに気付いて様子を見に来たマリエーヌ様が現れた事で、「マリエーヌ！　僕に会いに来てくれたのか⁉」と公爵様はコロッと態度を変えていつも通りにマリエーヌ様への愛を垂れ流し出した。

それを見て私はぐったりとした体を、置いてあるソファーに投げ出した。

——疲れた……ほんとに……だから公爵様と二人で話すのは嫌なのよ。

溜息と共に、二人の姿をちらりと見つめる。毎日会っているのにもかかわらず、公爵様は嬉しそうにマリエーヌ様を見つめて愛を囁いている。マリエーヌ様もまんざらではないという顔でそれに応える。私の存在はきっと、今の二人には見えていないのだろう。……別にいいけどね。

なんだかんだ言ってみたものの、自分に自信を持っていないマリエーヌ様には、ありのままに伝えてくる公爵様の愛情表現が合っている気がする。マリエーヌ様も、公爵様の愛の告白は信じているみたいだし、あんなに嬉しそうな顔をしているんだもん。

——それにしても、公爵様はなぜ、急にマリエーヌ様を愛するようになったのだろう？

前に公爵様と話をした時に「公爵様ってマリエーヌ様の事が本当にお好きですよね」と聞いたら、「ああ、彼女には僕の身も心も救われたからな」と返ってきた。

だけど、公爵様が変わったのって熱で寝込んだ直後らしいのよね。

熱で寝込む前までマリエーヌ様と会話をする事もなかったようだし、寝込んでいた時も、マリエーヌ様は公爵様と会っていないらしい。

だとしたら、マリエーヌ様は一体いつ、公爵様を救ったのだろうか……？

義妹スザンナの来訪

「マリエーヌ様。スザンナ様がお見えになっているのですが……いかがいたしましょうか？」

「え……？」

──義妹《スザンナ》が……？


公爵様の様子が変わって三カ月が経った。

難しそうな顔をしたリディアの口から懐かしい名前が告げられて、胸の奥を嫌な感覚が襲う。

時刻はもうすぐ正午を迎える。そろそろ公爵様が食事の誘いに来る頃だと、ソワソワしていた気持ちが瞬時に静まり返り、食欲も一気に失せてしまった。

スザンナはお義父様と前の奥様との間の娘。同い年だけど、誕生日が私より数ヶ月遅いので、私が姉という事になっている。

私が公爵家に嫁いでからは一度も会っていないけれど、会いたいとも思わない。

実家にいる時、私は彼女にずっと蔑まれていたから──。

◇◇◇

スザンナと出会ったのは、私が九歳の頃。

お母様とお義父様の結婚が決まり、お互いの家族で一緒に食事をした時だった。

当時、お母様はお義父様の経営するレストランの従業員として働いていた。

経営不振に陥っていたレストランが、お母様の的確な助言により持ち直したのをきっかけとして、二人のお付き合いが始まったらしい。その話をお母様から聞いた時、なんとなくお母様はお義父様に恋をしているというよりも、仕事に恋をしているようにも見えた。だけど、お母様がそう決心したならと、私は二人が結婚する事を反対しなかった。

初めて顔を合わせたスザンナは、なかなか食事に手を付けずに、父親の後ろに隠れてチラチラと様子をうかがっていた。人見知りをする可愛らしい女の子。そういう印象だった。

二人が結婚して同じ屋敷に住むようになってからも、声を掛けたらすぐにどこかへ行ってしまうので、ほとんど言葉を交わさなかった。それでも、せっかく家族になったのだから、いつか仲良くなれる日が来ればいい、と小さな希望を胸に抱いていた。

――だけど私たちの関係は、ある日突然変わってしまう。


私が十歳になった時、お母様が病に倒れてこの世を去った。

悲しみに暮れる私とは裏腹に、お母様の葬儀を終えたお義父様は、特に悲しむ様子もなく、何事もなかったかのように日々を過ごし始めた。

お母様の部屋はあっという間に片付けられ、形見となる物はほとんど売られ、お金にならない物は全て処分された。その事を知って激しい憤りを覚えた私は「お母様の物を返して！」と、お義父様の腕にしがみついたが、すぐに強い力で突き飛ばされ地面に叩きつけられた。唖然としたまま見上げたその先には、それまで優しくしてくれたお義父様の面影は微塵も残っていなかった。

「今まで育ててやったのになんだその態度は⁉　この恩知らずが！　お前を育てるのにいくらかかると思っているんだ！　この家から追い出されたくなければ大人しく俺に従っていろ！」

ものすごい剣幕で罵倒され、恐怖のあまり言葉を失った。

それでも込み上げてくる怒りを押し殺し、自分の部屋へ戻るとベッドに伏せ、ひたすら泣いた。当てになる親戚なんていない。一人で生きていく術も知らない私は、この屋敷から追い出されないように、お義父様の顔色をうかがいながら暮らしていくしかない。

そう思いながら涙を流し、途方に暮れる私の元に、何食わぬ顔をしたスザンナがやってきた。

「いい気味ね」

突拍子も無く言われた言葉に、一瞬だけ悲しみを忘れて耳を疑った。

「私、ずっとあんたの事が嫌いだったの。私よりも少しだけ早く生まれたからって見下したような目で見てくるんだもの」

「え？　そんなつもりは――」

「口答えしないで。この家から追い出されたら困るのでしょう？　だったら自分の立場っていうものが分かっているわよね？」

そう言い放ったスザンナは、十歳の女の子とは思えない不気味な笑みを浮かべていた。

——昔、お母様が言っていた。

「人は誰もが心の中に悪魔を飼っているのよ。いつもは心の片隅で眠っているのだけど、周りの監視の目が緩んだ時に、突然姿を現して暴れ出す事があるの」と。

だから、私は彼女の中の悪魔が姿を現したのだと思った。

そして表に出てきた悪魔はお母様の言葉通り、私の前でだけ暴れだした。

スザンナは頻繁に私の部屋へ訪れるようになり、私の私物を物色し始めた。

お気に入りだった可愛いお人形やアクセサリーを見るなり「あなたにはもったいないから貰ってあげる」と言って、好き放題に奪われた。

ごっこ遊びに付き合わされた時には、「あなたがヒロインになってもいいわよ。私が悪役令嬢の役をしてあげるから」と勝手に役を決められ、本物の悪役令嬢のごとく暴言を吐かれ、紅茶を頭からかけられた。遊びという名の虐めはその後もしばらく続いた。

私はなるべくスザンナとは関わりたくなくて、あまり近付かないようにしていたのだけど、彼女の機嫌が悪い時はわざわざ憂さ晴らしにやってきた。

スザンナは、私の前だけでは素の姿を見せていたけれど、一歩外へ出ればお淑やかで気弱な女の子を演じていた。そのせいなのか、積み重なったストレスを私にぶつけるように、苛立つ顔を剥き出しにした。根暗、醜い、生きている価値がない、などと散々罵倒されたあげく、手当たり次第に部屋を荒らされた。

それがひとしきり終わると、今度はお義父様の元へ行って私に虐められたと泣きつく。

私には一抹の愛もくださらなかったお義父様も、実の娘であるスザンナの事は溺愛していた。

涙を流し訴える娘の言葉を全て鵜呑みにすると、お義父様は「おしおきだ」と言って、地下にある暗くて狭い物置部屋に私を丸一日閉じ込める。それがいつものパターンだった。

別に暴言を吐かれようが、聞き流せばいいだけ。部屋を荒らされても、片付ければいい。

だけどこの物置部屋だけは、どうしても慣れなかった。

暗くて、寒くて、狭い。外部から切り離されたかのように、何の音も聞こえない。まるで私がこの世にたった一人取り残されたような気がして、激しい孤独感に襲われた。

――事実、私は一人ぼっちだった。

お母様がこの世を去ってから、私を心から愛してくれる人なんていなかったから。

外面《そとづら》の良いスザンナは、父親が再婚して連れてきた義姉に虐められていると周囲に言い広めていた。当然、友達になってくれる人もいなくて、私の居場所なんてどこにもなかった。

だけど、いつか私を愛してくれる人が現れて、結婚して幸せな家庭を築く事ができたなら――。

そのわずかな希望だけが私の夢であり、唯一の心の支えだった。

だけど現実はそう甘くはなかった。

結婚しても、私は変わらず一人ぼっちだったから――。

◇◇◇

「あの……マリエーヌ様？」

物思いにふけっていた私を、リディアが心配顔で見つめていた。

「あ……ごめんなさい。スザンナが来ているのよね？　すぐに行くわ」

「はい。応接室の方でお待ちです。ですがマリエーヌ様、無理して会われる必要はないと思いますよ？　なんというか……私、ああいうタイプ嫌いなんですよね。見た目は清純派を装っているのに、心の奥にドロドロとしたどす黒い何かを秘めているような人。そういうの昔から敏感なんで分かっちゃうんですよね。野性の勘って奴でしょうか」

――凄いわ、リディア。

誰もがスザンナの演技に騙されるのに、たった一度会っただけでそれを見抜いてしまうなんて。

あと野性の勘って……一体あなたはどんな生活をしていたの……？

だけどリディアのおかげで、少しだけ胸のモヤモヤがスカッとした。

「ありがとう。でも大丈夫よ。応接室には私一人で行くわ。あなたはここで少し休憩していてちょうだい」

「マリエーヌ様……分かりました。でも何かあれば叫んでくださいね！　すぐに助けに参りますから！　――と言っても、私よりも公爵様が壁突き破って真っ先に駆け付けると思いますけどね」

「ぶふっ……！」

その光景を想像して、思わず噴き出してしまった。

公爵様はまだ執務室で仕事中ではあるけれど、確かにそれはありえるわね。

またもやリディアのおかげで緊張が一気に和らいだ。彼女の存在にも幾度となく救われている。

「いつもありがとう、リディア。行ってくるわ」

「はい、マリエーヌ様。いってらっしゃいませ」

まるで戦地にでも送り出すかのような眼差しのリディアに見送られながら、私は応接室へと向かった。

正直、スザンナと二人で会うのは怖い。どんな罵声を浴びせられるか、想像するだけでも足が竦みそうになる。

もし、私がスザンナと会いたくないと言えば、リディアが適当な理由を付けて彼女を帰してくれるだろう。そう思うと、少しだけ甘えたい気持ちも湧いてくる。

――だけど、ここで逃げては駄目。

私は公爵様の妻で、公爵夫人なのだから。

こんな事で逃げていたら、私を信頼して支えてくれている人たちを守る事なんてできない。

それに、今の私はあの時とは違う。

公爵様に愛されるようになってから、私は一度も孤独だと思った事はない。公爵様は今も変わらず毎日愛を囁いてくれるし、リディアも他の使用人もみんな、優しく接してくれる。

私が寂しい思いをしないようにと、公爵様が心地よい居場所をつくってくれた。

だから……私も変わりたい。

震えて何もできなかった、あの頃の私にはもう戻りたくない。

ただ守られるだけじゃなくて、私も大切な人たちを守りたい。自分の居場所だって。

そのためには――私自身が、強くならないといけないのだから。

◇◇◇

応接室の前まで来た私は、瞳を閉じて公爵様の笑顔を思い浮かべた。

その姿に勇気をもらい、大きく深呼吸をした後、その扉を開いた。

応接室の中央に置いてあるローテーブルを挟むように、向かい合わせに置かれたソファーの片側にスザンナが行儀良く座っている。

彼女は私と目が合うと言葉を発する事なく、控えめな笑みを浮かべた。

いびつな空気が漂う部屋の中へ足を踏み入れ、慎重に扉を閉めた。

その瞬間――。

「もう！　お姉様ったらいつまで待たせるのよ！　本っ当に昔からトロいんだから！」

苛立ちを顔に剥き出しにしたスザンナが、声を荒げて私を責め立ててきた。

ふわふわと波打つようにゆるく巻かれたブロンズヘアーが、彼女の動きに合わせて揺れている。

胸元が開き、豊かな胸を強調させる淡いピンクのドレスは、装飾は控えめだけど、お人形さんのようなスザンナの可愛さを際立せている。その胸元に煌めいているのは、公爵様の瞳の色と同じ真っ赤なルビーのネックレス。見え見えの魂胆に、私は静かに納得した。

——やっぱり奪いにきたのね。私の居場所を。

どうせ公爵様が優しくなったという噂でも聞きつけたのだろう。

だけど、私も今までのように彼女に何もかも奪われるつもりはない。

彼女にあげる物なんて、ここには一つもないのだから。

「久しぶりね、スザンナ。元気そうで良かったわ」

「あら、それはこっちの台詞だわ。お姉様も思ったよりも元気そうね。あまりにも役に立たなくて早々に追い出されると思っていたのに。お情けでもかけてもらっているのかしら？」

ソファーにもたれかかり、卑しい笑みを浮かべて腕も足も組む姿は淑女というにはほど遠い。

スザンナがそんな姿を見せるのは私の前でのみ。お義父様や周りの使用人に可愛らしく我儘を言う事はあったけれど、こんなにあからさまな態度は見せなかった。

スザンナは表の顔と裏の顔を徹底して使い分けている。

恐らくこの部屋の扉を開け放ってしまえば、彼女はすぐに淑女らしい振る舞いへと姿を変えるだろう。だけどそれでは意味がない。今の彼女の姿と、私は向き合わなければならなかったから。

昔の自分——そして目の前の義妹と決別するために。

私はかつての公爵様のように、冷たい視線で彼女を睨み付けた。

「スザンナ、私が誰か分かっているのなら分《ぶん》をわきまえなさい。貴方の態度は失礼極まりないわ」

「は……？」

私の言葉に、スザンナは信じられない様子で目を見開き言葉を失った。

まさか自分がずっと蔑んでいた相手にそんな事を言われるなんて、想像もしていなかったのでしょうね。

私は彼女の向かい側のソファーに腰を下ろすと、背筋を伸ばして堂々とした姿を見せつけた。

わざとらしく大きな溜息を吐き出し、素っ気なく口を開く。

「ここへは何しに来たの？　事前に何の連絡もなく突然訪ねて来るなんて、礼儀知らずにもほどがあるわ」

するとスザンナはカァッと頭に血がのぼったのか、一瞬で顔を真っ赤に染め上げた。

「はぁ!?　なんで私があんたに会うのに、いちいち連絡しないといけないのよ!?」

「口を慎みなさい。何の功績もない男爵令嬢のあなたが、誰に向かって口を利いていると思っているの」

「なっ……何よその言い方！　公爵夫人になったからって偉くなったつもり？　あんただって何の役にも立っていないくせに、調子に乗ってんじゃないわよ！」

再三の忠告にもかかわらず、スザンナは声を張り上げ一向に態度を改めようとしない。

そんな彼女に、私は落胆の溜息をついてみせた。

「はぁ……。相変わらずね。二十二になって少しは大人になったかと思っていたけれど……。スザンナ、あなたは何も分かっていないのね」

「なんですって⁉　私が何を分からないっていうのよ⁉」

叫ぶと同時に、スザンナは自らの拳をテーブルの上にバンッと打ち付ける。

それを気にする事なく、私は感情のない言葉を続けた。

「あなたのそういう無礼な態度がどういう結果をもたらすのか、想像できないの？」

「……あんた……さっきから何が言いたいのよ⁉　もっとはっきり物を言いなさいよ！」

声を荒げ、私を睨み付け威嚇するその姿は、今にも噛みつきそうな猛獣のようにも見える。

そんな彼女が着ているドレスに私は視線を落とした。真新しいそのドレスは、私が実家にいた時には無かったはず。恐らく私が結婚して家を出た後に購入した物だろう。

私の実家に関しては、公爵様から話を聞いている。今がどういう状況なのかも。

「スザンナ。あなたが今着ているドレスだけど、誰のお金で買った物か分かっているの？」

私の問いに、スザンナは訝《いぶか》しげに首を傾げた。

「何よ？　お父様から買ってもらった物に決まっているじゃない」

「そう。じゃあ、お義父様はそのお金をどうやって手に入れたのかしら？」

「それは……お父様が経営しているレストランの売り上げから――」

「だからあなたは何も分かっていないと言っているの」

「え……？」

彼女の言葉を遮りピシャリと言ってみせると、気の抜けた声と共に大きな瞳を更に大きく見開いた。どうやら本当に何も分かっていないらしい。

「お義父様の経営するレストランについては話を聞いているわ。毎月の採算がとれずに、公爵家からの補助金でなんとか凌いでいると」

「……なんですって？」

血色の良かった彼女の顔色がサーッと青く染まっていく。ようやく事の重大さに気付いたのだろう。

私と公爵様が結婚してから、お義父様の元には毎月、公爵家から多額の補助金が支給されるようになった。働かずとも、使用人を雇い生活していくには十分すぎる額を。

それなのにもかかわらず、欲深いお義父様は性懲りもなく新しいレストランの経営に手を出した。はっきり言って、お義父様には経営の才能なんて全くない。ただ見栄を張りたいだけで無計画に始めてしまうのは悪い癖だと思う。そして案の定、この有様だ。

いい加減、レストラン経営は諦めて大人しく余生を過ごせば良いというのに。

「そんなの……どうせでたらめでしょう!?　そうまでして私を貶めたいの!?」

「私はただ事実を伝えてあげただけよ。見栄を張りたいお義父様の事だから、あなたが何も知らなくても無理はないわ。だけどあなたがここで無礼を働いて私の機嫌を損ねてしまった場合、公爵家からの補助金が断たれる可能性がある事も考えなさい」

「な……!?」

さすがにスザンナもこれには驚愕した。だけどすぐに歯を食いしばり、唸るように声を絞り出す。

「そんな脅し、通用しないわよ……あんたにそんな権限ないくせに！」

「あら、本当にそう思う？　私が一言、公爵様に言えばすぐにでもお義父様への補助金は打ち切られるでしょうね」

……今の公爵様なら、私が不快な思いをしたと言えば、全財産没収くらいしそうな気はするけれど。

それでもスザンナは怯む事無く、フルフルと怒りに震えながら私を睨み付ける。

その往生際の悪さはお義父様譲りだと思わざるを得ない。

「なによ……そんな事で私が引くとでも思ってんの……？　私はあんたが公爵夫人だなんて認めないわよ！　私より、容姿も中身も劣るあんたが、私の上に立つなんて……そんなの許せるはずがないじゃない！　あんたにお似合いなのはこんな立派なお屋敷じゃなくて、あの狭くて暗い物置部屋だわ！」

「たとえあなたに認められなくても、私は公爵様と結婚しているの。それは紛れもない事実だわ」

「そんなの私がすぐに奪ってやるわよ！　公爵様はあんたなんかより私を選ぶはずだわ！　どうなのよ⁉　そんな事言って、公爵様は根暗で可愛げもないあんたの事をちゃんと妻として愛してくれているの⁉　どうせ冷たくあしらわれているんじゃない？　人間の血が流れていない『冷血公爵』なんて呼び名があるくらいだものね！」

その言葉に、私の頭がカチンと音を立てた。

私はどう言われても構わないけれど、公爵様を悪く言われるのは腹が立つ。

それに公爵様は私を愛してくれている。真っすぐ私に愛を伝えてくれる。

自分に自信が持てない私だけど、公爵様に愛されている。それだけは自信を持って言える。

「公爵様は私の事をあ――」

だけどそこで私の言葉が詰まった。

「あ……？」

口を開けたまま、その先が言えずに固まってしまった私に、スザンナが訝しげに睨むと、すぐにフンッと鼻で笑った。

「何よ……やっぱり愛されてるって自信が持てないんじゃない！」

嬉しそうに言い放つスザンナに反論するため、私はなんとかその先の言葉を絞り出した。

「あ……あ……愛してくれているわ……！　それはもう、凄く……！　凄いのよ！」

公爵様が私に愛を囁く姿を思い出してしまった私は、しどろもどろになりながら言葉を発した直後、急上昇した顔面の熱を隠すべく、両手で覆った。

――なんて事なの。

言葉にするのがこんなに恥ずかしい事だったなんて……！

さっきまで堂々とした態度を貫こうと思っていたのに、これでは台無し。

でもこんな風になってしまうのも仕方がない。だって最近の公爵様は愛を囁くバリエーションが豊富になって、毎回ドキドキさせられてしまうのだから。もちろん、今も真っすぐ愛を囁く姿は変わらないのだけど……なんていうのかしら。少し前まではひっきりなしに愛の言葉を告げられていたけれど、最近はそれも少し落ち着いて……と思ったら急に不意打ちで囁かれるのよね。しかも距離だって急に近くなるし……。確かに、今までも距離感は近いと思っていたけれど、常に至近距離でいるよりも、油断してる時に不意打ちで来られる方がドキッとさせられるのよね……！　それに前までは優しく見つめられる事が多かったけれど、最近はそれに加えて真剣な表情を見せてくれたり、時には意地悪そうな笑みを浮かべていたり。……なんていうか……ギャップ？　というのかしら。辛い物を食べた後に甘い物を食べたら余計に甘く感じるような。それと同じで公爵様の言葉がやたらと甘く感じて……でもそれが嫌じゃなくてむしろ――。

「…………は？　何？　なんでそんな嬉しそうな顔しちゃってるの？　あんた、本当にあのお姉様なの……？」

すっかり一人の世界に浸っていた私は、呆れ顔でぼやいたスザンナの声で我に返った。

――スザンナの存在をすっかり忘れていたわ。……っていうか私、そんなに嬉しそうな顔をしていたの……？

とりあえず気を取り直して二度咳払いし、すっかり緩んでいた頬を引き締めた。

ふうっと息を吐き、浮ついた気持ちを抑え込んだ。

「とにかく、あなたにあげる物なんて何一つとしてないわ。用事がないのなら、すぐにここから出て行きなさい」

そう告げると、スザンナは悔しそうに私を睨みつけた。

だけどすぐに吹っ切れたように鼻で笑い、含みのある笑みを浮かべた。

「そう……。どうやら公爵様が優しくなったという噂は本当のようね」

――やっぱり。

今まで公爵様と顔を合わせた事もないスザンナが、なぜ急にここへ来たのかと思ったけれど、噂の真相を確かめに来た訳ね。……だとしたら、お義父様の差し金という事も考えられる。

「でもお姉様。何か勘違いしていないかしら？　公爵様の人格が突然変わった事に関して、その筋に詳しい人から話を聞いたの。恐らく二重人格の症状が出ているのだろうと。だけどそれって一時的な事が多いらしいのよね。……つまり、今は優しい公爵様なのかもしれないけれど、もし人格が元に戻ったら……公爵様は今のようにお姉様を愛してくれるのかしら？」

——さすがスザンナね。どこを攻めれば私が弱くなるのか、よく知っているわ。

だけど私だって……そんな事わざわざ言われなくても分かっている。

分かっているからこそ……公爵様の気持ちに応えてあげる事ができない。

少しずつ大きくなろうとしているこの気持ちを、これ以上は駄目だと押し止めてしまう。

公爵様は、あんなにも真摯に、私への愛を伝えてくれているというのに——。

「ふふっ……やっぱりお姉様にはそういう姿がお似合いだわ」

「……！」

黙り込んでしまった私を、スザンナはご満悦な様子で笑みを浮かべて見つめていた。

——駄目。このままスザンナのペースに呑み込まれてはいけないわ。

私は気持ちを引き締め、もう一度顔を上げる。すると、口角を引き上げたスザンナの顔がすぐ近くまで迫っていた。私の耳元に艶めく唇を寄せ——悪魔の囁きが聞こえてきた。

「ねえ、お姉様。よぉく思い出してちょうだい。以前の公爵様の事を。前の公爵様は、お姉様をちゃんと見てくれていたの？　無視されてはいなかった？　食事は一緒に食べてくれた？　贈り物の

一つでも贈ってくれた？　使用人から見下されるあんたを守ってくれた？」

一つ一つ、確かめるように問いかけてくるその言葉に、眠っていた記憶が呼び起される。

スザンナは私がこの屋敷でどういう扱いをされてきたのか、よく知っているのだろう。

悪魔の笑みを浮かべる彼女は、私を見下したまま言葉を続けた。

「公爵様は夜伽の時、お姉様に優しく相手をしてくれたの？」

その瞬間、ドクンっと心臓が大きく音を立てた。

忘れかけていた昔の公爵様の姿が鮮明に思い出される。

冷たい視線を向け、冷たい手で私に触れて。その瞳に私は少しも映っていなくて、その耳に私の声は届かない。人を人だと思っていない、まるで心がない人形を相手にするような……あの冷たい公爵様の姿を――。

息が詰まり、呼吸が上手くできない。凍えそうな寒さを感じてカタカタと体が勝手に震え出す。

少しでも温もりを得ようと、自分の体を抱きしめ身を屈めた。

――寒い……寂しい……。

まるであの物置部屋に閉じ込められた時のような孤独に襲われ、ギュッと目を閉じ必死に耐えた。

「マリエーヌ……？」

突然聞こえてきた声に、目を見開き顔を持ち上げると、開いた扉の先に公爵様が立っていた。

私と目が合った瞬間、

「マリエーヌ！」

叫ぶと同時に、血相を変えた公爵様がこちらへ駆け寄って来た。

「……公爵様？　どうしてここに？」

「ああ、君の妹が来ていると聞いて、僕も挨拶しようと思ったんだが……それよりもマリエーヌ、大丈夫か？　顔色が――」

心配そうに声を掛けてきた公爵様の手が、こちらに伸びてくる。それが以前の公爵様の手と重なって――反射的にビクッと体が跳ね身構えた。

その手は、私に触れる事無くピタリと止まる。

何かを察して切なげに顔を歪める公爵様の姿に、なんでそんな反応をしてしまったのかと心の底から後悔した。今の公爵様は、あの時の公爵様とは違うのに……。

「すまない。マリエーヌ。顔色が良くないからすぐに医者を手配しよう」

私に触れようとしていた手が遠ざかっていくのを見て、咄嗟にその手を掴み引き止めた。

公爵様は驚いた様子で目を見開き私を見つめる。

「ごめんなさい。以前の事を思い出して、少し頭が混乱してしまって……体調が悪い訳ではないので、お医者様も必要ありません」

未だに震えが止まらない両手で、公爵様が離れてしまわないようにとその手を必死に繋ぎとめた。

自分から拒絶したくせに、こうしてその手に縋ってしまうなんて……。

だけど、もうこの手が私に触れてくれないような気がして――握る手に力を込めた。

その時、ふわりと温かい感触が私の手を包み込んだ。

公爵様がもう片方の手で私の手を握ってくれたのだ。

……温かい……。

その手から伝わる熱が、寒さに震えていた体に温もりを灯した。

その温もりが、先ほどまで感じていた孤独や不安をも和らげていく。

なんで公爵様の手はこんなに温かいのだろう。どうしてこんなに安心するのだろう――。

「公爵様、ありがとうございます。もう大丈夫ですから」

そう伝えるも、公爵様は私の手を離そうとしない。

その代わり閉ざされていた口が重々しく開かれた。

「すまない……マリエーヌ……僕は……」

表情を曇らせ、自責の念にかられるように俯くも、その言葉はそこで途切れた。

ふと思う。公爵様はいつからここにいたのだろう。もしかして今の会話も全て聞いていた……？

「え……？　公爵……さま？」

スザンナの掠れた声が聞こえて、再びその存在を思い出す。そちらに視線を向けると、栗色の大きな瞳をまん丸にさせて、一心不乱に公爵様を見つめている。

「なんて素敵な殿方なの……!?」

スザンナは何かものすごい大発見をしたかのように、口元を手で覆い隠し驚愕の表情を浮かべた。

結婚式に参列していない彼女は、公爵様と会うのはこれが初めてのはず。演技も忘れ、うっとりとした眼差しを公爵様に向けている。

――だけど彼女は気付いていない。

ゾッとするほどの怒りを瞳に滲ませた公爵様の視線が、自分に向けられている事を。

「公爵様。初めまして。私はマリエーヌの妹のスザンナと申します」

そんな事も知らないスザンナは、その場で立ち上がり淑女らしい丁寧な挨拶をしてみせる。

その姿を公爵様は感情のない冷めた瞳で見届け、低い声で話しかけた。

「……ああ。お前の事はよく知っている」

「え？」

公爵様の言葉に、スザンナは呆気にとられた様子で顔を持ち上げた後、うっすらと笑みを浮かべた。

「あ……もしかして公爵様、私を御存じでいらっしゃったのですか⁉　とても光栄です！」

スザンナは嬉しそうに笑っているけれど、今の公爵様の声は友好的な相手に向けるものとは思えない。それでもスザンナは今もなお、身をフリフリしながら公爵様に熱い眼差しを送っている。

まるでお花畑の中にいるような彼女の能天気さと、氷山の上に立っているような冷気を放つ公爵様との温度差に、見ているこちらがヒヤヒヤさせられる。

するとスザンナはおもむろに豊かな胸を強調させて公爵様の前に立つと、大きな瞳を潤ませながら上目遣いで見上げた。

「公爵様、あの……よろしければ今から二人でお話ししませんか？　その……公爵様が御存じないお姉様の話とか聞きたくありませんか？　きっと有意義な時間が過ごせると思うのですけど……」

「……ほう？」

スザンナのあからさまな誘い言葉に、公爵様は意味深に目を細める。

意外な反応に、私は少しだけ胸の奥がツキンと痛んだ。その痛みと共に嫌な記憶が蘇る。幼い頃、私を好きだと言ってくれた男の子が、次の日には私を無視してスザンナにベッタリとくっついていた事を。

さっきまで、自信を持って公爵様に愛されていると思っていた気持ちがグラリと揺らぐ。

「マリエーヌ。申し訳ないが、先に食堂へ行っておいてほしい。もしかしたら少し遅くなるかもしれないから、リディアと一緒に食べていても構わない。たまには二人でゆっくり食事を楽しむのも良いだろう。僕も終わったらすぐにそちらへ向かうから」

沈んだ気持ちに追い打ちをかけるように、公爵様から遠回しに退室を促された。

まさか公爵様が私との食事よりも、スザンナとのお話を優先するなんて……。

いつもならありえない。何よりも、私との時間を優先する人だから――。

公爵様からは見えない位置で、スザンナは「ほらね」と、すっかり勝ち誇り、不敵な笑みを浮かべている。いつものパターンなら、彼女は公爵様を誘惑して私から奪う気だ。

――もしも公爵様が、その誘惑にのってしまったら……？

ありえない。ありえないのは分かっているけれど、一度沈んでしまった気持ちはそう簡単に浮上してくれない。

それでも頭の中を過る不安を奥歯で噛み殺し、精一杯の作り笑顔を公爵様に向けた。

「分かりました。では、私の事は全く気になさらずに、お二人はごゆっくりと会話をお楽しみください」

明るくそう告げて素っ気なく顔を背けると、私は踵を返して扉の方へと歩いた。嫌みにもとれる言い方をしてしまった自分の幼稚さに泣きそうになる。こんな態度を見せて公爵様に嫌われたらどうしよう。

だけどもう、過ぎた事はどうにもならない。今はただ、公爵様を信じるしかない。

その思いを胸に抱いてドアノブに手を伸ばした。その時――。

「マリエーヌ」

その声が、耳に触れた。

いつの間にか、公爵様が私のすぐ後ろに佇んでいた。

いつもの朗らかな声とは違う、少し低くて真剣な声。

後ろにいる公爵様の顔は、前を向いている私からは見えていない。だけど、真剣な表情で見つめてくる公爵様の顔が鮮明に想像できて、ドキドキと心臓が暴れ出す。

――声だけでこんなにドキドキさせられるなんて……。

振り返って本物の公爵様の姿を見てしまったら、一体私はどうなってしまうのだろう。

すると次の瞬間、私の顔の横を公爵様の手が通り抜け、トン……とまだ閉じたままの扉に置かれた。公爵様と扉に挟まれ、すぐ後ろには深い息遣いを感じる。触れるか触れないかのギリギリの距離なのに、その存在をとても近くに感じてしまう。

耳元に公爵様の熱い吐息を受け、耳の先が熱を帯び始める。伝染するように体が火照りだした。

「マリエーヌ。君が今、何を考えているかは分からないが、何も心配する事はない。僕の気持ちが君以外に向けられる事なんて絶対にありえないから。僕が愛しているのは君一人だけ。それはこの先もずっと永遠に変わらない」

耳元で囁かれる甘い言葉に、カァッと顔が熱くなる。けれど、たたみかけるように囁きは止まらない。

「君の声だけが僕の心を舞い上がらせ、君の笑顔だけが僕の熱情を掻き乱す。誰も君の代わりになんてなれない。マリエーヌ……君だけが、僕をこんなにも夢中にさせるんだ」

…………‼

公爵様……！　私を口説き殺す気ですか……⁉

「マリエーヌ、こっちを見てくれないか」

……え⁉

こちらとしてはもういっぱいいっぱいなのだけど……！

さっきから心臓がドキドキしすぎて体からはみ出してしまいそう。

「マリエーヌ。お願いだ。こっちを見て」

訴えかける声と共に公爵様の体が更に近付き、まるで後ろから抱き締められているみたいで。

――公爵様。

今日はなんだかいつも以上に積極的ではありませんか……⁉

本当に最近の公爵様はどうしてしまったのだろう。もしかしてもう一つの人格が現れてしまった、なんて事はないのかしら？　そんな事を頭の中で討論していても公爵様が引いてくれるはずはなく、覚悟を決めた私は力を振り絞って後ろを振り返った。

公爵様との距離は思った以上に近くて、とっさに後退《あとず》さろうとしたけれど、扉に挟まれ失敗に終わった。真剣な瞳で私を真っすぐ見つめる公爵様。その瞳は私の本心を探るようにも見えて落ち着かない。だけどその瞳に捕らわれたまま、視線を逸らす事もできない。

戸惑う私に、公爵様の整った顔がゆっくりと近付いてくる。

――え？

こ……これはまさか……まさかキ……⁉

思わず瞳を閉じてその瞬間を待った。その時、私の肩の辺りの髪の毛が摘まれた気がして、うっすらと瞼を開けた。

公爵様は、私の口元のすぐ近くで私の髪の束を手に取り、それに口づけていた。

――少しだけ。ほんの少しだけ、期待外れのような感覚に困惑する。

今もなお、私の髪に口づけしている公爵様の瞳が開き、視線が合うと嬉しそうにその目を細め、

「本当はその唇にしたかったんだが……今日はこれで我慢しておくよ」

そう告げると、名残惜しそうに私の髪から手を離した。

「マリエーヌ。また後で会おう」

「………はい」

返事をするも、とても目を合わせられなくて、顔を伏せたまま応接室を後にする。

扉を閉めるのも忘れて、ふらふらとおぼつかない足取りで廊下を歩いた。さっきまで感じていた不安なんて一瞬で吹き飛んだ。代わりに、熱い眼差しで私を見つめる公爵様の姿が、脳裏に張り付いて離れない。触れていた背中も未だに熱い。

「マリエーヌ様、お顔が真っ赤ですよ」

突然、背後から声をかけられてビクッと体が跳ねた。

振り返ると、リディアがニコニコ……いや、ニヤニヤしながら私の顔を見つめている。

咄嗟に、私は火照る頬に手を当てた。

確かにお顔がとても熱い。……そんなに真っ赤になっちゃってるの……？

「リディア、どうしよう。熱があるのかもしれないわ。風邪かしら」

「またまたぁ。マリエーヌ様、どうせまた公爵様に口説かれたんじゃないですかぁ？　それもやけに扉の近くでボソボソと……もしかして壁トンでもされました？」

「壁トン……？」

「ええ、こんな風に」

そう言うと、リディアは手を伸ばして私の顔のすぐ横の壁に手を当てた。私は壁とリディアに挟まれ……まさにさっきまでの公爵様との状態を再現していた。

「……ええ……これだわ！　なんで分かったの⁉」

「ふふ……最近の私は恋愛小説にやたらと詳しいのですよ。なぜか。仕事で培った知識と言いますかね……とにかく、これは恋愛小説でよくある、ヒーローがヒロインを口説くときの技の一つ。

『壁トン』なのですよ」

リディアは誇らしげに説明してくれているけれど、一体どういう仕事をしたのかしら？

「じゃ……じゃあ、その後に髪の毛にキスするのも何かの技なの？」

「もちろんです！　若い女性から絶大な人気を誇る〝君にキスの雨を降らしたい〟の作中でヒーローがヒロインの髪の毛にキスを落として『次は君の唇にするから覚悟しとけよ』と囁くシーンは悶絶ものですよ！」

「それだわ……！　セリフは微妙に違うけれど……！　じゃ……じゃあ、前にされた顎を持たれてクイッてされるのは⁉」

「それも一部のマニアに支持されている〝しゃくれた君《きみ》も愛してる〟の作中でヒーローがヒロインにする『顎ックイ』ですよ！　キスするのかと思いきやせんのかーい！　ていうあの焦らし方！それが最高にキュンキュンするんですよね！　ああもう羨ましいなあああぁぁ！」

リディアはなんだか凄く楽しそうにしているけれど、若干涙目になっているのはなぜかしら。

「そうだったのね……公爵様は恋愛小説事情にも詳しいのね」

するとリディアは、むずむずと何か言いたげな表情となり、キョロキョロと辺りを見回した後、私に近寄り耳打ちし始めた。

「ここだけの話にしてくださいよ？　実は公爵様、マリエーヌ様をどうにか口説き落としたくて、流行りの恋愛小説を読み漁っているんです。まあ、それを用意したのは私なんですけどね。最低三百冊って馬鹿ですよね。人をなんだと思ってるんですかね。まあそれは置いといて、私が苦労して用意した物をあっという間に読み終えると、今度は自ら収集しだし、領地内の物では飽き足らず国外の物にまで手を出し始めて……本当に怖っ……いえ、本当にとても勉強熱心なお方ですよね」

「そうだったのね……」

最近、やけに告白のバリエーションが増えていると思ったけれど、原因はそれだったのね。

付き合わされたリディアもお疲れ様だったわね。

でも私を口説くためにそこまでしてくれるなんて……。ちょっと……いや、かなり嬉しいかも。

「公爵様もやりますね……。たった一ヶ月でこれほどの成果を出すとは……いや、マリエーヌ様がチョロいだけなのかも……」

そうね……私はきっとチョロいのね。……チョロいってどういう意味かしら。

「それで、マリエーヌ様は公爵様をお好きではないのですか？」

不意打ちで核心を突かれて、私の心臓がドキリと音を立てて跳びはねた。

リディアはワクワクしながら期待の眼差しで私の答えを待っている。

「えっと……考えた事なかったわ……。だって私たち、もう夫婦だし」

「いや、夫婦だからこそ考えません？　マリエーヌ様って、ちょっと抜け……うっかり屋さんですよね！」

私はちょっと抜けているという事で、とりあえずリディアは納得してくれたみたい。

「さて、これからどうしましょう？　先に食堂の方へ向かわれますか？」

「ええ。でも公爵様は遅くなるみたい。一人じゃ寂しいから、リディアも一緒に食べてくれる？」

「え、いいんですか⁉　もちろんです！　マリエーヌ様と一緒の食事なら、いつも以上に美味しく頂けそうな気がします！」

嬉しそうに笑顔を弾けさせるリディアが可愛くて、思わずクスっと笑みがこぼれた。

スキップしそうなほど、軽やかな足取りで食堂へ向かうその背中を眺めながら私も歩き出した。

――公爵様は、スザンナとどんなお話をしているのかしら。

スザンナの事だから、私に虐められていたとでも言って公爵様の同情を誘うに違いない。今までもそれで多くの人を騙してきたのだから。

だけどきっと、公爵様は私を信じてくれるはず。

何もかもスザンナに奪われてきたけれど、公爵様だけは大丈夫。それだけは、自信が持てた。

◇◇◇

結局、私たちが食事を終えても公爵様は食堂へ来なかった。

次第に不安に駆られた私は、食事を手早く済ませ、応接室へと向かった。

開け放たれたままの扉から中を覗くと、予想に反して楽しそうに会話をする二人の姿があった。

――うそ……？　なんであんなに楽しそうにお話ししているの……？

「マリエーヌ！」

私に気付いた公爵様は、喜びの笑顔を弾けさせて私の元へ駆けつけた。

「食事はもう済んだのか？」

「あ……はい。つい今しがた終えました」

「そうか……すまない。話に夢中になってしまって、君との食事時間に間に合わなかった」

「いえ……リディアが一緒に食べてくれましたから。公爵様も楽しまれたみたいで何よりです」

そう言う私は今、どんな顔をしているのだろう。

胸の奥がざわざわと騒ぎ、公爵様の顔もよく見る事ができない。

公爵様……まさか、本当にスザンナの事を――。

「ああ。彼女は本当に、君の事が大好きなんだな」

「…………………え？」

スザンナが……私の事を……大好き……？

「ええ！　私のお姉様は本っ当に優しくて素晴らしくて……女神のようなお方ですの！」

…………はい？　なんて……？　しかも今、女神って言った？

疑念の眼差しを向けてみるも、彼女は笑顔を浮かべたまま動かない。

その顔をよく見ると、水でも被ったのかと思うほど大量の汗をかいている。目元はピクピクと痙攣し、不自然なお化粧の落ち方から、涙を流した跡が見て取れる。体はカタカタと小刻みに震え、ふわふわと弾んでいたブロンズヘアーも、今は元気なく萎れている。

――本当に……何があったの……？

「スザンナ……？」

私が声をかけると、彼女の体がピクッと動いた。その口が大きく息を吸い込み、

「では、邪魔者の私はこれで失礼致しますね！　お姉様、今日は勝手にお邪魔してしまい、大変申し訳ありませんでした！　どうか、公爵様と末永くお幸せになってくださいー　私は二人の仲をこれからもずぅーっと応援していますので！」

やたらとテンション高く一気に言葉を吐き出したスザンナは、ドレスのスカートを両手で摘んで走り去った。

その姿はあっという間に見えなくなり、二人だけとなった応接室は、シン……と静まり返る。

「……あの、公爵様。一体スザンナと何のお話をしていたのでしょうか？」

「ああ、僕の知らない、幼い頃のマリエーヌの話をずっと聞いていたんだ。昔の君も、とても可愛くて愛らしかったと聞いた。そんな君の姿も見てみたかったな」

スザンナがそんな話を？　とても想像できないわ。

「途中で彼女の話が尽きたようだったから、今度は僕の方から、マリエーヌの魅力について存分に語らせてもらったよ」

……それについては、なんとなく想像できてしまう。

「だが、つい話しすぎて君との食事時間を犠牲にしてしまったのは失敗したな。マリエーヌ、デザートはもう済んでしまっただろうか？　良かったら今から一緒に食べに行かないか？」

反省するようにチラチラと私の顔色をうかがう公爵様の姿が可愛くて、思わず笑みが零れた。

「そうですね。では私はデザートを頂くので、公爵様は食事をしっかり取られてくださいね」

「ああ！　もちろんだ！」

パアアッと公爵様の顔に明るさが戻る。

「マリエーヌ、一緒に行こう」

そう言って差し出された手の平に私の手を重ねると、そのままギュッと握られた。唐突に体を引き寄せられ、公爵様の胸元へと誘導される。私の耳元に公爵様の美しい顔が近付けられ、

「ヤキモチを焼く君も、なんとも可愛いな」

そう囁くと、少しだけ意地悪な笑みを浮かべた。

それは多分、私が去り際に嫌な言い方をしてしまったのを言っているのだろう。私が気にしていた事なのに、公爵様はなぜかとても嬉しそうで。その表情にまた、胸の奥がキュンと疼いた。せっかく落ち着いていたはずの心臓が再びうるさく鼓動を立てる。熱を帯びる耳元から、じわりじわりと顔全体が熱くなっていく。

最近の公爵様は、本当にずるい。色んな言葉で、表情で、行動で、私を一喜一憂させる。

でもそれが嫌じゃない自分がいる。

もしも私が、同じように公爵様へ愛を囁く事ができたなら――どんな風に喜んでくれるだろう。

――見てみたいな。

私を愛しそうに見つめて微笑む公爵様を前にして、そんな思いに駆られた。

お姉様の時と態度が全く違うのですが……？　～スザンナ～

『あの公爵様はとんだ人でなしだ』

『公爵様を敵に回したらまともな人生は送れない』

『あの人は冷血な殺人鬼だ』


そんな噂が後を絶たない公爵様とお姉様が結婚した。

お姉様に〝公爵夫人〟という肩書きができるのは気に食わなかったけれど、公爵様に冷遇されて一生暮らしていくのなら、いい気味だと思っていた。

それなのに――。

最近の公爵様は優しくなったとか、貴族でもない庶民にも声をかけてくれるようになったとか、世間のイメージはガラリと変わった。

私はまだ、公爵様に会った事はなかった。

お父様に「公爵様の機嫌を損ねたら大変だから」と言われて、私はお姉様たちの結婚式には参列しなかった。だけど、最近の公爵様の噂を耳にしたのか、お父様が「一度会いに行ってみてはどうだ？」と、急に話を持ち掛けてきた。本当に、お父様はいつも自分勝手なんだから。

だけど私もそろそろ結婚相手を決めなければいけないと思っていた。

もし本当に噂通り、公爵様が優しくなったのであれば、一度お会いするのも良いかもしれない。

なんでも、その容姿は誰もが目を奪われるほどの美しさだとか。そんな人の下で、お姉様は今どんな生活を送っているのか、気になった。

もしもお姉様が、私より良い暮らしをしているのなら——いつものように奪ってしまえばいい。

そんな思いを巡らせながら馬車に乗り、公爵邸へと辿り着いた。

そこで公爵様とお会いして、その容姿の美しさに言葉を失ってしまった。

『容姿端麗』なんて言葉じゃ言い表せないくらい、美しく整ったお顔。艶があり優美な白銀色の髪に、ルビーのように美しい真紅の瞳。細く筋の通った高い鼻、背も高く、気品溢れる立ち姿。

——完璧。完璧すぎるわ！

今までにも恰好良いと言われる男性とは沢山出会ってきたけれど、その人たちが霞むほど、公爵様は見目麗しい。恰好良いというよりも、とにかく美しかった。

それほどまで美しいお方が、わざとらしく不調をあらわにするお姉様を心配そうに見つめていたの。何あれ？　きっとお姉様は公爵様が来るのを見越して、仮病を使ったに違いないわ！

しかもその後、お部屋を出ようとしたお姉様に公爵様が駆け寄って、ドアの前でイチャイチャと……本当にいやらしいわね！　それになんなのよあれは？　もしかして壁トン？

恋愛小説や舞台劇の中でそういう行為が流行っているとは聞いたけど、実際に恥ずかしげもなく再現する人なんて初めて見たわ。

でも、あの美しい人がやるとなんでも様になるのね。不覚にも羨ましいと思ってしまったわ。

――ねえ。お姉様。

あんたはここで一生冷遇されて暮らすはずだったのでしょう？

夫に存在を無視され、誰からも相手にされず、一人寂しくその生涯を終える。

それがあんたに相応しい人生だったはずだわ。

それがなに？　あんなにも美しい男性に優しく微笑まれて、やたら糖分高めの甘ったるい言葉を囁かれて？　あんたもなんでそんなまんざらでもない反応をしちゃっているわけ⁉

――そんなの許さないわよ。あんたは私よりも劣っているの。だから私よりも良い待遇を受けるなんてどう考えてもおかしいわ。あんたの方が、身のほどをわきまえるべきなのよ！

だから、私がいつものようにもらってあげる。だってその方がいいでしょ？

儚く可憐な私と、勇ましく美しい公爵様なら、誰もが羨む理想の夫婦になれるわ。

公爵様だって、きっとそれを望むはずだもの。


お姉様が去った後、公爵様は私の向かい側にあるソファーへとやって来た。

私は吊り上がっていた瞳を閉じ、いつものように愛され淑女の顔を張り付ける。準備は万端。

すると、ドカッ！　と大きな音を立てて、公爵様が体を投げ出すようにソファーに座った。

深く沈み込むほどソファーによりかかる公爵様は、気だるそうに大きな溜息を吐き出す。

――え？

目の前で起きた一連の動作に、私の浮かべていた笑顔が勝手に引き攣った。

さっきまでお姉様に見せていた紳士的な態度とはうって変わり、公爵様はあからさまに横柄な態度で長い足を組み、ギロリと視線を私に向けた。熱い眼差しでお姉様を見つめていた瞳が、今は氷のように冷たい瞳となり私を睨みつけている。

異性からそんな目を向けられた事はなく、初めて感じる恐怖にゾッと背筋が凍った。

頭を過るのは以前の公爵様についての噂。


『あの人は冷血な殺人鬼だ』


今の公爵様の姿がまさにその通りで、私の喉がヒュッと音を立て息が詰まった。

――なんで？　優しくなったんじゃなかったの？　これじゃあ以前の噂通りの公爵様じゃない！

さっきまで見せていたあの姿はなんだったのよ⁉

私を睨み付ける視線はますます鋭さを増し、あまりの恐怖に顔を伏せる。

「おい。顔を上げろ。お前が僕に話があると言ったんだろうが」

身の毛がよだつほどの殺気立った声。なんで⁉　お姉様にはあんなに優しく話しかけていたのに⁉

あまりの恐ろしさに震えが止まらない。自然と涙が込み上げ、視界が歪む。震える両手で膝の上のスカートをギュッと握りしめた。

――嫌。あんな冷たい瞳と目を合わせるなんて絶対に嫌……！

「さっさとしろ。……僕の声が聞こえないのか？」

苛立ちまで含んだ声にはさすがに逆らえず、ガクガクと震えながら必死に顔を持ち上げた。

私を睨むその瞳は、積年の恨みでもあるかのごとく凄まじくて。

その口がゆっくりと開いたので、思わず身構えた。

「――で？　お前は僕とマリエーヌが一緒に過ごすはずだった貴重な時間を割くほど、有意義な話ができるのか？　僕の知らないマリエーヌの話とやらを」

「へ……？　あ……えっと……」

……そうだった。私、さっきお姉様の話をするって言ってたんだわ……。

「できるのならさっさと話せ。お前に時間を割くほど、僕は暇じゃない。一分一秒でも早くマリエーヌの元へ行かなければならないからな。だが、マリエーヌの話となれば聞かない訳にはいかない。早くしろ」

――なんで？

そんなにお姉様が大事なの？　私にはこんなに冷たいくせに？　なんであの人だけ!?

それにお姉様の事は名前で呼んでいるのに、私の事は「お前」だなんて！

……悔しい……悔しい……！　こんなの納得いかないわ！

「あのっ……公爵様！　どうか私の事はスザンナとお呼びくださ――」

「お前に名前を呼ぶ価値があるかは僕が決める。さっさとしろ。僕をこれ以上待たせるな」

冷たい視線に加えて、苛立つ声にピリピリと空気が張り詰める。

何よ……私には名前を呼ぶ価値が無くて、あの女にはあるって事？

じゃあその価値を私が潰してやるわよ！

「……分かりましたわ。それでは、お姉様が公爵様とご結婚なさる前のお話を少々……」

その瞬間、公爵様の冷たい瞳がとろけ、生暖かい期待の眼差しへと変わった。

「そうか！　僕とマリエーヌが出会う前の話か！　それは興味深い。スザンヌ、ぜひ聞かせてくれ」

声のトーンもガラリと変わり、公爵様は興味津々に目を輝かせる。

あまりにも様変わりしたその姿に呆気にとられながらも、聞き逃せない単語があった。

「はい……でもあの……私はスザンヌじゃなくてスザンナで――」

「いいからさっさと話せ。スザンーヌ」

「は……はい」

なんなの……？　なんであの人の話になると、公爵様はこんなに人が変わってしまうのよ⁉

それにスザンーヌって誰なのよ⁉　私をバカにしてるの⁉　絶対にわざとでしょ⁉

頭の中が怒りで渦巻く私とは対照的に、公爵様はキラキラと目を輝かせ、私の言葉を今か今かと待ちわびている。その姿がなんだかとても眩しい。

――何よ。そんなにお姉様の話が聞きたいの？

いいわ……最初からそのつもりで来たんだから。ここでお姉様がどれだけ酷い女なのかを教え込んで、お姉様に向いている心を私に向けさせてやるわ！

簡単よ。あの人がどうやって公爵様を落としたのかは分からないけれど、あの人にできて私にできない事なんて何一つないんだから！

急く気持ちを落ち着かせ、小さく深呼吸をした私は、眉をひそめて困り顔で語り始めた。

「お姉様は……表向きは無口でしおらしく見えると思うのですが……実はその裏では男癖が凄く悪くて、色んな男の人に色目を使って誘惑していたらしいのです。夜会の後には知り合った男の人と姿を消す事も多かったらしくて……。実は私の知り合いにも、お姉様と関係を持ったという人がいて――」

もちろん、これは全てでまかせの作り話。

お姉様が誰かと寝たという話は聞いた事もない。

そもそも、お姉様は夜会にほとんど出席しなかったし、あんな辛気くさい女に近寄る男もいなかった。まあ、私がお姉様に虐められていると言いふらしていたのもあるけれど。

さあ……。これを聞いた公爵様はどういう反応を見せるかしら……？

「そうか……マリエーヌの魅力は本人の自覚無く、他者を引き寄せてしまうからな……。男を狂わせる……まさに罪深き女性だ。可憐に美しく咲き誇り、甘美な香りに誘われて、虫けら共が寄ってくるのは自然の摂理ゆえ、防ぎようがない。――いっそのこと、どこかに閉じ込めて誰の目にも触れさせないようにしてしまいたい。だが、マリエーヌの自由を奪う権利など僕にはない」

……………え？　何？　この人、一体何を言い始めたの……？

予想外の反応に、思わず耳を疑うしかなかった。

ぱちくりと瞬きしながら公爵様に目を移せば、なにやら深刻そうに眉をひそめ、虚ろな瞳をテーブルに落としている。

次の瞬間、その瞳が冷たく影を落とし、ドスの利いた声が聞こえた。

「だがそいつは生かしておけないな」

「え……？」

呆気にとられる私の目の前で、公爵様はスーツの内ポケットから小さな紙切れを取り出し、私の目の前のテーブルに置いた。更に胸ポケットに刺さっていた万年筆を取り出しキャップを外すと、それを振り上げ、ガンッッ！　とテーブルの上に勢いよく突き立てた。

「……!?」

その衝撃に、私は反射的に声にならない悲鳴を上げた。

ペン先は木製のテーブルに切れ込みを入れるほど深く突き刺さり、それを握り締める公爵様の手には複数の血管が浮かび上がり、フルフルと震えている。

ピキピキッと音を立てる万年筆は、今にもへし折れそう。

「スザンヌ。今すぐこの紙にそのゴミ虫共の名前を書け。一人残らず、だ」

そう告げる公爵様の体からはおびただしく殺気が漲り、ひんやりと冷たい空気まで放たれている。

本能的に危険を察し、再び体が震え、ガチガチと音を立てて歯がぶつかり合う。

名前……名前を書かないと！　でも――聞かない方が良いと思いながらも、聞いてしまった。

「あの……ここに名前を書いた人はどうなるのでしょうか……？」

「決まっているだろう。そのゴミ共は僕が始末する」

「え……？　始末って……それはどういう――」

「分からないのか？　その存在を消す、と言えば理解できるか？　そうすれば、奴らがマリエーヌに触れたかもしれないという疑惑もろとも消滅させられるからな」

「そんな……！」

それって……つまりここに名前を書かれた人間は殺されるって事じゃない!!

「え……ええっと……実は、その人の名前はよく分からなくて……」

「何？　お前はそんな曖昧な情報を僕に教えたというのか？」

「い……いえ！　そんな事は――」

「ならば早くしろ。疑わしいヤツ一人くらいは分かるだろ。……それとも、今の話は嘘だったとでも言うつもりか？」

公爵様から漲る殺意が、今は私へと向けられている。

今更「嘘でした」なんてとても言える雰囲気ではない。

適当な人物の名前を書こうかとも思ったけれど、私の嘘で誰かが死んでしまうなんて、さすがに私でも責任感じるわよ！　でも……このままでは私がこの人に殺されてしまうわ！

どうやったらこの公爵様の怒りを鎮められるのよ!?

頭の中はパニックに陥り、必死にこの状況を鎮められる方法を巡らす。

――ふいに、公爵様が異常なまでの愛をお姉様に向けている事を思い出した。

一か八か、かなり不本意ではあるけれど、生き残るためにその言葉を連ねた。

「……やっぱり、あの男が言った事は全部デタラメだったかもしれません！　きっとお姉様が美しいばかりに思い上がって妄想じみた発言をしたに違いありませんわ！　だってお姉様は昔からとても美人で優しくて素晴らしくて、誰もが魅了されてしまう存在でしたから！　私はそんなお姉様の事をとっても尊敬しているのです！」

勢いのままにお姉様を称賛すると、部屋の中がシン……と静まり返った。

沈黙の時が流れ……ぽつりと公爵様の呟きが聞こえた。

「なるほど……確かに、その通りだな」

漂っていた冷気が和らぎ、恐る恐る顔を上げると、腕を組んだ公爵様が満足気に微笑んでいる。

「さすがだな。マリエーヌの事をよく分かっているではないか。マリエーヌの美しさはまさに奇跡……更には聖母のように優しくて慈悲深い……。マリエーヌの事を讃えようとすると語彙力も消滅してしまう。もはや彼女は人ではない。人を超越した存在――それはすなわち神……そう、僕の女神なんだ。彼女は――」

頬を赤らめ誇らしげに語るその姿は、さっきまで人を殺そうとしていた人物とは到底思えない。しかも私の言葉がこれでもかと言うほど誇張されている。だけど、とりあえず窮地を脱して生き延びる事ができたらしく、安堵感でガックリと脱力した。

――助かった……の……？

目の前の公爵様は今もお姉様を思い浮かべているのか、うっとりとした眼差しで遠くを見つめている。まるで私の存在なんてすっかり忘れているかのように。

だけど冷静さを取り戻した私の腹の奥からは沸々と、怒りが込み上げる。

——なんでよ……なんで私があの女を褒め称える事を言わないといけないのよ！

許せない……。こうなったら、なんとしてもお姉様と公爵様を仲違いさせてやるわ！

お姉様の貪欲さを、今ここで晒上げてやるんだから！

「公爵様！」

吐き出すように叫ぶと、公爵様はようやく私の存在を思い出したらしい。

「ああ、すっかり存在を忘れていたよ。スザンヌ。何か他にマリエーヌの話があるのか？」

悪びれる様子もなくそう言う公爵様は、私の事なんてどうでもいいみたい。お姉様の事しか興味がない。そんな姿に余計に苛立ちがつのる。

ギリっと奥歯を噛みしめ、私は声を振り絞った。

「で……でも……お姉様は外では優しくお淑やかな姿を繕っているのですが、実は家の中ではそうではなくて……私が高価なアクセサリーやドレスを着るのが許せないらしく、私の持っている物はほとんどお姉様に奪われてしまいました……。それに嫌な事があると、八つ当たりするように私に罵声を浴びせて部屋を荒らして——」

そこまで言って、私は気付いた。

公爵様が全く興味が無さそうにしている事。その瞳に再び冷気を宿している事を。その口が、小さく舌打ちした。

「なんだ？　その話は。僕はマリエーヌの話だけが聞きたいんだ。お前の話など興味がない」

「え……？」

再び低くなった公爵様の声――そしてその言葉に、全身から血の気が引いていくのを感じた。

確かに……今話したのは、私が今までお姉様にしてきた事を、さもお姉様がしたかのように話しただけ。……でも、どうして私の話だと分かったの……？

その時、再び空気がピリピリと張り詰め、凍えるほどの冷気が辺りを覆い尽くした。その発生源は言うまでもなく公爵様。私を軽蔑するように冷たく見下ろし、ゆっくりと口を開いた。

「お前が今まで、マリエーヌに対してどれだけ横暴な振る舞いをしてきたか、僕が知らないとでも思ったのか？　お前のその姿も、言葉の数々も、全て偽りである事くらいとっくに気付いている。言っただろう？　お前の事はよく知っている、と」

……え？　なに……？　どういう事なの……。

公爵様の言葉の意味が理解できない。だけど、静かな怒りがはっきりと伝わってくる。

「お前が今日、ここへ来たのはどうせ僕の噂を聞きつけたからだろう？　僕の懐に入り込んで、マリエーヌから公爵夫人の座を奪おうとでも思ったのか？　それとも、マリエーヌが持っている宝石やドレスを奪い持ち帰ろうとしたのか？　『優しくなった公爵様』なら、何をしても許されるとでも思ったか？」

――どうして？　なんで全部お見通しなの!?

血の色をした瞳が大きく見開き、私を睨み付けている。

魔王を連想させる恐ろしい姿に、ただただ戦慄するしかない。だけど、どうして……!?

そうよ！　きっとお姉様が公爵様をそそのかしたんだわ！　それ以外に考えられない！

私は大きく息を吸い込み、力任せに声を張り上げた。

「公爵様！　それは誤解です！　私はそんな人間ではありません！　もし疑うのなら、お姉様ではなく、私を知る人に聞いてみてください！　お姉様に虐められていたのは私の方なのです！　公爵様はきっとお姉様に騙されています！　あの人の言う事は信用できません！」

私が渾身の力を振り絞り言い放つと、公爵様は怪訝そうにこちらを見つめた。

「……お前の方こそ、何か誤解しているのではないか？　マリエーヌからお前の話など聞いた覚えはない」

「……え？　では、なぜそのような事をおっしゃるのですか……？」

「この目で見たからだ。お前の貪欲さを。マリエーヌへの許し難い言動の数々をな」

今度こそ——全く意味が分からなかった。

見た……ですって……？

ありえないわ。私は外では完璧な淑女を演じていたはず……。お姉様の事だって……誰にも見せるはずがないわ。だって私がお姉様に虐められているという事になっているのだから。

いえ……それ以前に……私は公爵様と会うのは今日が初めてのはず……。

「あの……公爵様？　私たち、以前にどこかでお会いしたのでしょうか？」

「……ああ。そういえば、まだ会った事はなかったな」

「え？」

なに……？　まだ……って、どういう事……？　公爵様は、一体何を言っているの……？

「あの……それはどういう――」

「ん……？」

私の言葉を素通りして、何かに気付いた公爵様はテーブルの上に突き刺さったままの万年筆を手に取った。そのペン先をジッと見つめて、意味深に目を細める。

「僕とした事が……うっかりしていたな。間違えて仕込みの万年筆をマリエーヌの妹君に使わせてしまうところだった」

「……仕込み？」

万年筆に何かを仕込むなんて聞いた事がない。

公爵様が持っている万年筆は、さっきのやり取りで少しだけ歪んではいるけれど、それ以外は特に代わり映えのしない普通の物。

「ああ。この万年筆のインクには毒の成分が含まれているんだ。人を死に追いやるほどの猛毒がな」

「は!?」

さらっと言われたその言葉に、私は思わず体をのけ反り、できる限りテーブルから引き離した。

さっきまで万年筆が突き刺さっていた箇所には、ペン先から漏れ出たインクが溜まっている。

これが……毒……ですって……？

「安心しろ。触れただけでは何も害はない。だが、それが少しでも体内に入ってしまったら無事では済まないだろう。僕のように、毒の耐性が無ければ命の保証はできない」

「そ……そんな物を一体どこでお使いになるのですか⁉」

「知りたいか？　ならば教えてやる」

口元に含みのある笑みを浮かべ、公爵様は万年筆を手にしたままゆっくりと立ち上がった。

「あ……や、やっぱり遠慮し――」

その言葉よりも早く、ガンッ！　とテーブルの上に片足を掛け、身を乗り出した公爵様が私の左目のすぐ先に万年筆のペン先を突き付けていた。

少しでも動けば、私の瞳に……毒のインクが……！

「たとえば、お前の目にこれを突き刺すとしよう。さすればその視力は完全に失われ、二度とマリエーヌを見下すような目で見る事はできなくなるだろう。更に毒の成分はすぐに脳まで到達し、体の自由は奪われ声も出せなくなる。言葉を失ったその口からは、マリエーヌを侮辱する言葉も出なくなる。動かなくなった手足ではマリエーヌに手も足も出す事はできない……。これ以上の使い道があると思うか？」

教えてくれると言っていただけなのに……。

無表情のまま淡々と語る公爵様の瞳は本気にしか見えない。まるで私をその言葉通りに実行したくて堪らないのを我慢しているかのように、万年筆を持つ手が震えている。

「存分にもがき苦しんだ後は、次第に呼吸をする事も難しくなり、やがて死が訪れるだろう」

そう告げると、目の前の死神はニヤリと不敵な笑みを浮かべた。

ギリッと万年筆を握る手に力が込められる。

死が訪れる……？　公爵様は……私を殺す気なの……？

私の瞳に溜まっていた涙が、頬を伝って零れ落ち出した。

「やだ……死にたくない……助けて……」

ポロポロと涙を流し、命乞いをする私を、公爵様は冷たい瞳で睨み付けたまま動かない。

憎悪を孕む赤い瞳は、それでも私を許すつもりはないらしい。

――なんで？　訳も分からないまま、私はここで殺されてしまうの……？

「お姉様……助けて……」

無意識のうちに、お姉様に助けを求めていた。

すると、万年筆を握る公爵様の手がピクっと反応し、それは私の目の前から遠ざかった。

再びソファーに腰かけた公爵様は、クルクルと指先で万年筆を器用に回しながら、まるで何もなかったかのごとく口を開いた。

「どうした？　使い道が知りたいと言っていたから教えてやっただけだ。何をそんなに怯えているんだ？」

公爵様はテーブルの上に転がっていた万年筆のキャップを持ち上げ、パチンと嵌めた。

私はさっきから少しも動く事ができず、ただ唖然としたままソファーにもたれかかっている。

「確かに、僕にとってお前は生きていても何の価値もない人間だ。お前がマリエーヌにした蛮行を考えれば、今この場で殺してやるのも悪くないと思っている。むしろそうしたいくらいだ」

その言葉に、私の体が勝手にビクッと跳ねた。

震える瞳を公爵様に向けると、その表情は予想に反して穏やかな笑みを浮かべていた。

「だがマリエーヌが、『この世に生きている価値のない人間など存在しない』と教えてくれた。だから僕はお前を殺しはしない。慈悲深い姉に心から感謝するんだな」

公爵様は胸ポケットに万年筆を収め、乱れていた服を手でパンパンと払って整えた。

いつからか、息をするのも忘れていた私は、今になってようやく肩で息をし始めた。

「そんな事よりも、だ。せっかくだからマリエーヌの幼い頃の話をしてくれないか？」

再び私の体がビクンッ！　と跳ね上がった。

やっと……やっと解放されるかと思ったのに……まだ帰してくれないの……？

「お前に価値があるのだとすれば、僕の知らないマリエーヌの姿を知っている事くらいだろう。幼い頃はどんな髪型をしていたとか、どんな物が好きだったとか、お前の性根が腐った個人的な主観は全くいらないから、真実だけを話せ。今、必死に彼女を口説いているんだが、なかなか好きになってもらえなくてな……。そのヒントにするから少しでも嘘をついたら、今度こそ万年筆の使い方を実演してみせるからな。分かったか？　スザンヌ」

ニコニコと明るい口調で話す公爵様の言葉の端々には、その笑顔にそぐわない言葉が盛り込まれていて頭がクラクラする。

正直、もう公爵夫人もお姉様もどうでもいい。とにかくこの場から一刻も早く帰りたい。だけどそのためには、公爵様の要望に応えなければいけない。

依然として公爵様は「早くしろ」と言いたげな顔をしてウズウズと体を動かしている。

それなら、もう――やるしかない。ここから生きて帰るために。

「分かりました。では、幼い頃のお姉様のお話を少々……」

私は自分という概念を殺し、感情のない笑みを顔に張り付け――。

「お姉様は昔からお花が好きでよく近くのお花畑に出かけていました。ああ、その前にまずは髪型の話をしないといけませんでしたね。お姉様は、幼い頃は私と同じように高い位置で二つ結びにしていました。あ、私の話は余計でしたね。私の事は忘れてください。それでお姉様は四つ葉のクローバーを探すのが得意で見つけた物は押し花にした後、それで栞を作っていました。出来上がった物を見たお姉様はとても嬉しそうに微笑んでいてまるで無邪気な天使のようにも見えて――」

一定の速度で淡々と語る私の言葉を、公爵様は食い入るように聞き入っています。

それはもうなんともご機嫌な様子で、感慨深く頷きながら、「さすが僕のマリエーヌだな」と誇らしげに感嘆の言葉を漏らしていました。

私が一通りお姉様の話をし終えると、今度は公爵様のターンが始まり、お姉様の魅力を余す所なく隅々まで丁寧に説明してくださいました。それはもう、胃もたれを起こすほどに。

そんな感じで、私たちは終始和やかなムードでお姉様を褒め称える会話に花を咲かせたのでした。

◇◇◇

――一体、あれはなんだったのよ⁉

帰りの馬車に揺られて家の近くまで戻ってきた頃。ようやく自分を取り戻した私は、公爵邸での出来事に納得いかず、怒りに顔を歪ませた。

親指の爪をギリギリと噛みしめ、思考を巡らせる。

――なんで公爵様はあんなにお姉様を好きなのよ⁉　あの人のどこがそんなに魅力的なの⁉

色々と褒めちぎっていたけれど、どれもこれも納得いかないわ！

だけど、それ以上に納得いかない点がある。

私が貪欲ですって？　それを見た……？　どこでよ⁉　そんなの絶対にありえないわ！

やっぱりお姉様よ！　お姉様が私の事を悪く言ったに違いないわ！　そして公爵様はお姉様を庇ってあんな事を……本当に卑怯な人！　可哀想なふりをして、公爵様からの同情を得るなんて！

パキンッ……と、噛みしめていた親指の爪先が割れた。そのまま脱力し、その手を膝の上に下ろした。

――でも……もうどうでもいいわ。あんな人と関わるなんてもう嫌。あんな地獄みたいな所からせっかく生きて帰れたんだもの。あとは勝手に二人でよろしくやっていればいいわ。

お姉様の事は気に食わないけれど、私だって公爵様に負けないくらいお金持ちで素敵な男性を捕まえてお姉様以上に幸せになってやるわよ！

馬車が止まり、ドアが開くとすぐにお父様が出迎えた。わざわざ出迎えに来るなんて珍しいと思ったけれど、なんだか凄く慌てているみたい。何かあったのかしら？

「おい！　お前……公爵邸で一体何をやらかしたんだ⁉」

「……は？」

馬車から降りるなり、血相を変えたお父様が責め立ててくる。ただでさえ苛ついているというのに、そんな風に言われたらこちらも冷静ではいられない。

「何をって……こっちは言いたくもないお姉様の褒め言葉を散々言わされただけよ！　ずっと公爵様の御機嫌取りをしていたわ！　それなのに、なんでそんな事を言われないといけないのよ!?」

周りに大勢の人がいるのにもかかわらず、演技も忘れてお父様へ声を張り上げた。

「そんなはずないだろ！　だったら、なんで急に公爵家からの補助金が打ち切られる話になんてなるんだ!?」

………は？　なんですって……？　補助金が打ち切られる……ですって？

なんでよ……？　あんなにニコニコと楽しそうに私の話を聞いていたじゃない。

お父様は獣のように鼻息を荒くして、血管が切れそうなほど真っ赤な顔で私を睨みつけている。

今までそんな顔を私に向けた事なんて一度もなかったのに。

「どうせお前が公爵様の機嫌を損ねる事を言ったんだろ!!　公爵家からの支援が無くなったら私のレストランの経営が成り立たなくなってしまう！　どう責任を取るつもりだ!?」

優しかったお父様から罵声を浴びせられ、裏切られたような悲しみと怒りで涙が込み上げる。

「そんなの知らないわよ！　お父様に経営主としての才能がないだけでしょ!?　それに公爵邸へ行けと言ったのはお父様の方じゃない！　私のせいにしないでちょうだい！」

「なんだと!?」

どうせお父様のレストランが潰れるのは時間の問題だった。あんな外装ばかり派手にしてお金をかけた挙句、お父様の味音痴に合わせた料理を作らせて、客なんて来るはずがないんだから！　こんな能無しの人の下になんかもう少しもいたくないわ！

「そうだわ！　そんな事よりもお父様。早く私の婚約相手を探してちょうだい？　また結納金を沢山頂ける所にすればいいわ！　でも、相手は若くて美しくて優しい男性でお願いね？」

公爵様ほど美しい人を探すのは難しいかもしれないけれど、やっぱり見た目は大事だわ。

「お前は……一体何を言っているんだ？」

そう告げたお父様の表情から怒りは消え、今度は絶望感漂う表情へと変化した。

「そんな相手がいるとでも思ってるのか……？　お前は公爵様を敵に回したんだぞ？」

「え……？」

なによ？　それと私の婚約者を決めるのと何の関係があるのよ？

関わらなければいいだけじゃない。あんな人なんて！

だけどお父様はワナワナと震えながら語り出した。

「お前が公爵様の怒りを買ったというのはすぐに世間に知れ渡るだろう。公爵様が投資する企業は、お前が結婚する相手との取引には一切応じないはずだ。公爵様が投資する企業が一体どれだけあるか知っているか？　銀行からの融資は断ち切られ、商談したい相手も見つからず、下手をすると爵位も住む土地も奪われる。そんなリスクを抱えてまで、お前と結婚したがる貴族がいるとでも思っているのか⁉」

「え……？　そんな……じゃあ……私はこれからどうなるの……？」

「せいぜい遺産を抱えた独り身の男の下へ嫁ぐしかないだろう。少し歳は離れてしまうが当てがない訳じゃない。幸いにもお前は顔がいいから、選り好みしなければ誰かしら拾ってくれるはずだ」

何よ……それ……？　そんなのまるで娼婦みたいじゃない！

「……嫌よ！　なんで私がそんな年寄りと結婚しないといけないのよ⁉」

「お前のその自分勝手な行いが招いた事だ！　自業自得だろう！」

「はぁ⁉　なんで全部私のせいにするのよ！　元はと言えば、お父様ができもしないレストラン経営になんて手を出すからいけないんでしょう⁉　大人しくしていれば良かったのに……！　本当にお父様は無計画で能無しなんだから！」

「何だと⁉　それが育ててやった親へ返す言葉か⁉　どれほど俺がお前に――」

気付けば、私たちの言い争う声を聞きつけたのか、周囲には野次馬たちが集まってきていた。

「ねぇ……あれもしかしてスザンナ……？　いつもと様子が違うんだけど……」

「嘘だろ……？　俺、昔からファンだったのにな……」

私が築き上げてきた清純な淑女のイメージが、ガラガラと音を立てて崩壊していく。

――なんで……？　なんでこんな事になっているの……？

私が今日、公爵邸に行ったのが間違いだったの？

お姉様の機嫌を損ねてしまったのが悪かったの？

だけど、あんなに公爵様の御機嫌取りをしたじゃない。

それなのに……この仕打ちは何？

私が一体、あの人に何をしたというのよ……⁉

◇◇◇

あの日、無力だった僕は妹に罵られる君を、ただ傍観する事しかできなかった。

今度こそ、僕は君を守る事ができただろうか。

誰かのために強くなろうとする君を、心から愛おしいと思う。

だけど、無理に変わろうとしなくてもいい。

君が僕を守ってくれたように、これからは僕に、君を守らせてはくれないだろうか——。

幸せな日々

朝、目が覚めて最初に思い浮かぶのは、眩しいほどの貴方の笑顔——。

カーテン越しに差し込む朝の陽ざしを浴びて、私は瞼を開いた。

ふかふかのベッドから立ち上がり、用意していた洋服に手早く着替える。柔らかい素材で作られたワンピースのスカートには可愛いお花の刺繍が連なっている。それを見ているだけでも、公爵様とのデートを思い出して、くすぐったい気持ちになり顔がゆるんだ。

公爵様はあのデートの日以来、私の好みに合わせた洋服を沢山贈ってくれている。それに加えて、髪飾りも、それはもう山になるほどで。というのも、頂いた髪留めで、リディアが可愛くヘアアレンジしてくれたのを見た公爵様は、感激のあまり言葉を失った。それがすっかりお気に召したらしく、あらゆる種類の髪飾りを贈るようになり、毎日どんな髪型になるのかを楽しみにしているらしい。リディアも特別手当てが出るようになったと言って喜んでいた。

二人の満足気な様子を思い出し、フフッと小さく笑ってしまった。

着替えを済ませた私は廊下へと繋がる扉の前に立つと、その先にいる人物を想像し、期待に胸が膨らんだ。

一日が始まる、この瞬間に一番ワクワクする。

今日は何のお花を摘んできてくれたのだろう。どんな言葉を贈ってくれるのだろうと。

想像するだけでも嬉しくて、自然と笑みが零れる。

ドキドキと高鳴る胸の鼓動さえ心地良く感じながら、扉をゆっくりと開いた。

その先には期待を裏切らない、優しい笑みを浮かべた公爵様が花束を持って出迎えた。

「おはよう、マリエーヌ。今日は君の優しい笑顔によく似合うユリの花を摘んできたんだ。受け取ってもらえるだろうか？」

公爵様から差し出された花束には、真っ白なユリと淡い桃色のユリがバランス良く束ねられている。ユリの葉もいくつか差し込められ、それが良いアクセントになりユリの華やかさをより一層際立たせている。最初はお花を束ねただけだった物が、日に日にアレンジが加えられ、センスに磨きがかかっている。ようやく、本格的なフラワーアレンジメントを意識し始めたのかもしれない。いつかの宝石まみれの花束が頭を過り、込み上げる笑いを必死に堪えた。

「おはようございます。とても素敵なユリ……公爵様、いつもありがとうございます」

お礼を告げて花束を受け取ると、公爵様はユリにも負けない素敵な笑顔を咲かせた。

そこへ、タイミングを見計らったように、公爵様の後ろからリディアがひょいと顔を覗かせた。

「おはようございます、マリエーヌ様。今日のお花も素敵ですね！　さっそく飾る準備をして参ります！」

「おはよう、リディア。いつもありがとう。お願いね」

いつものように朝の挨拶を交わし、公爵様から受け取った花束をリディアに手渡した。

それを両手で受け取ったリディアは、ペコリと公爵様へ頭を下げると駆け足で去って行く。

その後ろ姿を見届けていると、公爵様が何かに気付き、声を掛けてきた。

「ん？　マリエーヌ。ちょっとそのままでいてほしい」

公爵様が私の肩に手を伸ばし、まだ櫛を通していない髪をそっと撫でた。

「すまない。ユリの花粉が髪に付いてしまったようだ」

「あ……大丈夫です。櫛で梳かせばすぐ取れますから」

「そうか。そう言ってくれるとは、やはりマリエーヌは優しいな」

なんでもない事なのに、すぐに優しいと言うのは相変わらず。

公爵様の私に対する評価基準はどれだけ甘く設定されているのかしら。

「公爵様の方がずっと優しいですよ」

咄嗟にそう返すと、公爵様はまんざらでもない様子で顔を赤らめた。

「そうか……？　君にそう言ってもらえるなんて、凄く嬉しいな……」

公爵様は、私へ愛を囁く時は何の迷いも無く伝えてくれるのに、私が褒めると照れて真っ赤になる。そんな姿が可愛く思えて、最近は私も公爵様が喜んでくれそうな言葉を探すようになった。

もちろん、本当に思った事しか言わないけれど。


「マリエーヌ」

ふいに、真剣な声で名を呼ばれ、今度は私の顔が熱くなる。

公爵様は私の左の手を取り、ゆっくりと自分の口元へと持ち上げた。

優しく細められた真紅の瞳が私を真っすぐ見つめる。

「愛してるよ」

そう囁くと、公爵様は私の左手の甲にキスを落とした。

公爵様の様子が変わってもうすぐ五カ月。

もう何回目になるかも分からない。毎日行われるやりとりなのに、未だに私は公爵様の『愛してる』の言葉に強く心を打たれてしまう。

その言葉を聞くたびに、まるで奇跡が起きているような……そんな感動すら覚えてしまう。

そして自分の胸の奥底から湧きあがる想いが溢れ出そうになる。

「じゃあマリエーヌ、ゆっくり支度をするといい。また後で迎えに――」

「いえ、公爵様。今日は私の部屋にお迎えに来る必要はありません」

「え……？」

私の言葉に、公爵様はガーン！　という音が聞こえそうなほどショックを受けている。だけど私なりに考えがあっての事。決して公爵様が迎えに来るのが嫌だからという訳ではない。

「今日は私が公爵様のお部屋へお迎えに行きます。私も……公爵様と少しでも長く一緒にいたいと思っているので……」

少しだけ勇気を出して、公爵様への好意を言葉にする。

まだはっきりとは言えないけれど、こういう言葉でも公爵様ならきっと――。

「……！　マリエーヌ……！」

曇っていた公爵様の表情が瞬時に晴れ上がった。

――やっぱり……喜んでくれた。

その姿に、私も嬉しくなる。感極まったのか、涙目になっている公爵様は零れ落ちそうになった涙を人差し指で拭い、

「ありがとう、マリエーヌ。では、僕は自分の部屋で君が来るのを待っているよ。いつまでも……

ずっと待ち続けている」

そう告げて、公爵様は軽快な足取りで部屋へ戻って行った。

――公爵様。

多分、そんなに時間はかからないと思います。

その後ろ姿を眺めていると、ふいに背後に気配を感じた。振り返ると、ユリを生けた花瓶を抱きしめ、なぜか瞳に涙を浮かべたリディアが佇んでいた。

「マリエーヌ様……素晴らしい勇気でした。ナイスファイトです」

「あ……ありがとう、リディア」

涙目になっているのは、勇気を出した私の姿に感動したから……？

だけど、なんだか様子が違うような……。

次の瞬間、リディアの瞳から光が消失した。その口から淡々と言葉が流れ出る。

「でも独り身の私には時々、二人のやり取りが羨ましくて恨めしくて花瓶を叩き割りたくなる衝動に駆られてしんどくなるんですよね。でも私はマリエーヌ様の事が本当に大好きなので、どうか幸せになってほしいと思っているのですよ。公爵様はぶっちゃけどうでもいいんですけどね。マリエーヌ様が幸せならもうなんでもいいんです。でもこのやるせない気持ちは一体どうやって消化したら良いのでしょうか。やはり愛ですかね。私には愛が足りていないのでしょうか？　きっとそうですよね。では、愛が沢山詰まっていそうなこのユリ食べてもいいですか？」

「落ち着いてリディア。ユリは毒の成分を含んでいるから食べない方がいいと思うの。多分、あなた疲れているのだわ。どこかで休暇を取った方がいいかもしれないわ」

どうやらリディアの心の闇を露呈させてしまったらしく、私はしばらく彼女を宥め続けた。その後、正気を取り戻した彼女に手伝ってもらいながら身支度を終えた私は、公爵様のお部屋を訪ねた。

扉をノックした瞬間、喜びに満ちた公爵様が扉を開けて出迎えた。

多分、私が来るまでずっと扉に張り付いていたのだろう。

「マリエーヌ、迎えに来てくれてありがとう」

なんとも嬉しそうにお礼を言う姿に、

「はい。早くお会いしたかったです」

笑顔で言葉を返すと、公爵様は再び瞳を潤ませ微笑んだ。

少しずつ……ほんの少しずつだけど、私たちの距離は確実に近付いている。

この調子では、はっきりとした言葉を伝えられるのはまだずっと先になるだろう。

――それに、消えない不安も残っている。

だけど、たとえ今の貴方のその姿が、いっときの仮初の姿なのだとしても……。

その気持ちに応えたい。

いつの日か、愛し合う夫婦になってみたい。

――そう思っていたのに。

心のどこかで、淡い期待を抱いていたのかもしれない。

この幸せな日々が、いつまでも続くのだと――。

一緒に寝ましょうか……？

気付くと、私は暗闇の中に一人佇んでいた。

あれ？　私、ここで何をしていたのかしら……？

キョロキョロと辺りを見渡すも、真っ暗で何も見えない。

何の音も無く、何の気配もない、不気味な空間。それに酷く寒くて凍えてしまいそう。

どこまでも暗闇が続くこの場所に、一人だけ取り残されているような……そんな感じがする。

――早くここから離れたい。

恐る恐る地面を確かめながら、私は前へ進み出した。

しばらくして、一か所だけ明かりが灯る場所を見つけた。

そこには一人の人物が背を向けて佇んでいる。

「……！」

絹のように美しい白銀色の髪、すらっと背が高くて気品のある立ち姿。

その顔は確認できないけれど、見慣れた後ろ姿からその人物が誰なのか、私にはすぐ分かった。

今までの不安が消え去り、ホッと胸を撫で下ろす。その顔を早く見たくて私は駆け出した。

「公爵様！」

その背中に向かって声を弾ませるも、公爵様は振り向いてはくれない。

――聞こえていないのかしら？

ようやく背後まで追いついた私は、公爵様の腕に手を伸ばした。

「公爵さ――」

その腕に私の手が触れた瞬間、ものすごい勢いで振り払われた。そのまま後ろに突き飛ばされ、私は床に強く尻もちをついた。

「……え？」

それはあからさまな拒絶だった。

何が起きたのかすぐには理解できず、ただショックで頭の中が真っ白になる。

ゆっくりと見上げたその先には――私を突き刺すように冷たい視線を放つ公爵様の姿。

見覚えのあるその表情は、以前の公爵様そのもの。

「誰だ？　お前は。気安く僕に触れるな」

私を心配する様子は微塵も見せず、軽蔑の眼差しで私を一睨みすると、公爵様は素っ気なく背を向けた。その背中がだんだんと遠ざかっていき、やがて暗闇の中に消失する。

再び私は一人、この空間に取り残された。

忘れかけていた記憶が頭に蘇る。

公爵様に『お前』と呼ばれていた事。どんな風に冷たく扱われていたかを――。

公爵様。

もう、私の名前を呼んではくれないのですか……？


ぽっかりと胸に穴が開いたような感覚。

その胸を締め付ける悲しみは涙となり、私の瞳から零れだした。

「ううっ……うっ……」

嗚咽が漏れ、胸の奥を掴まれるような苦しみで息をする事もままならない。

立ち上がる気力も無く、私はただひたすらに涙を流し続けた。

今までは、どんなに公爵様に冷たくされても、こんなに泣く事なんてなかった。

お義父様やスザンナからぞんざいな扱いをされても……どんな孤独にも耐えられてきたのに……。

それなのに……今はただ辛くて……悲しくて……。

公爵様に拒絶されるなんて、とても耐えられなかった。

それほどまでに、私にとって公爵様は、かけがえのない大切な存在になっていた――。

◇◇◇

静かに目を覚ました私は泣いていた。頬を伝う涙で枕がしっとりと濡れている。

「夢……？」

今のが夢だと分かっても、公爵様に拒絶された事を思い出すと、また新しい涙が溢れてくる。

こんな夢を見るなんて、何かの警告だろうか。

――もしかして、もうすぐ公爵様の人格が元に戻ってしまうの……？

公爵様の様子が変わってから五カ月が経ち、今の公爵様がすっかり馴染んでしまった。

だけどそれは公爵様のもう一つの人格で。いつ元の公爵様に戻ってもおかしくない仮初の姿。

それを忘れてはいけない。忘れてはいけないのに――。

あの優しい微笑み、真っ直ぐに伝えてくれる愛。愛しそうに私の名前を呼ぶ姿。それら全てを失ってしまった時、私はどれだけの絶望を味わうのだろう。

その事はもう、何度も繰り返し考えた。

前に一度だけ、リディアに私が抱えているこの思いを吐露してしまった。すると彼女は、

「大丈夫です！　もしも公爵様の人格が戻ってマリエーヌ様が辛い思いをするのなら、私と一緒にこのお屋敷を出ましょう！　マリエーヌ様一人くらい私が養ってみせます！」

と自信満々に宣言し、自分の胸元に拳を当てて勇ましい姿を見せてくれた。

嘘がつけない彼女だから、それが偽りのない本音なのだと分かり、心が救われた。可愛くて頼りがいのある彼女の笑顔を思い出し、気持ちが少しだけ落ち着いてきた。

――大丈夫。私はもう一人ぼっちじゃない。

リディアもいるし、他の使用人たちだって……みんな優しくしてくれる。

邸内で顔を合わせれば、明るい笑顔で挨拶をしてくれるし、楽しそうな会話をしていれば、「マリエーヌ様もぜひ聞いてください」と、私も会話の輪に入れてくれる。

雇い主と使用人という立場ではあるけれど、友達がいなかった私にとっては、彼女たちが気さくに話しかけてくれる事がとても嬉しい。だから堅苦しい上下関係というよりも、友人に近い関係でいてほしいとお願いした。公爵様もそれは容認してくれている。だから大丈夫。

たとえ、公爵様が元の冷たい公爵様に戻ってしまっても――みんながいてくれるなら、きっと前のような孤独になんてならない。

そう自分に言い聞かせ、両手をギュッと握りしめて胸を突き刺す痛みを振り払った。

――お水飲もう……。

ベッドから下り、椅子に掛けていたショールを羽織って自室から出る。

廊下には、公爵様から贈られたお花がずらっと飾られている。廊下に漂う甘い香りに包まれ、公爵様が私に向けてくれた笑顔や言葉、優しさが次々と記憶として蘇る。

いつ失うかも分からないその姿に、涙を堪えながらゆっくりと歩き出した。天窓から差し込む月明かりが廊下を照らし出し、その先がやけに長く感じる。歩き始めてすぐ、隣の部屋の扉が目に映った。私の部屋の隣は、夫婦共有の寝室。だけど、公爵様が高熱から目覚めてからは、その部屋を使った事は一度もない。

以前は一ヶ月に一度、この寝室に呼ばれていたけれど、それも今は無くなった。

一応、私たちは正真正銘の夫婦。人格が変わったとはいえ、公爵として世継ぎが必要なのには変わりはないはず。だからいずれはまた、そういう事も必要になるのだと思う。

正直、今の公爵様となら……と、少しだけ期待してしまう自分もいる。だけど、それについて私から聞くのも、なんとなく気まずいし恥ずかしい。だから公爵様から何か言ってくるのを待っているのだけど。今のところ、何も音沙汰は無い。

夫婦の寝室を通り過ぎると、今度は公爵様のお部屋の扉が見えてきた。

公爵様のお部屋はここだけでなく、執務室の隣にもある。以前の公爵様は、この部屋はほとんど使っておらず、執務室の隣の部屋を主に使っていた。だけど様子が変わって以来、公爵様はこの部屋を拠点にするようになった。

最近では、執務室も私の部屋の近くに移動しようともくろんでいるみたいだけれど、ジェイクさんがそれだけはなんとか引き止めているらしい。なんでも、私が近くにいればいるほど、公爵様は磁石のごとく私に引き寄せられてしまうのだとか……。

そんな訳で、仕事中はなるべく公爵様がいる場所と一定の距離を保っていただきたいと、白髪の増えたジェイクさんからお願いされている。

それでも、公爵様は仕事中に一回は抜け出し、何かと理由を付けて私を訪ねに来るのだけど。

そんな公爵様の姿も、いずれ見られなくなってしまうのかもしれない。

寂しい気持ちを堪えて公爵様の部屋を通り過ぎた時、何か聞こえたような気がして足を止めた。

部屋の前まで戻り、扉に耳を当てて感覚を研ぎ澄ます。なんだか悪い事をしている気がして若干後ろめたい。だけど、やっぱり部屋の中からは何か呻き声のようなものが聞こえてくる。

――この声は公爵様……？　うなされているの……？

それとも、もしかしたら何か発作みたいなもので苦しんでいるのかもしれない。

そう自分を納得させ、ドアノブに手を掛けると、ガチャ……と音を響かせ扉が動いた。

鍵がかかっていなくて良かった。そう思いながら、ゆっくりと扉を開いていく。

「う……っ……やめ……っ……」

なるべく音を立てないように部屋の中に入ると、公爵様がうなされる声が鮮明に聞こえてきた。

窓から差し込む月明かりが、公爵様が眠るベッドを照らし出している。

その上では、公爵様が手を伸ばし苦しそうにもがいていた。

「マ……ヌ……！　……リエ……！」

はっきりと聞き取れないけれど、その声は私の名前を呼んでいるような気がする。

扉を閉め、私はすぐに公爵様の傍へと駆け寄った。呻き声を上げ、何かを求めるように伸ばされた公爵様の手を、両手でそっと握りしめて自分の胸元へと抱き寄せた。

「公爵様。マリエーヌでございます。私はここにいます」

安心させるように囁くと、公爵様がハアッと大きく息を呑み込み目を開いた。

「マリ……エーヌ……？」

私と目が合うと、公爵様はゆっくりと口を動かして私の名前を呼び、勢い良く起き上がった。

両手を自分の目の前に持ってくると、何かを確かめるように握ったり開いたりを繰り返した後、今度は私をジッと見つめた。

見開かれた真っ赤な瞳はフルフルと震え、額から流れ落ちる汗で白銀色の髪がしっとりと濡れている。服も掻き乱れ、分厚い胸板がチラリと覗いている。それを目にして不謹慎ながらもドキッと心臓が反応してしまった。汗で濡れているせいか、やけに色気を感じてしまう。

「マリエーヌ……」

今度ははっきりと名前を呼ばれて、その事が嬉しくて……じんわりと胸が熱くなる。

瞳に滲む涙を隠すように、少しだけ顔を伏せた。

──良かった。まだ、私の名前を呼んでくれる公爵様で……。

「大丈夫ですか？　公爵さ──」

顔を持ち上げた私の目に飛び込んできたのは、私を見つめる瞳からポロポロと涙が零れ落ちている公爵様の姿。

それはまるであの時──高熱から目覚めた公爵様が、私を初めて見た時と同じ──。

「マリエーヌ！」

叫ぶと同時に、一瞬で私の体は公爵様の腕により抱き締められた。

「マリエーヌ！　マリエーヌ……！」

悲痛な叫び声をあげながら、公爵様は更に力強く私を抱き締めた。その体はとても冷たくて震えている。私より一回りも大きいのに、なぜか小さく思えるその体を、私もぎゅっと抱き締めた。

「すまない……マリエーヌ……。本当に、すまなかった……僕が無力なばかりに……すまない……」

切なく声を絞り出し、何度も繰り返す言葉は一体何に対する謝罪なのだろう。

公爵様に不釣り合いな『無力』という言葉にも大きな違和感を覚える。

だけど今はそんな事どうでもいい。早く公爵様を安心させてあげたい。

「公爵様。大丈夫ですか？」

すると、その手が少し緩められ、私の体をゆっくりと離した。

「……ああ、すまない。……本当に、君にはいつも情けない姿ばかり見せてしまうな」

眉尻を下げて弱々しく笑う姿がなんとも切なくて、今度は私が抱き締めてあげたくなる。

「時々、夢を見るんだ。とても耐え難い、恐ろしい夢を……」

そう告げた公爵様の瞳は再び影を落とし、その体がカタカタと震え出す。

いつも微塵の隙も見せない公爵様が、こんなにも夢に怯える姿を、一体誰が想像できるだろう。

「奇遇ですね。私もさっき夢見が悪くて起きてしまいました」

「そうか。マリエーヌも悪夢を見る事があるのか……。僕が君の夢の中に入る事ができたのなら、君を悪夢から救い出してみせるんだがな」

普段の公爵様らしい発言に、気が緩み思わず噴き出してしまった。

「ふふっ……。じゃあ、一緒に寝ますか？　そしたら同じ夢を見られるかもしれませんよ」

それは特に何の意味も無く、自然と口から零れた言葉だった。

シン……と、私たちの間に沈黙が流れる。

しばらくして、自分が発言した言葉の意味に気付いた私は、カァッと顔の温度が急上昇した。

――わ……私ったら……！　なんて事を言ってしまったの⁉

恥ずかしさのあまり目尻に涙が滲む。とても目を合わせていられなくて公爵様から顔を背けた。

……でも……公爵様は、今の私の発言を聞いて、どう思ったのかしら？

少しだけ、公爵様の言葉を待つ事にした。

……。

………………。

………………駄目。この沈黙がとても耐えられないわ！

「あの……やっぱり今のは――」

発言を取り消そうと、振り返り公爵様と向き合った時――。

私の視線の先には、ポカンと目と口を開けたまま、氷のように固まっている公爵様の姿。

意外な反応に、私も同じように口を開けたまま固まってしまった。

……一応、これでも私たちは体を交わした夫婦なのだけど……？

だけど公爵様の顔に、さっきまでの悲しみは微塵も見られない。その事にホッとしたけれど、同時に私の中にある不安が過った。

もしも公爵様が元の人格に戻ったら、もうこんな風に会話を交わす事もなくなってしまう。

それは数年先なのか。それとも明日なのかは分からない。

だけどいつか、その日が来るのなら……。この幸せが、いつ終わるのか分からないのなら――。

今の公爵様からの愛を、もっと受け止めてみたい。

その想いが、私にある決意をもたらした。

すると、ハッとして正気を取り戻した公爵様が、気まずそうに目線をそらし、軽く咳払いをする。

「んんっ……すまない、マリエーヌ。どうやら僕は、今しがた都合の良い幻聴を聞いてしまったみたいだ。どうかもう一度、言ってみてもらえるだろうか？」

その問いに、覚悟を決めた私はコクリと頷き、

「公爵様、今日は私と一緒に寝てください」

はっきりと告げると、今度こそ公爵様は石像のごとく完全に固まってしまった。

夫婦共有の寝室で

夫婦共有の寝室にあるベッドの上――。

二つ寄り添うように並んだ枕を眺めながら、私は右側にいるべきか、それとも左側にいるべきなのかと悩んだ末、とりあえず右側へ寄ってみた。

手入れの行き届いたベッドの上で横座りすると、持参した薄手の布団で自らの体を包み込み、その時が来るのをジッと待った。

窓から差し込む月光が部屋の半分を照らしている。幸いな事に私のいるベッドまでは届いていな

い。その事に少しホッとした。やっぱり明るいのは色々と恥ずかしいし……。

色々の意味を考えてしまい、カーッと顔が熱くなる。でも大丈夫。真っ赤に染まっているであろう顔色も、この薄暗さならきっと分からないだろうから。

ちらりと壁際の扉へと視線を送る。その先にあるのは公爵様の部屋。扉はまだ開く気配はない。静寂に包まれた空間の中、ドキドキと自分の心音だけが大きく鳴り響いているようで。少しでも音が漏れないようにと、体に巻き付ける布団を更にギュッと固く絞った。

ぴっちりと密閉され、自分の熱がこもる布団の中がやたらと暑くてじっとり汗ばむ。

だけど公爵様がここへ来るまでは、まだこの布団を手放したくはない。

なぜならこの下は……。

――どうしよう。急にものすごく恥ずかしくなってきた。

さっきは気持ちの昂りやその場の勢いもあって、ついあんな提案をしてしまった。だけど待っている間に少しだけ冷静になってきた。

公爵様は焦らなくても良いと言ってくれたのに……なんて大胆な発言をしてしまったのだろう。

……だけど、焦りたくもなる。

いつ公爵様の人格が元に戻るか分からない中で、少しでも多くの愛を求めてしまうのは――我儘だろうか。

それでも、公爵様はきっとそんな私の我儘も笑って受け入れてくれるはず。むしろ目を輝かせて喜びそうな気さえしてくる。目尻を下げて嬉しそうに顔をほころばせる公爵様の姿を想像して、思わずクスっと笑みが零れた。

——大丈夫。今の公爵様なら、どんな私でも受け入れてくれる。

それだけは確信が持てた。だけど、ふと疑問に思う。

公爵様は、私が一緒に寝ましょうと言った意図にちゃんと気付いてくれたのだろうか……？

もし気付いていなくて、ただ一緒に寝るだけだと思っているのだとしたら……？

やっぱり一旦戻ろう。だって一緒に寝るだけなら私のこの格好はちょっと——。


ガチャ……。


沈黙していた扉が開く音がした。

恐る恐る顔を向けると、窓から差し込む月明かりに照らされて公爵様が部屋に入ってきた。

月光を存分に浴びた白銀色の艶のある髪、ルビーのような瞳は煌めきを放ち、幻想的で優美な立ち姿が映し出され、その美しさに思わず息を呑んだ。

真紅の瞳が私を捉えると、射貫かれそうになるほど、真っすぐ見つめられた。

いつもなら柔らかい笑みを浮かべるその瞳は、今は真剣そのもので。そんな眼差しを受けて、私の心音はますます加速する。痛いくらい鳴り響く鼓動にとても耐えきれなくて、その視線から逃れるように俯くと、静かに呼吸を繰り返した。

このままでは事に及ぶ前に気を失ってしまいそう。今、息をするのも忘れてしまっていたし、胸もぎゅうぎゅうと痛いし苦しい。

私たちがこういう事をするのは決して初めてではないのに……なんでこんなに緊張するの……⁉

そうこう考えていると、ベッドが少しだけ揺れた。顔を持ち上げると公爵様がベッドの端に腰かけていた。私に背を向けているものの、公爵様の深い息遣いが聞こえてくる。その呼吸音が心なしか震えている事から、公爵様も私と同じで緊張しているのが分かった。

――良かった。私の意図はちゃんと伝わっていたみたい。

ホッと胸を撫でおろし、再び覚悟を決める。

意を決して身を包んでいた布団を解き――。

「マリエーヌ、寝ようか」

屈託のない笑顔で振り返った公爵様が、私の姿を見た瞬間、ピシィッと音を立てて固まった。

……え？　もしかして私の意図、伝わってなかったの……？

公爵様の反応から察するに、自分だけがその気になっていたのだと知り恥ずかしくて泣きそう。

だけど後悔しても時すでに遅し。それを公爵様の反応が物語っている。

なぜなら今の私は寝間着を脱いだ状態で。つまり……この体は下着しか身に着けていないのだから。しかもいつも身に着けている物よりもちょっと……薄いような……。

とりあえず最後の抵抗として、あまり自信のない胸元を両手でそっと隠した。

公爵様はというと……今日何度目になるかも分からない、物言わぬ石像と化し全く動かない。

……。

…………。

…………無理。やっぱりこの沈黙はとても耐えられない……！

「あの……公爵様？」

「……！」


声をかけると、公爵様はビクッと跳び上がるほど跳ねた。

だけど次の瞬間、燃えるような瞳が私をジッと見つめてきた。

その瞳に宿る熱、色気のある深い呼吸に今度は私の胸がギュッと締め付けられる。

今、公爵様は何を考えているのだろう……。こんな姿の私を見て、どう思ったのだろうか。

呆れた？　それとも、少しはその気になってくれた……？

公爵様の人格が変わってからの数ヶ月間、公爵様は一度も私をこの部屋に呼ばなかった。

それはなぜなのか……その理由をずっと知りたかった。

――もしかして、公爵様はもう私とそういう事をするつもりはないの……？

そう思うと、ちょっとだけ寂しさを感じた。

未だに公爵様を愛する覚悟も決まっていないくせに……なんて自分勝手な思いなのだろう。

公爵様からとめどない愛を受け取っているのにもかかわらず、更に上の愛情を求める自分の欲深さに嫌気が差す。いつから、私はこんなに欲張りになってしまったのだろう……？

我慢を強いられた日々の反動が、今になってやってきたのかもしれない。

だけどそれ以上に――公爵様が私を優しく甘やかすから。

それがただ嬉しくて……嬉しくて……甘えたくなる。

公爵様の優しさに、諦めていた願望が……欲が……誘われるままに姿を現す。

公爵様の嘘偽りのない、温かくて底知れない愛の海に、身を投げ出し溺れてみたい――と。

その時、ふわりと体が何かに包まれた。それはさっきまで私が体を覆っていた薄手の布団だった。

公爵様が、私の体を全て包み隠すように布団で覆ったのだ。

少しだけ、ホッとしたような……ガッカリしたような……複雑な気持ち。

気落ちする私から公爵様は少し距離を取り、ベッドの上で両膝をついた。

私と向き合い礼儀正しく正座すると、深く頭を下げ——って……!?

公爵様ともあろうお方のあるまじき姿に、巡らせていた想いは瞬時に吹き飛んだ。

「公爵様!?　お顔を上げてください！」

必死に声をかけるも、公爵様はその状態のまま動かない。

代わりに、力強いはっきりとした声が私の耳に届いた。

「マリエーヌ。僕の勝手な都合に君を巻き込んでしまって……君の心も身体も酷く傷つけてしまった。本当に申し訳なかった」

ベッドの上に頭が付くのではというほど、深く頭を下げる公爵様の体は小刻みに震えている。

膝の上で固く握り絞められた拳。それは己に対する怒りなのだろうか。

罪悪感、怒り、悲しみ、苦しみ、後悔……今の公爵様の姿は、そんな感情が入り乱れているように見える。

公爵様の言葉の意味も理解できる。だけど、私は公爵様のそんな姿を見たい訳じゃない。もう一度、静かな声でお願いする。

「公爵様。お願いです。お顔を上げてください」

その声に応えるように、ゆっくりと顔を上げた公爵様は、酷く辛そうな顔をしていた。

今にも泣きそうな瞳が縋るように私を見つめてくる。

静寂に包まれる部屋の中、さっきとはうってかわり弱々しい声が響いた。

「前の僕は、一人一人の人間に感情があるなんて考えもしなかった。……ただ自分の思い通りに動かせる駒としか思っていなかったんだ。……最低だろう。何の感情も持っていなかったのは外《ほか》でもない……僕自身だったというのに。君にも酷い事を言ってしまった……」

酷い事——それはきっと『世継ぎを産むためだけの女』と言った事だろう。

「マリエーヌ。僕はもう君を傷つける事は絶対にしない。君のためなら、この公爵という肩書きも捨てていいと思っている。だから世継ぎの事は考えなくてもいい。君が無理をする必要はもうないんだ」

——無理？

もしかして公爵様は、私が世継ぎを産むための役割を果たそうとしているのだと思っているの？

「……いいえ、公爵様。私は無理なんてしていません。今、私がこの姿でここにいるのは……自分の意思で決めた事です」

「だが、それは僕が君にあんな事を言ったからで——」

「違います」

はっきりと否定すると、公爵様は目を見開き絶句した。

自分でも驚いた。こんなにはっきりと相手の言葉を否定するなんて。

ただ、もうこれ以上、自分を責めてほしくなかった。辛そうな公爵様の姿なんて見たくない。

だから——。

私は公爵様の瞳を真っすぐ見つめた。この瞳から逃げてはいけない。

その決意と共に、胸の内に押し込めていた想いを口にする。

「私はずっと、誰かに愛されたいと思っていました。その願いをあの日、公爵様が叶えてくださいました。貴方に愛されるようになってから……私の孤独な日々は変わりました。貴方に名前を呼ばれるたびに嬉しくて……愛を囁かれるたび、胸が熱くなりました」

私の言葉に、少しずつ公爵様の顔から憂いが消えていく。次第にその瞳に光が宿りだした。

「優しい人たちにも囲まれて、毎日がとても楽しくて充実していて……ずっと凍えそうなほど冷たかったこの世界が、こんなにも温かく優しさに満ちた世界だったのだと知りました。貴方の愛が、私の世界を変えてくれたのです」

「マリエーヌ……」

瞳を潤ませ、嬉しそうに微笑む公爵様の手が、ゆっくりと私の方へ伸びてくる。

「だけど……」

その手がピタリと止まった。

「公爵様からの愛を信じられるからこそ、怖いのです。いつか公爵様から愛されなくなってしまう事が……怖くて仕方ないのです」

「なっ……⁉　それはありえない！　僕はこれからもずっと君の事を愛し続ける！　僕の気持ちが変わるなんて事は絶対にない！」

私に対しては珍しく声を荒げる公爵様に、精一杯微笑んでみせる。

「はい。今の公爵様なら、きっとそう言ってくださると思っていました。ですが、公爵様がいつか元の人格に戻ってしまったら……その時はきっと――」

「マリエーヌ！　僕はもう以前のように君に冷たくする事なんてない！　これからもこの先の未来もずっと変わらない愛を君に誓う！」

必死に訴えかける公爵様を信じたい。だけど……これだけはどうする事もできないから。

「ごめんなさい……。そう言っていただけて嬉しいのに……それを信じられなくて……」

「マリエーヌ……」

悲嘆に暮れるその姿に息が詰まる。

私は一体、どれだけ公爵様を傷つければ気が済むのだろう。

悲しませたい訳じゃない。公爵様の言葉に、嘘偽りなんてないのに……！

信じたいのに信じられない。そのもどかしさを吐き出すように、本音を口にしていた。

「だって……貴方はいつ消えるかも分からない、仮初の人格なのだから……」

「…………は？」

長い沈黙の末、公爵様の口から間が抜けたような声が聞こえた気がする。

だけど堰を切ったように、溜め込んでいた想いが次々と込み上げ、勢い任せに一気に吐き出した。

「もしもこの先、公爵様が元の人格に戻ってしまった時……公爵様の瞳に私が映らなくなってしまったらと考えると辛くて……とても耐えられそうにないのです。でも、それなら尚更の事……愛されている時間が限られているのなら……私は今の公爵様との思い出を、少しでも多く残しておきたいのです」

言葉を口にすると余計に実感する。この時間が永遠ではない事を……。

ふいに目尻に涙が浮かび、零れそうになる。

下を向いたら駄目だと、必死に顔を持ち上げて、愛しい公爵様に笑ってみせた。

「そうすればきっと、いつか元の人格に戻った公爵様に拒絶されたとしても……今の公爵様との思い出がきっと、私を励まし勇気づけてくれると思うのです……だから、公爵様――」

「マリエーヌ。ちょっと待ってくれ」

私の言葉を遮り口を挟んだ公爵様は、なぜか頭を抱えながら顔をしかめている。

「どういう事だ……？　仮初の人格？　元の人格？」

「……あ」

すっかり忘れていた。二重人格の事は公爵様には内緒にしていたのに。

沸騰しそうだった頭の熱が一気に急下降していく。

――どうしよう。あんなにはっきりと言ってしまったし、今更隠そうとしても無理よね……？

「えっと……実はですね――」

私はお医者様から公爵様が二重人格の症状を発症している事、今の公爵様の人格がいつ、元の人格に戻るか分からないと説明された事を全て包み隠さず話した。

優しい公爵様

話を聞き終えた公爵様は再び頭を抱え、体中の空気を吐き出すような長い溜息を吐いた。

「なるほど。そういう事か。あのヤブ医者め。……いや、僕の説明不足がいけなかったのか」

そう呟くと、公爵様は顔を上げて真剣な眼差しを私に向けた。

「マリエーヌ。僕は人格が変わったとか、二重人格だとか、そういうのとは違うんだ。確かに前の僕と今の僕が全く別人に見えるのも無理はない。だが、前まで君に冷たくしていた僕も、こうして君を愛するようになった僕も、どちらも同じ僕自身なんだ。だからこの先、僕の人格が元に戻る事は絶対にありえない。僕はもう二度と君を傷つけたり苦しめたりなんかしない。神に誓ってもいい」

真っすぐ私を見据えるその姿から、公爵様の揺るぎない誠意が伝わってくる。

だけどその言葉を信じるためには、この疑問を解消しなければならない。

「じゃあ、公爵様はなぜ、突然別人のようになられたのですか？　どうして私をそんなに愛してくれるのですか？」

私はずっと、公爵様が私を愛するようになったのは、私が公爵様の妻だから、だと思っていた。

家族を――妻を大事にする人格が現れているのだと。そう思っていた。

だけど、そうでないなら公爵様が突然、私を愛するようになった理由が分からない。

公爵様は少し困った様子で、笑みを浮かべて口元に手を当てた。

「そうだな。それを説明しなければならなかったな。だが、どう言えば良いのだろうか……」

そう言うと、正座していた足を崩し、ベッドの端へ寄ると床に足を下ろした。その隣に私も移り、公爵様と並んで座った。

私達の足元の少し先を月明かりが照らし出し、絨毯の模様が映し出されている。その模様を眺めていると、隣からぽつりと声が聞こえてきた。

「……夢を見たんだ」

「夢……？」

――また、夢の話……？

「ああ。その夢の中で、僕は――」

そこで言葉を詰まらせ、沈黙する。

「……公爵様？」

見上げると、グッと唇を噛みしめる公爵様の体が、カタカタと震えていた。何かに耐えるような、怯えるような……どこか絶望感すら感じさせるその姿が痛々しくて。膝の上で固く握りしめられている拳にそっと触れた。ひんやりと冷たくなったその手を、温めるように両手で包み込む。

「公爵様、大丈夫です。お辛いようでしたら無理に話す必要はありません」

「……」

本当は気になる。だけど、公爵様が苦しむ姿を見るくらいなら知らなくてもいい。

公爵様はもう、以前のような冷たい人格には戻らないと言ってくれた。

その言葉を信じれば良いだけなのだから。

すると私を見つめていた公爵様は、安心したのかフッと表情を緩めた。

「マリエーヌ、君は本当に優しいな」

まただ。公爵様はそうやってすぐに私の事を優しいと言う。

「私は……そんなに優しい人間ではありません」

「そんな事はない。君の優しさに、僕は何度も救われたんだ」

――どういう事？　私が公爵様を救った？

公爵様は、一体いつの話をしているの……？

心当たりはない。いや、あるとすれば――。

「それはもしかして、その夢の中で……という事ですか？」

公爵様は一瞬だけ目を大きく見開き、ゆっくりと閉じた。その口元には柔らかい笑みを浮かべて。

「ああ、そうだな」

どこか懐かしさを滲ませるその言い方に、心の中に靄《もや》がかかる。

公爵様が時々見せていた、誰かを思い出すような表情。その意味がようやく分かった。

公爵様はずっと、夢の中の私を見ていたんだ。夢での私の姿を、現実の私に重ねていたんだ。

だとしたら――私自身には、公爵様に愛されるほどの価値があるの？

「でも……それはあくまでも夢の中でのお話ですよね？　実際の私はそんなにできた人じゃ――」

「いや、間違いなく君だ」

はっきりとした声で公爵様はそう断言した。真剣な眼差しを私に向け、

「夢から覚めた僕は、君と真摯に向き合い接していく中で、君の沢山の優しさに触れた。その一つ一つが君にとっては些細な事なのかもしれないが、僕にとっては特別な事だったんだ」

何の迷いも見せずに公爵様はそう言うけれど……分からない。

だって沢山の優しさをくれたのは、公爵様の方なのだから――。

黙り込む私の手の上に、公爵様のもう片方の手が添えられた。

「マリエーヌ。君の優しさは僕が一番よく知っている。君が分からないと言うのなら、僕が教えてあげよう」

視界もはっきりとしない静寂な空間で、公爵様の優しい声だけが響いた。

「マリエーヌ。君は今まで、君の事を無視し続けていた僕を、一度たりとも咎めなかった。そんな僕が一方的に渡す花束を、いつも笑顔で受け取ってくれた。君の好みも分からないまま贈り続けたプレゼントも、嫌な顔一つせず大事にしてくれた。不器用な僕がどんなにつまらない話をしようとも、楽しそうに耳を傾けてくれた。僕が君の手を握ると、優しく握り返してくれた。食事に手を付けようとしない僕に、一緒に食べようと言ってくれた。僕が君に何かするたび、『ありがとう』と返してくれた。君はどんな時でも、僕を思いやり、親切にしてくれた」

一つ一つの言葉を、公爵様はとても嬉しそうに語っているけれど――。

「……でも……それって普通の事ですよね？　私が特に何かした訳ではないと思います」

「そうだろうか。その普通の事ができていなかった人間を、君は知っていると思うんだが」

「あ……」

その人物はもちろん、以前の公爵様だ。

これ以上何か言えば、公爵様を非難する事になりそうなので、口を噤んだ。

「それまでの僕がまともな人間だったならまだしも……以前の僕は、お世辞にもまともだと言える人間ではなかった。僕がしてきた数々の愚行についても、君にどう責められようが全て受け入れるつもりだった。花束も、贈り物も全て……突き返してくれてよかったんだ。――だが、君はそうしなかった。それどころか、こんな愚かな僕の心までも気遣ってくれた。それができるのは、君が本当に優しい人だからだ」

公爵様の柔らかい笑顔で見つめられ、靄のかかっていた心の中が少しずつ晴れていく。

「それに僕だけじゃない。君の優しさを知っている人は他にもいる。君の周りには既に沢山の人たちがいるじゃないか」

それはきっと、リディアやジェイクさんをはじめとする、この屋敷で働いている人たちの事を言っているのだろう。

「ですがそれは公爵様が集めてくださった方々で……私は特に何もしていません……」

「確かに、人を集めたのは僕かもしれない。だが、誰もが君に惹かれている。君の優しさに触れて、同じように君に優しくしたいと思っているんだ」

――本当に？　そんな自分の都合良く考えてもいいの？

今の私にとって、ここで一緒に過ごしている人たちは、かけがえのない大切な存在。

血のつながりは無くても、同じ邸内で暮らしている家族のようにも思っているし、みんなもそう思っていてくれたら嬉しい。

だけど、私は未だに自分が誰かに愛される価値のある人間だとは思えない。

公爵様は、夢の人物と私が一緒だと言うけれど……何か勘違いをしているのかもしれない。

だって本当の私は、こんなに弱くて何もできない……根暗で卑屈でどうしようもない人間なのだから。

「……私は、そんな価値のある人間ではありません。今も自分に自信が持てず……優柔不断で……公爵夫人として、堂々と公爵様の隣に立つ事すらできていません」

これ以上、自分を卑下する事は言いたくない。それでも言葉は口をついて出てきてしまう。

長い年月をかけて蓄積された劣等感は、底なし沼のごとく私をからめ捕り逃がしてくれない。

「そんな事はない。君はとても魅力的だし、誰よりも強い人だ」

励まそうとする公爵様の言葉が、今はもどかしくて苛立ってしまう。

「私は……！　強くなんてありません！　あの時も結局、スザンナを前に何も言えなくて……！」

こんな言い方、ただの八つ当たりでしかない。

あの日、スザンナに咎められて、何も言えなくなってしまった自分が悔しかった。

結局私は、昔から何も変わっていなかった。変われなかった……。

公爵様に守られるだけの、無力な自分が酷く情けなくて……。

あの時の惨めな気持ちを思い出し、顔を伏せて込み上げる涙を隠した。

そんな私の耳に、公爵様の穏やかな声が響いてくる。

「それでも君は、この屋敷の人たちを守ろうとしていた。本当はあの時、すぐにでも君の元に駆け付けたかった。だが、リディアから少しだけ様子を見守ってほしいと言われていたんだ。……悔しいが、リディアの方が君の事をよく分かっている。君は公爵夫人としての誇りを持って立ち向かってくれていた。それが嬉しかったし、誇らしかった……だが、その事に感動するあまり、助けに入るのが遅くなってしまった。君は僕のせいで苦しんでいたというのに……本当に、君には迷惑をかけてばかりだな」

——やっぱりあの時の会話は聞かれていた。だから責任を感じて、公爵様は私に謝っていたんだ。

昔の公爵様を思い出してショックを受けていたから……。

「マリエーヌ。君が本当の強さを見せる時は、誰かのために行動する時だ。あの時、公爵夫人としての立場を守る事で、ここにいる人たちを守ろうとした君の姿はとても素敵だった。いつもの優しくお淑やかな君も好きだが、やはり僕は君が誰かを守ろうとする姿に強く心を打たれるんだ」

公爵様の優しい声、温かい手の温もりが、冷たくなる私の心を何度でも温め直してくれる。

その瞳が一層細められた。私を愛しむように。

「そんな君の事が、僕は大好きで堪らないんだ」

その言葉に――胸が締め付けられ、自然と涙が込み上げる。

……やっぱり……優しいのは公爵様の方だ。

「……でも、私は……」

それなのに、なんで私はその言葉を素直に受け止められないの……？

「私は……！」

いつまで経っても自信が持てない。自信の持ち方が分からない。こんな自分が大嫌い。

自分の価値を貶めているのは自分自身だというのに――。

堰き止めていた涙が溢れ出し、ポタポタッと頬から零れ落ちた。

こんなつまらない事でいつまでもウジウジして、涙まで流しているなんて……いくら優しい公爵様でも、さすがに呆れているはず。

それを目の当たりにするのが怖くて、俯いたまま滴り落ちる涙をひたすらに見つめていた。


――どれだけの時間、そうしていたのだろう。

公爵様はあれから何も言葉を発さない。私もずっと俯いたまま。

いつの間にか、窓から差し込む月明かりが、私たちがいる場所まで届いていた。

――ああ、こんな情けない姿を、いつまでも晒している訳にはいかない……。

私は涙で濡れた顔を持ち上げ、公爵様と向き合った。

そこには――何も変わらない。

いつもと同じ、優しく穏やかな笑みを浮かべた公爵様が、ジッと私を見つめていた。

月光を反射する赤い瞳がキラキラと煌めき、私と目が合うと心底嬉しそうに細められた。

その瞳が「なんでも言ってごらん」と囁くように、私の言葉を静かに待っている。

「なんで……？」

それはとても素朴な疑問だった。

「なんで公爵様は、そんなに私に優しくしてくれるのですか……？」

いつもそうだった。公爵様は私が優しいと言ってくれるけれど、一番優しいのは公爵様だ。

優しい笑顔で私を見守り、どこまでも寛大な心で甘やかしてくれる。

その底知れない優しさの根源は、一体何なのだろう。

その問いに、公爵様は更に目を細め、私の頬を伝う涙を滑らかな手つきで拭った。

「君が僕に優しくしてくれたからだ」

答えが返ってくるのは一瞬だった。

当たり前だとでも言うように、清々しく答えた公爵様の言葉に迷いなんてなかった。その瞳は今も真っすぐ私を見つめている。いつもと変わらない、凪いだ瞳に温かい微笑みを浮かべて。

公爵様はいつだって、こうして私を真っすぐ見つめて、愛を囁き続けてくれていた。

時には、燃え盛る熱を赤い瞳に宿し、愛しくて堪らないという視線を私に向けて――。

その瞳は……ずっと私自身を見てくれていた……そういう事なの？

にわかには信じられない。だけど、公爵様の言葉を疑いたくはない。

ふいに、公爵様が伝えてくれた愛の言葉の数々が頭の中を過った。

その一つ一つの言葉の重み、公爵様の深い愛情が、塞ぎ込んでいた心の奥底にまで浸透していく。

再び涙が込み上げ、すでに濡れている頬を伝った。だけどそれはさっきとは違う。

悲しみの涙じゃなく……ただ、嬉しかった。

公爵様の計り知れないほどの深い愛に……息が詰まりそうになった。

公爵様は、私の涙をもう一度拭うと、私の頭をそっと撫でた。

「マリエーヌ。たとえ君が自分に自信を持てないのだとしても、僕が君を好きである事には変わりない。君が辛くて涙を流すのなら、僕が何度でもその涙を拭おう。無理に強くなる必要もない。君の隣で僕がずっと守っていけばよいだけなのだから」

私の頭を優しく撫でながら、公爵様は純粋な笑顔を浮かべている。

――公爵様はきっと、どんな私でもありのままを受け止めてくれる。

止まる所を知らないその愛情で、私を丸ごと包み込んでくれるのだと思う。

「公爵様って……私に甘すぎませんか……？」

「そうだな。僕は君を甘やかしたい。それこそ僕が傍にいないと駄目になるくらいに」

そう言って公爵様は少し意地悪そうな笑みを浮かべた。

本当に、この人の傍で甘やかされ続けていたら、私は根っからの駄目人間になってしまいそう。

なんだか色々と難しく考えていた自分が馬鹿らしくなってきて、笑いが込み上げた。

「ふふっ」

「……？」

私は何を悩んでいたのだろう。

こんなにも、公爵様は分かりやすく私への愛を伝え続けてくれていたのに……。

公爵様が私を愛するようになった本当の理由《わけ》——それにはきっと、私の知り得ない何かがあるのだと思う。

それは今はまだ分からない。

公爵様と私の間には、なにか見えない壁があるような……そんな気もする。

だけど……だとしても……もう一歩、踏み出したい。

貴方の心に、もっと近付きたい——。

「アレクシア様」

それは自然と口をついて出ていた。

私もまた……公爵様の名前を今まで呼んだ事がなかった。

名を呼ばれた公爵様は、信じられない様子で大きく見開かれた瞳をこちらに向けている。

そんな姿を前に、愛しさが込み上げる。

——名前を呼ぶだけで、こんなにも心が浮き立つなんて……。

公爵様も、いつもこんな気持ちだったのだろうか。

私の顔は自然とほころび、胸も頬も熱を帯びる。公爵様を見つめ、慎重に言葉を紡いでいく。

「貴方が私を愛してくれたように、私も貴方を愛したいです。……少しずつ、大きくなるこの気持ちを抑える理由はなくなりました。だから――もう少しだけ、待っていただけますか？」

この期に及んで、まだはっきりとした言葉を口にはできない。

だけどそう遠くない未来に、この気持ちが溢れ出す時がくる。

それまでには、もっと自分に自信を持てるようになっていたい。

公爵様は変わらなくて良いといってくれたけど……やっぱり、私も変わりたい。

公爵様の隣に立つに相応しい人物になりたい……！

その決意と共に公爵様を見据える。

私を真っすぐ見つめる瞳は大きく揺らいでいた。今にも零れ落ちそうな涙を溜めて。

ふいにその瞳が細められ、一筋の涙が頬を伝った。

「ああ、もちろんだ。いつまでも待ち続ける。僕のマリエーヌへの気持ちは、これからも永遠に変わらないのだから。……いや、それどころか君への想いは増すばかりだ。言葉にできないこの激情はどうすれば君に伝えられるのだろうか」

いつも通りの振る舞いを見せ始めた公爵様に、張り詰めていた気持ちが一気に緩む。

ホッとしたのも束の間で、私の瞳からは再び涙がポロポロと溢れた。

「マリエーヌ……!?　まだ何か不安な事があるのか？」

あたふたと狼狽える公爵様が私の両肩に手を添えた。

心配そうにこちらを見つめる真紅の瞳に、小さく笑いかけた。

「いえ……嬉しいのです。公爵様からの愛が、これからも途切れる事がないのだと知って――この時間がずっと続くのだと思うと……胸が一杯で……」

「……ああ。そうだったな。涙は嬉しい時にも出るんだった。だからか……涙を流す君の姿がより美しく思えたのは」

私の両肩に手を添えたまま、公爵様は愛おしそうにこちらを見つめている。その距離はいつもよりもずっと近い。それなのに――公爵様は更に私に近付いてくる。

――って……公爵様!?

いよいよ触れるかの距離まで近付き、咄嗟に目を瞑った。

次の瞬間、目尻に何か柔らかいものが触れた。反対側の目を開けて確認すると、それは公爵様の唇だった。その唇が離れたかと思うと、今度は反対側の目尻を啄む。私の涙を拭うように。

――ってこれ、絶対に恋愛小説の影響ですよね……?

今度こっそりリディアに聞いてみよう、と密かに思う。

公爵様は私の涙の跡を辿るように、両頬にも口付けをしていく。

さっきまでこの身を捧げる覚悟でいたはずなのに、私の頭は公爵様からの熱烈な愛で限界を迎えそう。嬉しいのか恥ずかしいのかもよく分からない。熱に浮かされた頭がクラクラしてきた。

「あの……公爵様……」

なんとか声を絞りあげると、惚けていた公爵様の顔がハッと引き締まった。

その頬が、公爵様の瞳の色に負けないくらい真っ赤に染まる。

「す……すまない。つい嬉しさのあまり気持ちが先走ってしまったようだ。その……もしかして嫌だっただろうか？」

「え……？　いえ……嫌では……なかったです……」

「！　マリエーヌ……！」

「で、でもさすがにもういっぱいいっぱいです！」

再び距離がグッと近付いてきた公爵様に、私はパタパタと手を振りながら慌てて制止した。

少しだけ残念そうに顔を曇らせた公爵様だったけれど、すぐに柔らかい笑顔に変わった。

「ああ、そうだな。今日はもう寝るとしよう。一緒に寝てくれるのだろう？」

「あ……」

……そうよね。私が一緒に寝ましょうって言ったんだったわ。

寝るだけ……寝るだけよね……？　そこに深い意味はない……わよね？

確かに、最初は深い意味があったのだけど、今はもうその覚悟もどこかへ行ってしまった。

――そういえば私ってば、思いっきり下着姿なのよね。

しかもこれって、前にリディアと買い物へ行った時に彼女と店員さんにものすごい勢いで薦められた、勝負下着とか言う物で、露出も高めだし……肌着なんて透けてるし……。

こんな物を着て、はしたない女って引かれちゃったかしら……？

――ううん。さっき公爵様はどんな私でも好きって言ってくれたじゃない。きっと大丈夫。

でもせめて寝間着を近くに置いておくんだったわ！　なんで下着姿で来ちゃったのかしら⁉

その時、公爵様がベッドから立ち上がり、備え付けられているチェストへ向かうと、その引き出しから何かを取り出して戻って来た。

「マリエーヌ。これを着るといい」

差し出されたのは無地のガウンだった。

「あ……ありがとうございます」

ガウンを受け取ると、公爵様は私に背を向けてベッドの端に座った。

私が着替えるのを見ないようにという公爵様の配慮なのだろう。

私は体を包んでいた布団を解いて受け取ったガウンを体に羽織った。さっきは勢いのまま着てしまった勝負下着は、改めて見るとやはりとんでもない代物だった。ガウンをしっかりと体に巻き付けて、腰の紐を解けないよう念入りに締めた。

これを着るようにと言われたって事は、やっぱりこの後は普通に寝るだけという事よね。

——公爵様の隣で眠れるかしら……？

でも眠れなかったら、公爵様の寝顔が見放題……それも良いかもしれない。

そんな不純な動機を抱えながら、

「公爵様、お待たせしました」

声をかけると、公爵様はゆっくりとこちらへ体を向けた。

「やはりマリエーヌは何を着てもよく似合うな」

ただのガウンを着ただけなのに、公爵様はうっとりとした視線を私に向けている。

「ありがとうございます。……でもさっきの下着はさすがになかったですよね」

「そんな事はない」

即答だった。ものすごく切れの良い言葉だった。

公爵様。

やっぱり……ばっちり見られていたのですね。


そうして、私は公爵様と同じベッドの上で、差し出された逞しい腕を枕代わりに横になった。

恥ずかしくて顔は見られないけれど、触れる箇所から、公爵様の少し熱いくらいの体温が伝わってくる。

だけど、その心地良く幸せな温もりに浸っていると、間もなくウトウトと眠気が迎えに来た。

少しだけ……眠ってしまうのがもったいないと思う。

「おやすみ、マリエーヌ」

公爵様の優しい声が、遠くなる意識の中でわずかに聞こえた。

——おやすみなさい、公爵様。

声にならなかった言葉と共に、私の意識は深く沈んでいった。


——公爵様。

ありがとうございます。

私を愛してくれて。

貴方に愛されて、私はとても幸せです――。

君と共に歩む未来のために　～アレクシア公爵～

「公爵様、今日は私と一緒に寝てください」


マリエーヌの口から飛び出した爆弾発言により、先ほどまで苦しめられていた悪夢など塵となり消し飛んだ。情けなくも完全に硬直して動けなくなってしまった僕に、マリエーヌは何か強い意思を秘めた眼差しを向け、

「準備ができましたら隣の寝室でお待ちしておりますので、公爵様もいらっしゃってください」

そう告げると、恥ずかしそうに顔をプイッと背け、いつもより速い速度で僕の部屋から出て行った。その姿が見えなくなった後も、僕は開きっ放しにされた扉をしばらく見つめていた。

――準備って……何だ？

すでに寝間着を着ていたし、一緒に寝るだけなら他に準備する事は何もないと思うのだが……。

まさか心の準備……？　それとも……。

どうしても自分の望む方へと考えてしまう愚かな欲望を、脳内で粉々に叩き割った。

この部屋の隣は夫婦共有の寝室。それはもう長い間、使われていない。だが、使用人は何も言わずとも寝室の手入れをしてくれているはずだ。いつ使われてもいいようにと。

その部屋へと繋がる扉に視線を移し――。

「うっ……！」

かつて、そこで行われた行為を思い出す。自分への嫌悪感で吐き気を催し、手で口を覆った。

止めどなく押し寄せる後悔を呑み込み、心臓が切り裂かれそうな痛みに奥歯を噛み締める。

できる事なら、あの時の自分を殴り飛ばしたい。何の思いやりも無く、無感情のままマリエーヌの体に触れた自分が憎くて堪らない。

悔やんでも悔やみきれない。どうにもならない自分自身への憤りを、強く握りしめた拳に込めて自らの太ももに叩き付けた。

――だが、こんなものじゃ足りない。マリエーヌが受けた痛みの方がもっと痛かったはずだ！

心の叫びと共に何度も繰り返し自らの拳を叩き付け、終わりのない罰を与えた。

こんな事をしても無意味な事は分かっている。

自分を痛めつけたところで、マリエーヌが受けた痛みが消える訳じゃない。彼女だって、こんな事を僕に望まないだろう。

頭では理解していても、自分自身を罰せずにはいられない。

そして考えてしまう。

どうして彼女を傷つける前に戻れなかったのだろうか。

どうせなら、彼女と出会う前に戻れたら良かったのに。


——それは贅沢すぎる望みだと分かっている。

あの時、生涯《しょうがい》を終えるはずだった僕が、こうして今ここにいる事実。

マリエーヌの名を呼び、愛を伝えられるこの奇跡に、感謝しなければならないというのに——。

あの日、再びマリエーヌと出会う事ができた時に僕は誓った。

もう二度と、彼女を傷つけはしない。孤独になど絶対にさせてなるものか。

ありとあらゆる悲しみから、彼女を守ってみせる。

そして、マリエーヌを必ず幸せにしてみせる——と。

だが、実際に彼女を前にすると、胸の奥底から込み上げる愛を囁かずにはいられなかった。

僕はずっと、その言葉を彼女に伝えたくて堪らなかったのだから。

「おはよう」の一言も、毎朝贈る花束も、手を繋ぎ並んで歩く事、名前を呼ぶ事、自らの言葉で愛を伝えられる事全てが、僕にとってどれほど大切で幸せな事なのか……。

きっと誰にも分からないだろう。

たとえ、マリエーヌに好きになってもらえなくても……僕はただ、彼女の傍にいられるだけで十分すぎる幸せを感じている。だから、これ以上の事なんて望んではいけない。

今まで彼女を傷つけてきた僕には、そんな資格はないのだから――。

冷静さを取り戻し、再びマリエーヌの言葉の意図に思考を巡らせる。

恐らく、マリエーヌの言葉に深い意味はない。優しい彼女はきっと、怖い夢を見た僕が安心して眠れるように、一緒に寝ようと言ってくれただけだ。その言葉に他の意味なんてない。

考えるな……考えるな……！　……というか、一緒に寝られる……だと？

つまり、目が覚めた時にマリエーヌが隣にいるという事か⁉

いや待て……マリエーヌが隣にいるのに、果たして僕は眠れるのか？

――無理だ。きっと眠れはしない。

だとすると……つまりマリエーヌの可愛い寝顔を朝までずっと見ていられるという事か⁉

良い。朝まで彼女の寝顔を見放題……なんとも良いではないか。

断然やる気が出てきた。いや違う。何もやらない。やらないって言っているだろうが！

脳内の煩悩を再び叩き割り、寝室の扉へチラリと目を向けた。

――マリエーヌはもう、来ているのだろうか？

いや……もしかしたら彼女は、あの寝室に来ないのかもしれない。

彼女にとって、あの寝室は不快な記憶が残る場所でしかないだろうから。

――だが、もしも本当に彼女が僕を待ってくれているのなら。

マリエーヌに会いたい。

ただ彼女に会いたい。

毎日会っていても、まだ足りない。

少しでも長く、彼女と共に過ごしたい。

二人で過ごせるこの時間は、決して永遠ではないのだから――。

溢れ出るマリエーヌへの想いを抑えきれず、堪らなくなった僕は寝室へ続く扉へと急いだ。

◇◇◇

慎重に扉を開けて部屋の中を覗くが、マリエーヌの姿は見えない。

だが、微かに香る柑橘系の甘い香りが、彼女がこの部屋にいるのだと教えてくれた。

僕の大好きな彼女の香り。

ドキドキと響く心音と共に、緊張しながら寝室へ入ると、彼女はすでにベッドの上にいた。

窓から差し込む月明かりは、彼女のいるベッドまでは届いていない。

明かりも灯さず、薄暗い闇の中、彼女は薄手の布団に包まり座っていた。

僕の姿に気付いた彼女はしおらしく顔を持ち上げ、緊張した面持ちで僕をジッと見つめた。

可愛い。マリエーヌ……可愛い。

顔色まではよく分からないが、僕と目が合うと恥ずかしそうに視線を泳がす彼女は、いつものように頬を真っ赤に染め上げているに違いない。

マリエーヌの華奢な体を今すぐ抱きしめたい。そんな衝動に駆られ、

――いや、彼女は女神。人が神に触れるなど許されない行為だ。

と、宗教染みた思考で頭を過る不純な衝動を蹴散らした。

彼女を包み込む布団にすら嫉妬してしまうほど、感情が高ぶっているのは今宵が満月だからだろうか。引き寄せられるようにマリエーヌの元へ歩み寄り、彼女が座っているベッドに腰かけた。

僕とマリエーヌの距離はいつもと変わらない。そのはずなのに、やけに彼女の色っぽい息遣い、熱いほどの体温が伝わってくる。もはや眠気など微塵も感じられないが。

「マリエーヌ、寝ようか」

笑顔を繕い、とりあえずそう言ってマリエーヌの方へ視線を移し…………は？

またもや僕の体は完全に硬直する。

視線の先には、身を包んでいた布団を解き、下着姿となったマリエーヌがいた。

僕と目が合うと、彼女は恥ずかしそうに目を伏せ、胸元を手で覆い隠した。

身に着けている肌着はもはや役割を果たしているのか分からないくらい透けており、彼女の美麗な曲線がはっきりと分かり……。いや、駄目だこれは。目の毒だ。いや、彼女の体に毒などない。むしろ癒ししかない。ほらみろ。だんだん視力が回復してきて彼女の肌がはっきりと鮮明に見え始めた。いや違う。これは暗闇に目が慣れてきただけだ。やはり彼女の肌は目の毒だ。

……いや、これはもう夢だな。

そうか、夢なら僕の都合の良いようにしても……って駄目だろうが！　たとえ夢でもマリエーヌの体に触れるなど……彼女は神だぞ！

「あの……公爵様？」

戸惑う声でマリエーヌに呼びかけられてハッと我に返る。

よく見ると彼女の体はわずかに震えていた。少し怯える瞳で僕を見つめながら。

そんな彼女の姿を前にして、僕の中に二つの欲求が込み上げてくる。

このまま彼女を力任せに抱きしめて、何もかも忘れられるくらい一心に彼女を求めたいという乱暴じみた欲と。

彼女をこの手で優しく包み込んで、存分に甘やかして癒してあげたいという欲。

――気が狂いそうだ。

少しでも気を抜けば、頼りない理性が崩壊しそうになる。だが……。


――何をやっているんだ僕は。


マリエーヌを幸せにすると力みながら、結局いつも自分の事ばかりじゃないか。

彼女はいつだって、自分よりも僕の事を一番に考えてくれていたというのに……。

今のこの姿だって……かつて僕が求めた役割を、彼女は健気にも果たそうとしてくれている。

――情けないな。

これではあの時の僕と何も変わらない。

この口はただの飾りか？　……違うだろ。

今の僕は、彼女に言葉を伝えられる。こうして目を合わせて話をする事ができる。

だから……謝るんだ。愚かな僕が犯した過ちを。
そして話をするんだ。これからの事を。
今の僕には、それができるのだから――。

二章　忘れられない君との記憶　～アレクシア公爵～

君と過ごしたあの日々

「マリエーヌ……君を愛してる」

その名を呼ぶ事。
その言葉を伝える事を、僕がどれほど切望していたか、君は知る由もないだろう――。

僕の腕の中には、安堵の表情で笑みを浮かべたマリエーヌが眠っている。
すやすやと寝息を立てる寝顔を見ていると、愛しさが込み上げて堪らない気持ちになる。
熱を帯びる自分の顔を手で押さえ、天を仰いだ。

『アレクシア様』

思いを寄せる相手から名前を呼ばれる事が、こんなにも嬉しく心が満たされる事だったとは。
再び、じわりと目頭が熱くなり涙が込み上げる。指先で滲み出た涙を拭い、その手を目の前にかざして濡れた指を見つめた。やはり彼女といると涙腺が緩くなってしまう。

マリエーヌと出会うまで、自分が涙を流す人間だとは思いもしなかったのに。

こんなにも狂おしい感情が、僕の中に存在するとは――。

グッと目を閉じて瞳に残る涙を押し込むと、再び愛する女神《マリエーヌ》の寝顔を見つめた。

小さく開いた艶のある唇が、寝息に合わせて小さく上下する。

その姿を前にして込み上げる欲情にゴクリと喉が鳴った。甘い香りに吸い寄せられ、彼女の口元へと顔を寄せる。

――いや、それは駄目だ。

ギリギリの所でなんとか自分を押し止め、マリエーヌから顔を引き剝がした。僕を信頼し、身を委ねて眠る彼女を裏切る行為はしたくない。

今もまだ胸の奥で燃える情炎を払拭しようと、彼女の前髪を撫で、あらわになった愛らしいおでこにそっと口付けた。彼女は何も反応を見せずに幸せそうに眠り続けている。無防備なその姿に、ハァッと熱のこもる吐息が漏れる。僕はこんなにも眠れないでいるのに。

やはりマリエーヌと僕とでは、気持ちの大きさに差があるのだと思い知らされる。

だがそれも当然だ。彼女が僕を意識し始めた時間よりも、僕が彼女を想い続けた時間の方がずっと長いのだから。

再びベッドに体を預け、腕の中のマリエーヌを自分の胸元へと抱き寄せた。

僕の人格が変わった事を不思議がる彼女に、とっさに夢の話だと言ってしまったが、恐らくあれは夢ではない。山岳地帯で起きた土砂崩れの場所、日付もあの時と一緒だった。予定通りに馬車で出掛けていれば、あの時と同じように僕とジェイクは土砂崩れに巻き込まれていただろう。

そして僕の体はきっと――。

その瞬間、ゾッとする感覚を思い出し、マリエーヌを抱く手とは反対の手を自分の目の前にかざした。握ったり開いたりを繰り返し、指の感触を確かめる。思いのままに動かせる指先を見て、ホッと息をついた。

――今も鮮明に覚えている。

自分の体を動かせない恐怖。

自分の口から何の言葉も吐き出せない絶望を。

どうする事もできない自分の無力さに打ちのめされ、自暴自棄になっていたあの日々を。

だが、そんな有り様だったからこそ、知り得たものがある。

初めて触れた人の優しさ……温かさ……愛……全て君が教えてくれたんだ。

マリエーヌは夢の中の自分と比べて複雑そうにしていたが、僕にとってはどちらも同じ、愛するマリエーヌである事に違いはない。

――僕の心が覚えている。

あの時、僕と共に過ごした君と、今、僕の腕の中で眠る君は、間違いなく同じ人物なのだと。

辛く悲しい出来事もあった。

だが、君と共に過ごしたあの時間は、僕にとって何物にも代え難い大切な記憶だ。

たとえ君が覚えていなくても、僕は一生忘れない。

マリエーヌ。君だけが、僕の唯一の救いだったんだ。

もしもさっき、僕が本当に経験した事を話していたら、君は信じてくれただろうか。

僕が一度死んで、今は二度目の人生を歩んでいる事を──。

◇◇◇

前の人生──僕はある大きな不運に見舞われた。

原因不明の高熱が治まり、一週間後の出来事だった。

僕はジェイクと共に馬車に乗り、その日予定していた隣町の視察へと向かっていた。だが、通り道となる山岳地帯へと差し掛かった時、地元の住人から「連日の雨で地盤が緩んでいるからこの先は通らない方が良い」と苦言があった。それでも、後ろの予定が詰まっていた事もあり、住人の反対を押し切って馬車を走らせた。

山道を走り始めて間もなく。土が腐ったような異臭が立ち込め、ピキッピキッと不気味な音が耳に響いた。異変に気付いて扉を開けた時、突如《とつじょ》激しい地鳴りにより馬車が大きく揺れ、轟音と共に馬車ごと大きくひっくり返った。

勢いのままに車体から投げ出された僕は頭に強い衝撃を受け、そこで意識は途絶えた──。

◇◇◇

目が覚めた時、僕は薄暗い自室のベッド上に寝かされていた。

体のあちこちが痛み、石のように体が重たい。

はっきりとしない頭の中で、わずかに残っている記憶を辿った。

——本当に土砂崩れが起きたのか？　僕とした事が……判断を誤ったか。

今がどういう状況なのか、詳しく話を聞く必要があるな。

やれやれと起き上がろうとした時、体の異変に気付いた。

動かないのだ。頭も腕も足も、ピクリともしない。

誰か人を呼ぼうと、やたらと重たい口を少しだけ開いたが、声は発せられなかった。

——なんだ？　……駄目だな。体が全く動かない。

とりあえず、今は眠って体の回復を待つしかないようだ。

体を動かすのは諦め、再び目を閉じる。瞼裏に浮かんだのは今は亡き両親の姿。

僕の両親も六年前、夫婦で旅行中に馬車の滑落事故で命を落とした。

まさか僕まであの二人と同じ、馬車の事故に遭うとは……だが、命が助かった事を幸運だったとでも思うべきか。

間もなくして、僕の意識は闇の中へと沈んでいった。

次に目覚めた時には、何の問題もなく体が動くだろうと……そう信じて疑わなかった。

だが、何日経っても、僕が体を動かせる日は一向に訪れなかった――。

◇◇◇

ベッド上の僕の診察を終えた医者は、大きく溜息を吐き出すと首を横に振った。

「恐らく脊髄と脳を損傷した影響で体が麻痺《まひ》した状態なのだと思われます。残念ですが、今の医療ではこれ以上の回復は見込めないかと」

「……そうですか」

僕に付き添っている弟のレイモンドは、医者の言葉に眉をひそめて相槌を打つ。

二人の会話から、僕はようやく事の経緯を知った。

一週間前、僕が乗っていた馬車はやはり土砂崩れに巻き込まれてしまったようだ。土石流と共に山下へと落下した馬車は大破。僕以外の人間はみな命を落とした。僕は車体の外へ体を投げ出され、大岩に頭と体を強打したものの、その存在が僕を土石流から守り、奇跡的に助かったらしい。

だが、頭や体への強い衝撃は体の内部にある神経を損傷させ、体を動かす機能を消失させた。

僕の命を守った大岩が、体の自由を奪うとは……なんと皮肉な話だろうか。

もう一度、体を動かそうと試みるが、やはりピクリともしない。まるで体が自分の物ではなくなったようだ。唯一動かせるのは瞼と眼球、そして口を少しだけ開閉できるくらいだった。

――これ以上の回復は見込めないだと？

つまり、僕の体はもう二度と動かないという事か？

にわかには信じ難い話だ。つい数日前までは何不自由なく動いていたではないか。

それがたった一度の事故で？　何かの間違いじゃないのか？

レイモンド、今すぐ他の医者を呼べ！

そう叫ぼうにも、僕の口からは何の言葉も発せられない。

――くそっ！　体が動かないうえに、何も話せないというのか⁉

腸が煮えくり返るほどの激しい苛立ちを覚える。だが、それすらも自分ではどうする事もできない。

ここにいる無能な連中どもに「役立たずが！」と罵声を浴びせる事も、拳を握りしめ怒りのまま叩き付ける事も……何もかも、今の僕には何一つできるものがない。

これからもずっと、この状態が続いていくというのか？

じゃあ、これから僕は一体、この体でどうやって生きていけばいいんだ……？

次第に、絶望感が頭の中を埋め尽くしていく。今まで感じた事のない恐怖が背後から忍び寄る気配がした。

だが、それらを振り払う術を、今の僕は何も持っていない。

レイモンドと話を終えた医者は、早々に診察器具を鞄に納め、立ち上がった。

「お力になれず、申し訳ございません」

「いや……帝国一の名医と言われるあなたが無理だと言うのなら、誰に頼んでも同じでしょう。色々と感謝致します。あと、この事はくれぐれも外部には……」

「はい。重々承知しておりますので。それでは、失礼致します」

医者は僕に背を向けたまま、レイモンドにだけ別れの挨拶を告げ去って行った。

――あいつ……僕を無視するつもりか……？

こんな屈辱、今まで経験した覚えはない。

沸々と湧き上がる怒りで目の前が真っ赤に染まっていく。

――くそ！　あのヤブ医者め！　僕を誰だと思っているんだ！

帝国中の医者をかき集めてでも、なんとかするべきだろうが！

しかも、たったあれだけの診察で終わりだと⁉　金はいくらでもあるんだ。

いつもの僕なら、どんな事態に陥ろうとも、翻弄される事なく冷静に対処している。だが、今は体が不自由になってしまった事への焦りと苛立ちで、とても冷静ではいられない。

それなのに、頭の中がいくら滾ろうとも、体は依然として沈黙を貫いている。

「まさか兄さんまで馬車の事故でこんな事になるとは……兄さんの時代も終わりか」

レイモンドは父親譲りの真っ赤な瞳を僕に向け、諦めるように小さく溜息を吐いた。

その時、コンコンッと扉をノックする音が響いた。

「失礼致します。レイモンド様。公爵様の容態は？」

レイモンドの傍に駆け寄ったのは黒いスーツ姿の見慣れない男。恐らく、レイモンドが自分の屋敷から連れてきた人間だろう。

「芳しくないな。どうやらもう自分では起き上がる事も、声を出す事もできないらしい。意思疎通も図れないから、兄さんの意識がどこまではっきりしているのかも分からない。この状態ではさすがに、公爵としての責務を果たす事はできないな」

「！　でしたら、レイモンド様が新たな公爵として爵位を継ぐべきです！　きっとこちらの領民も喜ばれます！」

「口を慎め。まだこの事は他言無用だ。どちらにせよ、まずは体制をしっかり整えておかないと出鼻をくじかれるだけだ。ここの使用人にもしっかり口止めしておくように……と言っても、情報が漏れるのは時間の問題だろうがな」

レイモンドは僕を気に掛ける様子も見せず、男と話をしながら部屋から出て行く。

一人、部屋に残された僕は、呆然としたまま天井を見つめた。

——終わり……か……。

レイモンドの言葉が耳に残った。

体を動かす事ができない。会話をする事も、自分の意思を伝える事もできない。

こんな状態では仕事もできない。自分を害する者から、この身を守る事さえも……。

できない事だらけじゃないか。

僕が必死に守ってきたこの地位も、築き上げた膨大な財産も、死に物狂いで鍛え上げたこの体も全て——今の僕には何の価値もない。

何もかも、この手の内にあるのだと思っていた。……だが、それらも全て一瞬で失ってしまった。

唯一残された公爵という爵位も、剥奪されるのは時間の問題だろう——。

◇◇◇

公爵として生きる事――それは、僕の唯一の存在意義だった。

公爵家の長男として生まれた僕は、幼い頃から次期公爵としての英才教育を受けていた。

甘えになるからと母親からは引き離され、父親の下で厳しい指導を受けた。


『公爵となる者は、誰よりも完璧な人間でなければいけない』

『いつ誰が裏切るか分からない。誰も信用するな』

『信じられるのは自分のみ。自分の身は自分で守れ』


父親から言われ続けた言葉を実現するため、寝る間も惜しんで勉学に励み、専門書の端から端まで頭の中に叩き込んだ。

あらゆる毒に耐えうる体をつくるため、幼い頃から少しずつ毒を飲み続け、死と隣合わせの環境の中で苦しみながら毒の耐性をつけた。

身を守るために剣術を仕込まれた僕は、激戦が繰り広げられる戦地の最前線へと駆り出された。

『戦場で命を落とす奴がこの先も生き残れるはずがない。殺られる前に殺れ』

父親の言葉通り、僕に刃を向けた多くの敵を、一人残らず斬り捨てた。

それは戦場だけにとどまらず、僕に悪意を向けた人間は、敵味方関係なくこの手で殺めた。

だが、それも仕方がなかった。

殺らなければ殺られる。

僕のいる世界は、そういう場所なのだから――。


両親が事故で亡くなり、僕は想定していたよりも早く爵位を引き継ぎ公爵となった。

領民から恐れられているのは知っている。数々の悪名も。それでも、公爵としての責務を果たし、領地の繁栄に貢献してきたと自負している。

だが、それももう今の僕には不可能だ。

新しい公爵になるのは、唯一の肉親であるレイモンドだろう。

僕より二歳下のレイモンドは既に伯爵の爵位を持っている。伯爵領の領民からの支持も厚い。確かな腕も人望もあるレイモンドなら、この公爵領の領民も歓迎するだろう。

――お前はまた、僕から何もかも奪っていくんだな。

脳裏に浮かぶのは、まだ幼かった頃の弟を可愛がる両親の姿。僕には甘えの一つも許さなかった父親も、弟の前では父親としての優しい顔を見せていた。ほとんど顔を合わせなかった母親も、常にレイモンドの傍らにいた。

――だが、いいだろう。僕にはもう必要ない。

親からの愛とやらも。爵位も。領民も。財産も何もかも全て。

レイモンド、お前にくれてやる。

僕はもうこの世界に興味はない。

何もかもどうでもいい。

静かに死ぬ時を待つ。

それだけだ。


——だが、それすらも僕には許されなかった。

体が不自由になった事よりも、僕を一番苦しめたのは、周りにいる人間の存在だった——。

価値のない人間

体が動かせない僕の世話は、公爵邸に仕える使用人がする事になった。

僕の現状を外部の人間に知られる訳にはいかないという、レイモンドの指示があっての事だ。

まだ若い彼らには、体が不自由な人間の世話をする知識なんて持っているはずがない。それでも最初は分からないなりにも、丁寧に世話をしてくれた。

だが、それも長くは続かなかった。

日が経つにつれて、何の反応も示さない僕に誰も声をかけなくなった。

機嫌を取るような笑顔も、だんだんと無表情へと変わっていった。

僕の仕事を引き継いだレイモンドが自分の領地へ帰ってからは、使用人の態度は更に激変した。緊張感から解き放たれたのか私語をまき散らし、自由奔放に振る舞いだした。中には僕の部屋から金目の物を物色して、目の前で堂々と持っていく奴もいた。使用人としての仕事も手を抜くようになり、適当に終わらせる始末。

それは僕の世話に関しても同じだった。

◇◇◇

朝、ノックも無く僕の部屋の扉が開き、男の使用人が無言で入ってくる。

僕が眠るベッドまで来ると、何も言わないまま体にかけられている布団を剥ぎ取った。手荒く僕の体を引き起こして抱えると、隣に置いてある車椅子へと乱暴に座らせた。いきなり体を起こされたうえ、叩きつけられた衝撃で頭がグラグラして気持ちが悪い。

「あーもー重たいな！　クソがっ！」

男が苛立ちながらそう吐き捨てると、僕が座る車椅子を思いっきり蹴飛ばした。

その衝撃で僕の体がずり落ちそうになるが、男は気にする事なく、代わりに朝食が載せられたテーブルワゴンを運んできた。それを僕の前に持って来ると、男は向かい合わせに座った。スプーンを持って、皿の中身を掬って僕の口元へと運ぶ。スプーンの上に視線を落とすと、そこにはオレンジ色のペースト状の何かがたっぷりとのせられている。見覚えのある独特の色から、それが忌まわしい人参なのだとすぐに分かった。

――僕は人参が昔から嫌いだ。

あらゆる毒の耐性を身に付けた僕だが、どうしても人参だけは克服できなかった。独特の風味は吐き気を催し、体はそれを呑み込む事を拒絶する。

僕の人参嫌いはこの邸内に住む人間なら誰でも知っている。シェフにも人参を仕入れる事は禁じていた。それなのに、わざわざこうして僕に食べさせようとするのは、露骨な嫌がらせに他ならない。この男のニヤついた顔がそれを物語っている。

こんな下等な嫌がらせをしてくるのはこの男だけではない。人参が出てきたのはこれが三度目。こいつらにとっては、自分たちより上に立つ権力者が落ちぶれる姿を見るのが楽しいのだろう。

最初は怒りの感情も湧いた。だが、今はもう何の感情も湧き上がらない。

それすらも全て、無意味なのだと理解した。

「ほら、早く食えよ」

男は僕の口へスプーンを押し当ててくるが、無論口を開く気はない。だが、スプーンの先で無理やりこじ開けられ、その隙間から液状の人参が入り込んでくる。

――うぐっ……まずい……！

独特の風味が口の中に広がり、今すぐ吐き出したくて堪らない。スプーンの人参を全て口の中に押し込まれると、二口目の人参が口元へと運ばれた。それが再び口の中にねじ込まれ、僕は耐えきれずに吐き出した。

「うわぁ！　あーもーきったねぇなぁ！　食べる気がないならさっさと言えよ！」

そう吠えると男は舌打ちしながら、まだ食事が残っているテーブルワゴンを押して部屋からさっさと出て行った。

僕の服は吐き出した食べ物でドロドロ。口もベトベトで気持ち悪い。喉もカラカラだ。

――着替えたい……。口を拭きたい……。何か飲みたい……。

だが、今の僕にはそんな些細な事すらも、何一つできるものがない。

その時、僕の体が車椅子からずり落ち、そのまま床に横たわった。

――冷たい……。硬い……。痛い……。

起き上がる事もできない。

助けを呼ぶ声も出せない。

今の僕には、何もできない。

部屋のすぐ外から、使用人の笑い声が聞こえてくる。

誰も僕に気付かない。

――なんて惨めなんだ。

僕の雇っている使用人は全て、選りすぐりの貴族令息と令嬢だ。

彼らには相応の報酬を与えているし、仕事量も多くはない。それなりに手厚く待遇していた。

僕がこんな体になる前までは、それなりに誠意を持って僕に仕えていたはずだ。

それなのに――声が出せない、体が動かせないというだけで、人はこんなにも態度が変わってしまうのか。何の見返りもよこさない人間には、何をする価値もないという事か。

――そうだな。その考えはよく理解できる。

僕も同じだった。

僕は自分に有益をもたらす人間以外、人とも思っていなかった。

生きている価値のない、無能な奴らだと蔑んでいた。

誰かに優しくした事はない。する必要もなかった。金をちらつかせれば、ヘラヘラと媚びを売りにくる奴らばかりだったから。たとえ周りが敵だらけになろうとも、それを押し返す力と財力はあった。それなのに――。

今は自分に仕えている使用人にすら好き放題にされ、抵抗する事もままならない。

人を駒のように扱っていた人間が、最後は自分自身が捨て駒になったという訳か。

ならば、今の僕の状況は、これまでの自分の行いが招いた報いなのだろうか――。

◇◇◇

体が動かなくなってから一ヶ月と十日ほどが経過した。

僕の部屋を掃除する侍女たちは、僕がベッドに寝ているのにもかかわらず、声の大きさを気にする事なく手を休めては会話を楽しんでいる。

「ねえ、もうあの人臭くて近付きたくないわ」

「ほんとよね。最近、誰か体を拭いてあげたのかしら？」

「ちょっと、それよりもなんで私たちがあの人の身の回りの世話なんてしないといけないの？　こんなの契約違反だわ。それにレイモンド伯爵が新しい公爵になったら、どうせ私たちなんてお払い箱でしょ？　今更真面目に仕事する気にもなれないわよ。ねえ、あの人の事は明日から奥様に世話をさせましょうよ」

「あら、それいいわね。どうせ何の役にも立っていないんだから、それくらいしてもらわないと困るわよね」

「だけどあの人に公爵様の世話なんて務まるのかしら？」

「さあ？　でも役に立たない者同士でとてもお似合いじゃない。やっと夫婦らしい生活が送れて、奥様も喜ばれるはずだわ」

「ふふっ……！　それもそうね！　さっそくお願いしに行きましょう！」

品のない笑い声をまき散らしながら、侍女たちは僕の部屋から退室していく。

扉が閉まる音がして、ようやく部屋の中が静かになった。

僕の存在を無視して、本人の前で悪態をつく声は聞いていて非常に不快だ。いっその事、この耳も聞こえなくなれば良かった。そしたら聞きたくもない雑音を聞かずに済んだはずだ。

見たくもないものが見えてしまうこの目も、無駄な事ばかり考えてしまうこの頭も……。

——どうせなら、全ての機能が停止してしまえば良かったのに。

だが、さっきの会話の中で気になる言葉があった。

――奥様と、言っていたな。

彼女たちの口から出てきた『奥様』が、誰の事を言っているのかピンとこなかったが、『夫婦』と聞いてようやく思い出した。僕に妻がいた事を。

興味がないその名前は忘れてしまったし、顔もよく思い出せないが。


政略結婚。世継ぎを産むための女。

子供さえ産めるのであれば、別に相手は誰でも良かった。

ある男爵が借金返済のために娘の結婚相手を探しているという噂を耳にした。その男に、借金を肩代わりする事を条件に結婚話を持ち掛ければ、男は喜んで娘を差し出した。毎月の補助金を支給する事で実家と金の繋がりを持てば、たとえ結婚生活が嫌になったとしても逃げ出しはしないだろうと目論んだ。

結婚してからも、屋敷に住む人間が一人増えたというだけで、特に存在を意識しなかった。会話をする必要もない。何かを贈って機嫌を取る必要もない。そんな事をして調子に乗られても邪魔なだけだった。

ただ、月に一度だけ、彼女の体が妊娠しやすいタイミングに合わせ、強めの酒を嗜んで夜伽を迎える。それだけの女だった。

使用人からは、商人を屋敷に呼び寄せドレスや宝石などを買い込んでいるという報告を受けている。だが、それも別にどうでも良かった。

お金くらいいくらでも好きに使ってもらって構わない。ただ自分の役割を成し遂げてくれさえすればいいいと。……だが今はその役割も意味をなさない。

彼女も僕と同じで、何の役にも立たない人間になったという訳か。

しかし、そんな奴が僕の身の回りの世話をまともにできるとは思えない。手厚い待遇を受けていた使用人でさえこの有様だ。僕が無視し続けてきた女は、きっとこんな僕の姿を見ていい気味だと嘲笑うのだろう。無抵抗な僕に対して、どんな嫌がらせをして鬱憤《うっぷん》を晴らそうとするのだろうか。

明日からの事を想像すると、新たな不安と恐怖で目の前が真っ暗になる。

いつから僕は、こんな臆病な人間に成り果ててしまったのだろうか。

敵に囲まれた不利な戦況でも、弱音を吐く事など一度もなかった。

死を恐れた事もない。命を討ち取られる事があれば、僕はそれまでの人間だったと。

そう思っていた。それなのに――。

今は先の見えないこの日常から、逃げ出したくて堪らない。

――一体、いつまでこんな時間が続くのだろうか。

食事も満足に摂る事ができず、常に空腹な状態。体はすっかり痩せ細り、手足も二回りほど痩せこけてしまっている。ほとんどの時間をベッド上で過ごしているのにもかかわらず、目を閉じても眠れない。ようやく眠気を催してきたかと思えば、食事の時間となり無理やり起こされる。

そして、また一日が始まる。何もする事のない、果てしなく思えるほどの長い一日が。

——まるで拷問だな。

食事を与えず眠らせず、精神的に追い詰めて敵の内部事情を吐かせる。そんな手法の拷問を行った事がある。最初は口を割らなかった兵士も日を追うごとに目が虚ろになり、やがて呂律も回らなくなる。思考が鈍くなり、廃人のように成り果ててようやく口を割るか、それともそのまま死ぬかの二択だった。

だが、今の僕にはその選択肢すら与えられていない。

いっそのこと死んでしまいたいのに——死ぬ事も許されない。

レイモンドが公爵となるための準備を整えるまで、自分の意思とは関係なく、僕は生かされ続けるしかない。

自尊心など、とうに捨てた。それでも、逃れられない苦痛を与えられるだけの日々が、どこまでも続いている。

生きているのに、毎日が地獄にいるようだ——。

僕の妻、マリエーヌ

次の日の朝。

コンコンッと扉をノックする音が部屋の中に響いた。

この部屋の扉を誰かがノックするのはいつぶりだろう。

しばらくして、控えめな女性の声が聞こえてきた。

「公爵様、失礼致します」

部屋の扉が静かに開く音がした。

ベッドに寝たままの僕が視線をそちらに向けると、腰まで伸びた亜麻色の髪をなびかせた女性が、緊張する面持ちで部屋に入ってきた。

彼女と共に入り込んできた風が僕の頬を撫で、漂ってきた柑橘系の甘い香りが、虚ろだった意識を少しだけ覚醒させた。背筋を伸ばし、上品な足取りでベッドの前まで来た彼女は、その場でしゃがむと新緑色の瞳を僕に向けた。艶のある唇がゆっくり開く。

「公爵様、ご無沙汰しております。マリエーヌでございます」

穏やかな笑みを浮かべるマリエーヌは、ジッと僕の顔を見つめている。

――マリエーヌ？

その名前を聞いても、何もピンとこない。いや……どこかで聞いたような……。

……そうだ。確かそんな名前だった。彼女は僕の結婚相手で、僕の妻だ。

初めてまともに見た妻の姿は、僕が思っていたよりも綺麗で上品な令嬢に見えた。

「今日から公爵様のお世話をさせていただく事になりました。どうぞよろしくお願い致します」

そう告げると、僕の妻――マリエーヌは頭を深々と下げた。

その姿を、僕は唖然としたまま見つめた。

こんな姿になった僕に、頭を下げる人間など一人もいなかったから。

ゆっくりと顔を持ち上げたマリエーヌは、

「もうすぐ食事を……いえ、その前に体を拭いた方が良さそうですね。すぐに準備いたしますので、少しだけお待ちください」

そう告げて、もう一度僕に一礼し、部屋から出ていった。

――体を拭くだと？　汚い僕の体には触れるのも嫌という訳か？

だが、使用人が二人がかりでやっている事を、たった一人でやるつもりなのか？

僕の体はもうずっと前から悪臭が酷い。ここ数日、まともに体を拭かれていないせいもあるが、あちこちにできた床ずれが悪臭を放っている。着ている服には傷口から染み出た血や膿でシミができ、その服も何日前に着替えた物かも覚えていない。

使用人も僕の体に触れるのを嫌い、世話をしたふりをしてサボる奴もいた。だが、僕も奴らに好き勝手に触られるくらいなら、その方がマシだった。

無造作に体を掴まれるたび、虫酸が走った。


「公爵様、大変お待たせいたしました」

ようやく戻って来たマリエーヌは、ハァハァと息を切らしている。長い髪を後ろで一括りに縛った彼女は、大量のタオルと水の入った桶、湯気の出るやかんなどを載せたワゴンを押してやって来た。服の袖を捲った彼女は、水が入った桶にやかんのお湯を入れて、自分の手で温度を確認しながら慎重に足していく。

「よし……」

小さな呟きと共にやかんを置くと、今度はタオルを一枚取って桶の中に沈めた。

浸したタオルをギュッと絞り、それを広げて丁寧に畳むと僕の方へと向き直った。

「公爵様、お顔を拭かせていただきますね」

僕に柔らかい笑顔を向け、声をかけるとマリエーヌは僕の頬にタオルを当てた。


──温かい。


頬に当てられたタオルの感触は柔らかく、なんとも心地良い温もりだった。

たったそれだけの事なのに、頬から伝わる熱が体全体に行き渡り、血の巡りが良くなった気がする。温かいという感覚も、いつぶりだろうか。

その温もりに酔いしれていると、マリエーヌはそのタオルで僕の顔を拭き始めた。

一拭きするたびにタオルを折りたたみ、拭き取った汚れがまた顔についてしまわないようにと、繊細な気遣いを見せる。その姿に、なんとも言い難い不思議な気持ちになった。

まつ毛にこびりついていた目ヤニも綺麗に拭き取られ、視界がはっきりした僕の瞳に、真剣な表情で手を動かす彼女の姿が鮮明に映し出された。一瞬だけ目が合った気がして、なんとなく気まずくて目を逸らしてしまった。

顔がやたらと熱くなったのは、きっと温かいタオルで拭かれているからだろう。

マリエーヌは僕の顔を拭き終えると、一度桶の湯を交換して、今度は僕の体を拭き始めた。彼女の手際は随分と良く、慣れた手つきで僕の体を隅々まで拭いていった。桶のお湯を綺麗な物と交換しながら、その間も僕の体が冷えてしまわないようにと厚手のタオルを被せ、僕の体を保温する事に気を遣った。体のあちこちにできている床ずれは慎重に洗い流し、適切な処置を施した。

彼女が使うタオルの温かさ、彼女の手から伝わる温もりに……胸の奥がじわりと熱くなる。

使用人が僕の体を拭いた時は、水に少しだけ湯を足した程度のぬるま湯を使っていたため、拭いた先から体が冷え始めた。彼らが僕の体に触れる手も、とても冷たかった。だから僕は、体を拭かれるのは好きではなかった。だが――。

マリエーヌに体を拭かれるのは悪くなかった。いつの間にか安心して、彼女に身を委ねている自分がいた。とうに冷え切っていた僕の心まで温められた気がして、じわりと熱い何かが視界を滲ませた。

――僕は知らなかった。

人の手がこんなにも温かいという事を。

……いや、誰もがそうなのではない。

彼女の手は、なんでこんなに温かいのだろうか――。

◇◇◇

僕の体を拭き終え、使用した道具を持って部屋を出たマリエーヌは、しばらくすると食事が載ったテーブルワゴンを押して戻って来た。

ベッドの近くまでそれを持って来ると、今度は僕の元へとやって来た。

「公爵様、朝食をお持ちしました。ゆっくり起き上がりましょう」

マリエーヌは僕の体を慎重に起こし、様子を気遣いながら丁寧に車椅子へと座らせた。

――上手いな。

マリエーヌのあまりにも軽やかな動きには率直に感心した。

さっき体を拭いてくれた時といい、彼女の手際の良さには目を見張るものがある。とても素人とは思えない。僕以外にも、誰かの世話をした経験があるのだろうか。

そんな事を考えているうちに、僕の前にテーブルワゴンが設置された。目の前にはペースト状の物が盛り付けられたお皿が並んでいる。

――食事の時間が始まる。

せっかく温もった体温が、一気に引いていくのが分かった。

僕にとって、唯一の命綱でもある食事の時間は苦痛以外のなにものでもない。その一番の要因は料理が美味しくない事だ。食べ物を咀嚼できない僕の料理は、全てすり潰されてペースト状にされている。ペースト状にされた料理は、見た目だけでは何の食べ物か分からない。僕に料理を食べさせる使用人も、何を食べさせているのか分かっていないのだろう。

サラダと思われる物にはドレッシングが掛かっておらず青臭いだけ。肉料理と思われる物は、水分を加えているせいなのか味がほとんどしない。味見されていないのがよく分かる。使用人の中には手っ取り早いからと、他の料理と混ぜて食べさせる奴もいた。デザートも副菜も関係無く混ざり合った料理は、人の食べ物とは思えないほど不味かった。

僕が食事を拒むと、無理やり口の中に押し込み吐き出させないよう僕の口を塞ぐ奴もいた。

それでも足りない栄養分は、僕の意思とは関係なく腕に針を刺されて入れられる。何度も針を刺された僕の両腕には無数の痕が残り、皮膚は真っ青になっている。

こんな状態になってまで生かされている僕は、一体何なのだろう。

「……さま……公爵様」

耳元で僕を呼ぶ声が聞こえて我に返ると、マリエーヌが心配そうにこちらを見つめていた。

目が合うと、ホッとしたように表情が和らいだ。

「良かった。意識がないのかと思って心配しました」

いつの間にか、僕は自分の意識の中に入りすぎていたらしい。

再びテーブルワゴンの上に視線を移すが、その視界に入ってきたある物に首を傾げたくなった。

――これは一体……どういう事だ？

僕が食べる物が載っているテーブルワゴンの隣に、もう一つ小さい机が置かれている。その上にも料理が載っているのだが、そちらはペースト状にはされていない普通の料理だ。懐かしくさえ思える形の整った料理に見入っていると、マリエーヌが僕の顔色を窺うように覗き込んできた。

「公爵様、勝手な事をして申し訳ありません。私も一緒に食事をさせていただいてもよろしいですか？」

……僕と？　一緒に食事だと？　なぜだ？

言っている意味がよく分からず、瞬きするのも忘れてマリエーヌを見つめた。彼女は少し緊張した面持ちでグッと口を噤み、僕の返事を待っているようにも見えるが。

僕は今まで、誰かと食事をするなんて考えた事もなかった。

仕事の都合上、会食をする事は何度かあったが、この邸内で誰かと食事を共にした事はない。食堂も使わず、執務室に料理を持って来させて適度に摘む程度に済ませていた。

以前の僕なら、そんな提案をされたら即刻断っているはずだ。「そんな意味のない事をなぜする必要がある？」とでも言っていただろう。だが……なぜか今は、不思議と悪い気はしない。

それ以上に興味が湧いた。

体が動かなくなってから、僕は何もできる事が無く、何を考えて過ごせば良いのかも分からなかった。頭の中は虚空となり、体はただ息を吸ったり吐いたりを繰り返す人形に成り果てた。食事時間に有無を言わさず起こされ、食事が終わったら再び寝かされる。

毎日、同じ事が繰り返されるだけの終わりが見えない日々。だからだろうか。

ほんの些細な事でもいいから、何か変化がほしいと思ってしまうのは。

——だが、聞かれたはいいが、どうやってマリエーヌに自分の意思を伝えれば良いのだろうか？

頷く事も、声を出す事もできない僕は、ただジッとマリエーヌの顔を見つめ続けた。

すると、彼女の硬かった表情が解れて朗らかな笑みへと変わった。

「では、私も一緒に食べさせていただきますね」

――ただ見つめていただけなのだが……伝わったのだろうか？

それを確認する術はないが、とりあえず彼女と一緒に食事をする事になった。たったそれだけなのに、とても特別な事にも思えて、食事前の憂鬱な気分はいつの間にか消えていた。

マリエーヌは僕の隣に椅子を持って来て座ると、両手の平を合わせて「いただきます」と食事に向けて一礼した。

マリエーヌの透き通るような白い手が僕の目の前を過り、淡い黄土色をしたペースト状の食べ物が入った皿を手に取った。もう片方の手はスプーンを掴む。

「公爵様。野菜スープを食べませんか」

そう囁くと、流れる動作でそれをスプーンの窪みに掬い上げ、僕の口元まで運んだ。

料理の熱がふわっと口に触れる。温かい料理というのもいつぶりだろうか。

その温もりと一緒に食欲を刺激する香辛料の香りが漂ってきて、ゴクリと喉が鳴った。誘われるままに口を開けると、スプーンが口の中へと侵入し、野菜スープがとろりと舌に絡んだ。

……!?　これは……美味い……！

口の中に広がる野菜の旨味、丁度良い塩味、そして何よりもこの温かさ。形はいつもと変わらないが、久しぶりに食べ物を口にした気がする。いつもよりも早くそれを飲み干し、もう一度口を開ければマリエーヌは柔らかく微笑み、もう一度野菜スープを掬って僕の口の中へと含ませた。

気付けば、あっという間に野菜スープを完食していた。

手にしていたお皿をテーブルの上に戻したマリエーヌは、今度は自分の野菜スープを手に取り、そっと口に含んだ。コクリと飲み込み、嬉しそうに顔をほころばせる。

「うん。美味しい。久しぶりに自分で料理をしてみたのですが、美味しくできて安心しました」

――自分で作った……だと？

専属のシェフが作る料理すら美味いと思わなかったのに、マリエーヌが作った野菜スープは今まで食べたどの料理よりも美味しくて温かかった。

「では公爵様、次はこのスクランブルエッグを食べてみませんか？　牛乳をたっぷり入れたので、ほとんどそのままで食べられると思います」

スプーンの上には彼女のお皿にのっている物とほとんど変わらない、トロトロのスクランブルエッグにケチャップが少しだけついている。

その時、僕の料理は彼女が食べる料理と同じ物なのだと気付いた。形は違うが、食膳に配置された並びも僕と一緒らしい。これなら、食べる料理がどんな物だったのかが分かって安心できる。これも彼女なりの僕への配慮なのだろうか。

口に含んだスクランブルエッグは口の中で溶け、少し甘めだが酸味のあるトマトケチャップとよく合って美味しかった。数口食べると、マリエーヌも自分のスクランブルエッグを口にして美味しそうに目尻を下げた。

その姿を見た瞬間、ドクンッと僕の心臓が大きく高鳴った気がした。それがなぜなのかはよく分からない。

だが、そんな彼女の表情を見た後に再び口にしたそれは、最初よりも数段美味しく思えた。

誰かと共にする食事は、こんなにも美味しく思えるという事を僕は初めて知った――。

食事を終えると、マリエーヌは僕が座っている車椅子を、中庭が見える窓際まで移動させた。

彼女が窓を開けると、カーテンが大きくなびき、外の風が部屋の中へと入り込んできた。風が強いと思ったのは一瞬だけで、すぐに柔らかく暖かい風がそよぎ始めた。

――気持ちがいい……。

目を閉じてその風を全身に浴びていると、体に纏わりついていた悪質な何かが剥がれ落ちていくような感覚になった。

体は今朝、拭かれたばかりだから爽快感がまだ続いている。今日着替えたばかりの洋服も、食後なのにもかかわらずシミ一つ付いていない。何よりも食事が美味しかった。食欲が満たされた満足感で気分がいい。こんな晴れやかな気持ちは久しぶりだ。

「公爵様の体力が戻ったら、中庭を一緒に散歩しましょう」

風に乗ってマリエーヌの穏やかな声が聞こえてきた。

目を開けると、日の陽射しを背に受けたマリエーヌが長い髪を靡かせながら僕に向かって微笑んでいる。その柔らかな笑みを見ていると、不思議な気持ちになる。

胸の奥がぼんやりと温かくなるような……心地良い安心感……というのだろうか。

今までは人が近くにいて心が休まる事などなかった。

だが今は、眠気すら感じてしまうほど、気持ちが落ち着いている。

その眠気に誘われるままにゆっくりと瞼が閉じていく。


――いや待て。


突然、僕の心の奥底で眠っていた警戒心が目覚めた。

彼女が僕に優しくする理由は何だ？

僕に優しくしても何の見返りもない。意味がないと分かっているのか？

未だに僕の体が回復するとでも思っているのだろうか。……だとしたら、回復する見込みがないと知れば、他の使用人と同様に僕を蔑むようになるかもしれない。

そうでないのなら、僕の所持する多額の財産が狙いか？

僕が死んだ時、献身的に世話をしていたとアピールして、少しでも多く遺産を貰おうとしているのかもしれない。これまで彼女が使ってきた金の請求額を思い起こせば大いに納得できる。僕がこんな姿になり、自由に金が使えなくなって焦っているのかもしれないな。

あるいは、僕の暗殺を企てる何者かの差し金とも考えられる。

――そうだ。そう考えた方がよっぽど説得力がある。

何の下心も無く、こんな状態の僕に優しくする奴などいない。

僕とした事が……ついその笑顔にほだされそうになってしまった。だがやはり彼女は信用するに足りぬ人物。少し優しくされただけで油断してしまうとは我ながら情けない。

分かっていた事だ。誰も信用してはならないと。

今も昔も変わらない。僕の周りはいつも敵だらけだ。

だからその優しさを、馬鹿正直に受け入れてはいけない。

――お前だって、僕の事をいつ裏切るのか分からないのだから。

目を開き、疑念の眼差しで怪しい女を睨みつける。

その女はというと、変わらない微笑みを浮かべたまま、扉の外の景色を眺めていた。

亜麻色の長い髪が風を受けてサラサラと流れ、髪の隙間から太陽の光がキラキラと輝きを放ち煌めいている。

その優雅な立ち姿に、胸の内を蔓延っていた疑念は霞み、一瞬で目を奪われた。

――まるで女神のようだな……。

そんな知能の低い感想まで出てきた僕の精神状態は、やはりまだ不安定なのだろう。

僕の視線に気付いた彼女は目を細め、

「風が気持ちいいですね」

澄み切った瞳でそう言われて、なんとなく後ろめたい気分になった。

本当に……なんの企みも無く、僕に優しくしてくれているとでも言うのか……？

信じたくない気持ちと信じてみたい気持ちが交互に押し寄せる。

もしも本当に、なんの見返りも求めず僕に優しくしてくれているのだとしたら、それはなぜだ？

その答えを知りたいが、今の僕にはそれを問う事も叶わない。

——分からない。彼女が一体、何を考えているのか。

どうして僕に優しくしてくれるのか。……理解できるはずがない。

僕は人に優しくした事なんてないのだから。

そうだ。僕は君にだって、一度たりとも優しくした事がない。

それなのに……どうして君はそんな風に、僕に優しく笑いかけてくれるのだろう——。

◇◇◇

マリエーヌはその日、一日中僕の身の回りの世話に尽力した。

昼食も、夕食も、彼女が作ったと思われる食事を一緒に食べるのは美味しかった。

いつの間にか日が暮れ、僕を寝間着に着替えさせたマリエーヌは、

「公爵様、今日も一日お疲れさまでした。また明日もよろしくお願い致します。おやすみなさい」

そう告げて、僕に丁寧に頭を下げると、部屋の明かりを消して部屋から出て行った。

扉がガチャリと閉まる音がして、部屋の中がシン……と静まり返る。

——また明日……明日も、来てくれるのか？

それはほのかに感じた期待。

まだ彼女を信用すると決めた訳ではない。だが、彼女の腕は完璧だった。

たとえ何らかの目論みがあったとしても、今の僕にはどうする事もできない。

それならば、少しくらい仮初の優しさに浸るのも良いかもしれない。

だが、警戒心は怠らない。

いつでも裏切る可能性がある。その考えは今も変わらない。

それを承知の上で、僕が彼女を利用する。そういう事だ。

――それにしても……今日はやけに眠たいな。

自然と瞼が閉じていく。心地良い眠気に誘われて、いつぶりかも分からない深い眠りについた。

◇◇◇

次の日、その次の日も、マリエーヌは僕の部屋へとやって来た。

何日経っても、マリエーヌの僕への態度は変わる事なく、どんな時も優しく温かかった。

今の僕にどれだけ媚びを売っても、何の効力もないのはもう分かっているはずだ。

それなのに、彼女は毎日、真面目に僕の元へやってきた。僕の世話に手を抜く事もなかった。

夜中も二回、静かに部屋を訪れ、新たな床ずれができないように僕の体勢を変えに来る。

今まで散々彼女を傷つけてきたのに、彼女は僕が嫌がる事を、何一つしなかった。

それどころか、頼まれてもいないのに、動かない僕の体のマッサージを毎日してくれた。桶にお湯を入れて足湯まで。天気が良い日は窓際に僕を誘い、外の空気を存分に吸わせてくれた。僕がベッドに横になっている時も、椅子に座って本を読んだり、彼女の趣味だという刺繍をしたりして、なるべく僕の傍にいてくれた。何の反応もない僕に、沢山話しかけてくれた。

彼女の口から紡がれる何気ない言葉の数々が、今の僕にとって唯一の楽しみだ。

いや……あんなに恐れていた食事も、いつの間にか楽しみの一つになっている。

頑なだった警戒心も、少しずつ剥がれ落ちていく。

マリエーヌと過ごす時間は、僕の心に今までに感じた事のない安らぎをもたらした。

——そんな時だった。

彼女が体調を崩して、三日間姿を現さなかった。

その間、不服そうな顔をした使用人が僕の世話にあたった。食事量が増え、体重が増加した僕に対して「重くなったから抱えるのが大変だ」と不満を漏らし、食事も相変わらず不味かった。

だが、僕は自分の事よりもマリエーヌが心配で仕方なかった。

ちゃんと医者に診てもらったのか。

食事はしっかり摂れているのか。

彼女を献身的に世話してくれる人物がいるのか。

今も一人で苦しんでいるんじゃないのか……気が気ではなかった。

体が動けばすぐにでも駆け付けた。彼女のいない日々が、不安で仕方がなかった。

もしかしたら、もう二度と会えないのかもしれないと――そんな気がして……苦しかった。

誰かの身を案じたのは、初めての経験だった。


三日後、体調が回復したマリエーヌと再会した。「ご心配をお掛けしました」と頭を下げる彼女の姿を見た瞬間、なんとも説明のし難い感情が込み上げた。

彼女の元気そうな姿を見れた安心感、期待、高揚感。その感情をどう自分の中に落とし込めば良いのか分からないまま、申し訳なさそうに笑う彼女の姿から目が離せなかった。

――良かった。また、君に会う事ができた……。

その日以来、僕はマリエーヌの優しさを素直に受け入れ、感謝するようになった。

彼女がなぜ、見返りも求めず優しくしてくれるのか――それは相変わらず分からない。

だが、彼女の手は温かい。

彼女の作るご飯は美味しい。

彼女が傍にいてくれるだけで、心が安らぐ。

もうそれだけで十分だった。

僕の冷たく真っ暗な世界は、彼女が現れた事によって明るく灯り始めた。


本当にマリエーヌは、僕の救いの女神だったんだ――。

僕の世界の中心に彼女は存在する

「公爵様、おはようございます。今日は薔薇のお花が綺麗に咲いていましたよ」

朗らかな笑顔を浮かべたマリエーヌが、ベッド上の僕に一輪の真っ赤な薔薇を差し出した。

体が動かなくなってから三ヶ月が経った。

毎朝、マリエーヌは中庭に咲いている花を一輪摘んで持って来る。それを僕に見せた後、「こちらも花瓶に生けておきますね」と言って、ベッドの近くに置いてある小さい花瓶に生けた。そこにはこれまで彼女が持ってきた花が既に何本か生けてある。萎れ始めたものは彼女の手によって取り除かれ、一番新しい花が手前に挿し込まれる。ベッドで過ごす事が多い僕が、少しでも退屈しないようにという彼女の心遣いが伝わってくる。

マリエーヌは僕を車椅子に座らせると、今度は唐草模様の刺繍がされた白いシャツを僕に見せた。

「公爵様、この洋服の刺繍とても素敵ですね。今日はこれを着ますか？」

その問いに、僕は返事をする代わりに、そのシャツをジッと見つめた。

どうやら、彼女は僕の視線の動きを見て、意思を読み取ろうとしているらしい。

僕が視線を逸らせば別の選択肢を用意するし、見つめ続ければ了承したと判断する。

だから問題がない場合は、こうして目を逸らさずに見続けるようにしている。

「では、こちらに着替えさせていただきますね」

返事を受け取った彼女は、僕が着ている寝間着を脱がせ始めた。

ほんの些細な事だが、こうして自分の意思を伝えられる事は、僕が確かにここに存在しているのだと実感できる。彼女が僕の世話をする前、使用人たちからは、僕が見えていないかのように扱われる事も多かった。まるで動かない人形のごとく、さもなければ透明人間にでもなったかのように
……そんな日々だった。だが、ふいに思い出す。

――そうだ。僕も……マリエーヌに同じ事をしていたじゃないか。

すれ違っても目もくれず、声をかけられても何も返さず……その存在を、無視し続けてきた。

あの時、彼女はどんな気持ちだったのか……今なら少しだけ分かる。

――どうして僕は、マリエーヌに一度も声をかけなかったのだろう。

そんな事を今更ながら後悔する。……だが、もう遅い。遅すぎたんだ。

今の僕の身体では、もう二度と彼女に声をかける事はできないのだから――。

「公爵様、今日もとても素敵ですよ」

透き通るようなマリエーヌの声が耳に響き、重く沈み込んでいた気持ちが少しだけ浮上する。

既に着替えを終えていた僕の姿を、彼女はニッコリと微笑んで見つめていた。

彼女だけが、僕の事を見てくれる。僕の存在を、認めてくれる。

彼女がいるからこそ、僕はここに存在する事ができる――。

◇◇◇

食事がしっかり摂れるようになり、僕の体は元通りとはとても言えないが、幾分か肉付きが良くなった。栄養状態が良くなり、マリエーヌの適切な処置のおかげで体の床ずれも全て無くなった。痛みもなくなり、夜もよく眠れている。

相変わらず体は動かないままだが、調子は以前と比べるとすこぶる良い。

これも全て、マリエーヌのおかげだ。

僕たちはいつものように、二人で並んで朝食を食べている。今日の食事も温かくて美味しい。

「公爵様、今日は天気が良いので、食事を終えたら中庭へ散歩に行きましょうか」

穏やかな笑みを浮かべたマリエーヌにそう告げられた。

僕の体の調子が良くなってから、天気が良い日は彼女と一緒に中庭を散歩する事が多くなった。

公爵邸の敷地内中央には、広範囲にわたって中庭があり、数名の優れた庭師により丁重に手入れがされている。

そこに咲く優美な花々を観賞しながらお茶を楽しめるようにと、柱に屋根が付いただけの展望用の小屋まである。……僕は、その場所でお茶を飲んだ事はないが。

幼い頃、仲良さげに中庭を散歩する両親とレイモンドの姿を見かけた。その光景を思い出させるこの中庭を、何度潰してしまおうと思ったか……。

だが、残しておいて良かった。

マリエーヌと共に中庭を散歩する事は、今の僕の新たな楽しみとなっている。

――ここ数日、雨が続いていたからな……ようやく出られるのか。

浮き立つ気持ちを胸に抱きながら、僕はマリエーヌをジッと見つめた。

◇◇◇

カラカラカラカラ……。


静かな中庭に、車椅子の車輪が回る音だけが響き渡る。

マリエーヌは僕が座る車椅子を押して、ゆっくりと中庭の通路を歩いて行く。日よけ用につばの長い帽子を被せられ、ふわりと柔らかい風を浴び、僕は外の空気を思う存分堪能する。

しばらく進むと車椅子が止まり、マリエーヌの明るい声が聞こえてきた。

「公爵様、シャクヤクがあんなに花開いています。今が一番の見頃ですね」

僕が座る車椅子の方向が変わり、桃色の花々が咲く花壇へと向けられた。

そこには鮮やかな花びらを重ね、堂々たる姿で咲き誇る花々が一面に広がっている。

先日見た時はまだ蕾が多かった。だが、ここ数日の雨で一気に開花したようだ。

「他のお花も見てみましょうか」

そう告げられて、再び車椅子がゆっくりと進み出す。

たびたび、足を止めては彼女の話に耳を傾けながら、咲いている花々を観賞する。

――なんと贅沢な時間だろうか。

そんな事を思う。

常に仕事に追われていた僕は、こんなにゆったりとした時間を過ごす事はなかった。

今の僕は、この敷地内から出る事を許されていない。

こんな状態を外部の人間に知られる訳にはいかないからだ。

故に、僕の世界はこの公爵邸の中だけとなった。つい数ヶ月前まで、広大な領地をあちこち駆け巡っていたのにもかかわらず、僕が見る世界は、以前と比べて段違いに狭まった。

そのはずなのに――。

マリエーヌと共に散歩するこの中庭は、とても広く感じる。

彼女が歩く歩幅分、僕の世界が広がっていく。そこに特別な何かがある訳ではない。だが、昨日まで咲いていなかった花が開いたと気付けば、彼女がこぼれそうな笑顔で教えてくれる。その姿は、どんな花よりも美しく綺麗に思えた。

その時、ポツリポツリと小さな雨が降り始め、マリエーヌは僕を連れて展望用の小屋へと駆け込んだ。空を見上げ、

「公爵様、通り雨です。すぐにやみますよ」

と、落ち着いた声で僕に話しかけた。

その言葉通り、すぐに雨はやみ、雲の隙間から日が照り出した。

すると、今度は弾む声が耳に響いた。

「公爵様、見てください！　虹が出ていますよ！」

マリエーヌが指さす方向へ視線を移す。その先、少しだけ雲が晴れた青空に、美しいアーチを描いた色鮮やかな虹がかかっている。

――虹か。今まで興味がなかったから気にもしなかったな。

その時、僕の顔のすぐ横にマリエーヌの顔が接近してきた。どうやら僕の顔の位置から虹が見えるかを確認しているらしい。別に彼女の顔が近くに来るのは珍しい事ではない。だが、今はなぜか妙に落ち着かない。心なしか心拍数が上がり、顔が熱くなってきた気がする。

「綺麗ですね」

彼女の透き通るような声が、いつもよりも近い。

落ち着かない気持ちを払拭するためにも、僕は目の前の景色に集中する。

虹も綺麗だが、雨に濡れた中庭が太陽の光を反射して煌めく輝きを放っていた。

――ああ……本当に綺麗だな。

いつも見ているはずの景色なのに、まるで異世界にでもやって来たようだ。

隣のマリエーヌへ視線を移すと、瞳をキラキラと輝かせて僕と同じ景色を見つめている。

いつからだろうか。

朝、目が覚めた時に天気を気にするようになったのは。

空が晴れているとそれだけで嬉しい。マリエーヌとこうして、中庭を散歩できるから。

着る服なんて気にした事もなかった。だが、今は少しでも良い恰好をして彼女の前にいたい。

興味のなかった花々の名前も沢山覚えた。彼女が教えてくれたから。

どこにでも咲いている花さえも、ひときわ美しく見えるのは、きっと彼女が隣にいてくれるからなのだろう。

いつからか、僕の世界の中心には彼女が存在するようになった。

マリエーヌと共に過ごすこの世界は、なんと美しく素晴らしい所なのだろうか――。

◇◇◇

「あ、公爵様。ちょっとだけ待っていていただけますか？　今、タオルを持って来ますので」

中庭の散歩を終えて屋敷の中へと戻ったマリエーヌは、自分の部屋の前で車椅子を止めた。

扉を開け、部屋の中へと入る彼女の後ろ姿を見送る。

開いた扉の先に見えた彼女の部屋には――。

何もなかった。

いや、確かに物はある。ベッド、備え付けのチェスト、机、無地のカーテン、ドレッサー等。それらは全て、彼女がここへ来る時に適当に買い揃えて用意させていた物。それだけだった。

女性の部屋と言うにはあまりにも質素すぎる。生活感が見られない。

――どういう事だ？　部屋に何も置きたくないタイプなのか？

だが、彼女は僕の部屋に花瓶を飾り、毎日花を摘んで来る人だ。中庭を散歩している時も、嬉しそうに顔をほころばせる彼女は、きっと花が好きなのだろう。

それなのに、自分の部屋には花瓶の一つも置いていない。

使用人の報告では、商人を呼び、それなりに私物を購入していたはず。請求書もこの目で確認した。だが……思えばドレスや宝石など、身に着けているのを見た事はない。僕の身なりは毎日気にしてくれるのに、彼女自身はいつも飾り気のない洋服を着ているだけだ。

考えられるとしたら……使用人が虚偽の報告をしていたという事だ。

僕の元に届けられた膨大な額の請求書も、全て使用人が横領していたのだとしたら……僕がこの姿になった後の奴らの態度を見れば、それは十分にありえる。

屋敷の外ばかり目を光らせておきながら、身内の人間に関してはあまりにも無関心だった。

その事を今更悔いても仕方がない。だが――。

そんな事よりも、彼女の部屋の方が重要だ。

さすがに寂しすぎる。もう少し何かあっても……。そう考えたところでハッとした。

僕は彼女に何一つ、物を贈った事がない。

自分の妻でもある彼女に、花束もドレスも装飾品も……何も贈らなかった。

彼女は僕に、毎日花を届けに来てくれているというのに。

僕は何も……。

それもそのはずだ。

僕は彼女の名前すらも、呼んであげた事がないのだから——。

マリエーヌの義妹

体が動かなくなって四ヶ月が経った。

昼食の時間となり、車椅子に座った僕の髪をマリエーヌが櫛で梳かしてくれている。

すると突然、ガチャリと部屋の扉が開いた。

「マリエーヌ様。スザンナ様がお見えになりました」

侍女が部屋に入るなり素っ気ない態度でそう告げると、その背後から見知らぬ女が姿を現した。

「お姉様。ご無沙汰しております」

淑やかな微笑を浮かべ、丁寧にお辞儀をすると、女はしおらしく顔を上げた。

「スザンナ⁉　どうしてここへ連れて来たのですか⁉　来客なら応接室で対応するはずじゃ——」

「怒らないでお姉様。私の方が、時間がないからすぐにお姉様にお会いしたいと無理を言ってお願いしたのです」

マリエーヌが侍女に向けた抗議を遮り女が口を挟むと、傍で控えていた侍女に「あとは私にお任せください」と言って退室を促した。

侍女は無表情のまま女に頭を下げると、部屋から退室し、扉を閉めた。

部屋に残った女は僕の前へと歩み寄り、淑女らしい仕草でお辞儀する。

「公爵様、初めまして。マリエーヌの妹でスザンナと申します」

シン……と沈黙の時が流れ、しばらくして女は訝しげに顔を上げた。

僕の顔を見つめて小首を傾げる。

「ねえお姉様。もしかして公爵様って喋れないの？」

「……ええ」

知られたくなかったと言いたげな表情で、マリエーヌは視線を逸らす。

「……そう。事故の影響で体調が良くないとは聞いていたけど……まさかこんな状態だったなんて……。じゃあ、挨拶しても意味なかったわね」

突然、女はコロっと表情を変えた。

「スザンナ！　公爵様の前で失礼よ！」

「なんでよ？　だってこの人、喋る事もできないんでしょ？　喋らない相手に挨拶して何の意味があるの？　私の声が聞こえているかも分からないじゃない」

——なんだこいつは。

マリエーヌの妹と聞いて、少しだけ期待した僕が馬鹿だった。

この女が二面性を持っている事はよく分かった。僕を無視するのも理解できる。僕自身も、自分がこんな姿にならなければ、同じ態度をとっただろう。

だが……この女がマリエーヌを見る目が気に食わない。相手を見下すその視線が。

僕が女を睨みつけていると、マリエーヌにしては珍しく冷たい口調で女に話しかけた。

「スザンナ。用事がないのならさっさと帰りなさい」

「あら。お姉様ったら冷たいわね。久々に再会した妹にそんな酷い事を言うの？　今日はせっかく良い知らせを持ってきたというのに」

「良い知らせ……？」

「ええ！　聞いてお姉様、私も結婚する事になったの！」

甲高い声で言い放った女の声は耳障りでしかない。

更にはうっとりとした気持ちの悪い笑みを浮かべて自慢げに語り出した。

「しかも、相手はあのヴィンセント侯爵令息！　次期侯爵様になるお方よ！　気品溢れる美しい容姿、優しくて誠実で紳士的……そんな彼が、なんと私に求婚してくださったの！　今日は今からお父様と侯爵家に御挨拶に伺う予定なのよ。その通り道だったから、お姉様にも一言報告しておこうと思ったの」

ヴィンセント――その名前には聞き覚えがある。

確かに表向きの評判は良いが、その裏の顔は酷いものだ。女遊びが酷くて後継者にはとてもできないと父親が嘆いていた。恐らく、爵位を継ぐのはそいつではなく弟の方になるだろう。だが、そんな事はどうでもいい。用事が済んだのならさっさと帰れ。

マリエーヌと一緒に過ごす時間を、こんな奴に邪魔されたくはない。

「そう。それはおめでとう」

「まあ、お姉様ったら、たったのそれだけ？　せっかく可愛い妹の結婚が決まったというのに、何かお祝いの品をあげようとか思わないの？」

——そっちが本命という訳か。

「申し訳ないけれど、あなたにあげられそうな物は何もないわ」

「まあ！　公爵様はお姉様に贈り物の一つも贈ってくださらなかったの⁉　ほんとに酷い旦那様だわ！　可哀想なお姉様ね」

その言葉が見えない刃となり、僕の頭にグサッと深く突き刺さる。

こんな女の言葉にダメージを受けるとは実に屈辱的だ。だが、これは完全に僕の過ちだ。

今からでも、彼女に何か贈り物ができるのなら……そんな事を毎日考える。

「たとえ貰っていたとしても、あなたにはあげないわよ」

「そう……じゃあ仕方ないわねぇ」

そう言うと、女は部屋の隅々まで視線を走らせ、コツコツと足音を立てて壁際へと歩き出した。

木製のチェスト前で立ち止まり、躊躇なく引き出しを次々と開け始めた。

「ちょっと！　何をしているの⁉」

「別に公爵様の私物でもいいじゃない。だってこの人が持っていてももう意味がないでしょ？　でも思ったよりも何もないのね……あら！　これとか素敵じゃない！　この宝石はルビーかしら？」

あれは──。

女が物珍しそうに見ている物は、ルビーがはめ込まれたシルバーの指輪。

純度の高い上質なルビーを使って作られた、並みの貴族には到底手の届かない代物だ。

だがそれ以上に、その指輪はもっと特別な意味を持っている。

僕の曾祖父《そうそふ》の時代から代々、公爵となる人間に受け継がれる物。指輪の裏側には特殊な加工が施され、公爵家の紋章が刻印されている。公爵となる者は、皇族の血を引く男性でなければならない。それを証明するのが、皇族の男性のみに継承されると言われる、白銀の髪と真紅の瞳。シルバーは髪の色、ルビーは瞳の色を意味する。つまり、皇族の血を引く者の象徴。

もしもその指輪を誰かが盗んで売ろうとすれば、鑑定に出された時点で公爵家から持ち出された盗品だと、すぐにバレるだろう。だから金品を物色していた使用人も、この指輪にだけは手を出さなかった。

──しかし、今の僕が持っていても意味がない物なのは確かだ。

欲しいなら好きにしろ。そしてさっさと失せろ。

だが、マリエーヌがそれを許さなかった。

「スザンナ！　それを戻しなさい！　その指輪は公爵様の物よ！」

「何よ？　別にいいじゃない。この人が持っていても宝の持ち腐れってやつでしょ？　私がもらってあげた方が役に立つわよ！」

「いい加減にしなさい！　ここはあなたの家じゃないのよ！　それを早く返しなさい！」

マリエーヌは勢い良く女の元へと向かうと、持っている指輪に手を伸ばした。

「きゃ!? 何よ!? 今まで私に歯向かった事なんてなかったくせに！ ちょっと！ 痛いじゃないの！」

甲高い声を上げて、女はマリエーヌの手を振り払い抵抗する。揉み合う二人の姿を、僕はマリエーヌの身の安全だけを願いながら見守っていた。

——だが……正直、驚いた。

普段はあんなに控えめで穏やかなマリエーヌが、こんなにも感情的になるなんて……。

それが僕のために見せる姿なのだと思うと、尚更胸が熱くなる。

少しも退く気は無く、勇ましく立ち向かう彼女の姿が美しいとすら思えた。

その時、キンッと音を立てて指輪が床に転がった。すかさず動いたマリエーヌが、指輪を拾おうと手を伸ばした時、女がその手を靴のヒールで思い切り踏み付けた。

「うっ！」

マリエーヌの口から呻き声が漏れる。それを聞いた瞬間、僕の怒りが一気に頂点へと達した。

——あの女……！ 殺してやる!!

今すぐ剣を取り、マリエーヌの手を踏みつけるその足を切り落としてやりたい……！

必死に体を動かそうとするが、当然のごとく僕の体はピクリとも動かない。

動かないのは分かっている……分かってはいるが……！

思い通りにいかないこの体がもどかしくて仕方ない。怒り任せに渾身の力を入れるものの、僕の手足は少しも反応してくれない。床に這いつくばり苦痛に顔を歪める彼女の姿を、僕はただ座ったまま見ている事しかできない。

——くそ……くそ！　なんでだ！

マリエーヌは僕のために、あんなに必死になって指輪を守ろうとしているのに、なんで僕の体は動かないんだ！　すぐ目の前で彼女が傷つけられているというのに、どうして僕は彼女を守る事ができないんだ!!

……悔しい。

どうして僕は……こんなにも無力なんだ……！

女に対する怒りと、それ以上に自分に対する激しい憤りで体が燃えるように熱くなる。

「ふふふっ……お姉様。こうしていると昔を思い出しますわ。私たち、よくごっこ遊びをしていましたわよね。こんな風に……」

品のない笑みを浮かべながら、女はマリエーヌの手を踏み付けるヒールを、グリグリと押し当てた。その光景に、僕の額に浮かぶ血管がピキピキと音を立てる。

女の言動、一つ一つが僕の怒りを沸々と増幅させていく。

「配役はお姉様が悲劇のヒロインで、私は悪役令嬢。こんな風にお姉様をよく虐めて差し上げましたわ。もちろん、子供同士のただのごっこ遊びだったけれど。やっぱりお姉様には悲劇のヒロインがよく似合うわ。せっかく公爵夫人になれたというのに、公爵様はこの有り様だし。公爵様の爵位が剥奪されたら、お姉様って本当に何の価値もない人間になってしまうのね。この屋敷からも追い出されてしまうんじゃないのかしら？」

——なんだと……？　マリエーヌがここから追い出されるだと⁉

そんな事、僕が許さない。絶対にさせてなるものか！

それにマリエーヌは決して価値のない人間ではない。彼女は誰よりも素晴らしく価値のある人間だ！　それは僕が一番良く分かっている！　お前みたいな下劣な奴がマリエーヌの事を軽々しく語るな！

膨れ上がった怒りにより、僕の額からは汗が噴き出し呼吸も荒くなり始める。

「あら？　なんだか公爵様の様子がさっきと違うようだけど……この人、大丈夫なの？」

僕の異変に気付いた女は、踏み付けていた足を退け、僕の方へと歩み寄った。まるで嫌な物でも見るように僕の顔を覗き込む。忌々しいその顔を、できうる限りの殺気を込めて睨みつけた。

僕と目が合うなり、女は眉をひそめて不快感をあらわにした。

「やだ……この人の目、ちょっと怖いわ。気持ち悪い。こっち見ないでよ」

「……」

女は僕の視線から逃れようと動くが、それでもその姿を追い、女を睨み続けた。

「なんなの……？　ねえ、お姉様。こんな人とよく一緒にいられるわね。会話もできないんでしょ？　私ならとても耐えられないわ」

——同感だな。僕もお前と一緒にいる時間は耐えられない。体が動けば我慢できずに、その息の根を止めているだろう。

「スザンナ、それ以上失礼な事を言うのはやめなさい」

「もう。お姉様ってさっきからそればっかりなのね。ねえ、よく見て、お姉様。こんな状態の公爵様なんて、もう公爵でも何者でもないわ。なんで生きているのかも分からない、生きる価値を失った人間じゃない」

「生きる価値のない人間なんていないわ！」

床に両膝を突けたまま、マリエーヌが声を張り上げた。ゆっくりと立ち上がり、女を真っすぐ睨みつける。対する女は、卑しい笑みを浮かべる口を開いた。

「へえ……じゃあ教えてお姉様。この人が生きる価値って何なの？」

「それは他人が決める事じゃないわ。公爵様が生きたいと思っているのなら、それだけで生きる価値はあるの」

「あはは！　何それ！　じゃあ、この人は本当に生きたいと思っているの⁉」

マリエーヌは声を詰まらせると、切なげに僕の顔をジッと見つめた。

「それは――」

――僕の生きる価値……生きる理由……。

それは体が動かなくなってから、僕が見出せなくなってしまったものだ。

今はレイモンドが公爵になるまでの繋ぎとして生かされている。

だがその先――僕は何を目的として生きていけば良いのだろうか。

爵位を失い、体の自由も失った僕に、一体何が残っているのだろう。

生きたいのか、生きたくないのか……それすらもよく分からない。

そんな僕の迷いを見透かすように、マリエーヌは口を噤んでいる。

「……」

「ほら！　やっぱり分からないいんじゃない！」

「……そうね。私は公爵様の本音までは分からない。だけど、私は――公爵様に生きてほしいと思っているわ」

――生きてほしい？　本当に、そう思ってくれているのか？

僕は君の優しさに気付きもせず、無視し続けてきた酷い男だ。本当は君に優しくされる資格なんてない。それなのに、こんな僕でも生きてほしいと……思ってくれるのか……？

その時コンコンコンッと、扉をノックする音がして、ガチャリと扉が開いた。

「スザンナ様。そろそろお時間らしいのですが……」

悪魔の形相をしていた女は、扉が開くと同時にコロッと表情を翻《ひるがえ》した。

「まあ、もうそんな時間なのね。ほんとに楽しい時間はあっという間に過ぎてしまいますわね。お姉様。あまり無理をなさらないよう、お気を付けくださいませ」

心配するようにわざとらしくそう言うと、女はうっすらと笑みを浮かべて侍女の後について部屋から出て行く。その後ろ姿を「二度と来るな」と睨みつけた後、マリエーヌへ視線を移した。

――マリエーヌ……大丈夫なのか？

彼女の右手の甲には薄っすらと血が滲み、赤黒い痣が浮かび上がっている。

――あの女！　絶対に許さん……！

怒りに震えそうになる僕の近くに、マリエーヌがやってくる。

「公爵様、妹が大変失礼致しました」

マリエーヌは深々と僕に頭を下げ、謝罪する。だが、謝る必要なんてない。

むしろ僕の方が謝りたい。君を守る事ができなくて本当にすまないと……。

マリエーヌは静かに顔を持ち上げると、右手を握りしめたまま僕の傍まで歩み寄り、その場で両膝を床に突け僕と目線を合わせた。

「公爵様」

僕を見つめたままいつになく真剣な声で話しかけられ、心臓がドキリと音を立てる。

最近、彼女に見つめられると心臓の鼓動がおかしくなるのだが、何かの病だろうか……？

マリエーヌは握っていた右手を開き、その中に収められていたシルバーの指輪を僕の右手の中指へとはめた。すっかりやせ細った僕の指にはサイズが全く合っていない。

だが、指輪をはめた僕の手をマリエーヌは大事そうに握り、

「この指輪、公爵様にとてもお似合いですね」

そう告げて、僕に優しく微笑んだ。その姿を前にして、僕はようやく察した。

マリエーヌは、僕の誇りを守ってくれていたという事を。

先ほどまで、こんな物不要だと手放そうとしていた右手の指輪が、今はずっしりと重たく感じる。

この指輪を所持する事は、僕が公爵であるという証し。それを捨てる事は、公爵である事を自ら捨

てるという意味に等しい。幼い頃から、あらゆるものを犠牲にし、手にしたその地位を……。

──僕の唯一の存在意義を……自ら手放そうとしていた。

彼女はこんな姿になっても、公爵としての僕を尊重し、誇りを守ってくれていたというのに……。

再び胸がじわりと熱くなる。その奥から何かが激しく込み上げる。

彼女の勇気に、優しさに、強さに。視界が歪んだ気がした。


マリエーヌ。

君が言うように、生きる価値のない人間など、いないというのなら。

君が僕に、生きてほしいと願うのなら……。

僕は生きたい。

君と共に──。

◇◇◇

「公爵様、少し遅くなってしまいましたが、昼食にしましょう。すぐに食事を持って来ますね」

僕に明るく声をかけると、マリエーヌはいそいそと部屋から出て行った。

指輪は汚れてはいけないからと、今は元の場所へ収められている。笑顔を繕ってはいたが、彼女の表情はどこか暗い。あの女にやられた右手の傷も痛々しかった。

──どうにかして、マリエーヌを元気づけられないだろうか？

そう考えてはみたものの、僕は今まで誰かを慰めようなどと考えた事はない。どうすればマリエーヌを元気づけられるのか、全く分からない。いや、分かったところで今の僕にはどうする事もできないのだが。

——本当に？　本当に何もできないのか？

彼女は自分が傷つくのも恐れず僕の誇りを守ったというのに、僕は何も返せないままなのか？

この先もずっと……彼女のために、何もしてあげる事ができないのか？

「公爵様、お待たせしました」

マリエーヌが料理を載せたテーブルワゴンを押して戻って来た。

その右手には包帯が巻かれている。恐らく、あの女にやられた傷を自分で処置したのだろう。できれば傷ついた手を使わせたくはない。だが、僕の世話をする限り、そういう訳にもいかない。

きっと彼女は、誰にも頼らないだろうから。いや、そもそも頼れる人間がここにはいないのだ。

マリエーヌはいつものように僕の前にテーブルワゴンを設置する。そして彼女が食べる料理も隣の机に並べていく。その時、彼女が食べる料理の中に人参が入っているのに気付いた。

もちろん、僕の人参嫌いは知られているので、僕の料理には入っていないのだが。

——人参……。

忌まわしいそれを前に、僕は昔見た演劇の、あるシーンを思い出した。

戦乱の世、父親を戦争で亡くし、貧しい暮らしをしている母子の食事シーン。その日は母親の誕生日で、子供は母親を喜ばせるために、大嫌いな人参を目の前で食べてみせた。

「お母さんはいつも人参を食べたら強くなれるって言ってたよね！　これからは僕、人参を沢山食べてお母さんを守れるくらい強くなるよ！」

それは息子に人参を食べさせようと、母親が言っていた根拠のない言葉だったのだろう。だが、母親は自分のために嫌いな人参を食べる息子を見て感激し、涙を流して喜んだ。

その時は「くだらんな」と、特に気にもとめていなかった。だが――。

僕はある決意を胸に、マリエーヌのお皿にある人参をジッと見つめた。彼女が僕の料理をスプーンで掬い、口元へ持って来ても、口を開かずその一点だけを見つめ続けた。

――マリエーヌ。どうか気付いてほしい。君なら、きっと気付いてくれるはずだ。

僕が今、何をしたいと思っているかを。

「公爵様？　お腹が空いていないのですか？」

案の定、いつもと違う僕の様子に気付いたマリエーヌが、心配そうに僕の顔を覗き込む。

今がチャンスだ。マリエーヌが僕の目を見ている時が、僕の意思を伝えられる瞬間なのだから。

だから伝わってくれ。僕があの人参を、食べたいと思っている事を……！

食い入るほどの視線を人参に向けていると、

「……？　何か見ているのですか？」

と、マリエーヌが僕の視線を辿り始めた。

自分の料理に目を移し、そこにある人参を見てピタリと視線が止まった。

「あ……。もしかしてこの人参を見ているのですか？　大丈夫ですよ。公爵様の分には人参は入れていません。お嫌いでしたよね？」

そう問われても、僕はマリエーヌに目を向ける事無く、人参だけを見つめ続けた。

すると彼女は口元に手を添えて少し考えた後、顔を強張らせて恐る恐る声をかけてきた。

「公爵様。もしかしてとは思いますが……人参を食べたいって思ってます？」

待ち続けていたその言葉に、ようやく僕は人参から視線を逸らし、マリエーヌを見つめた。

目が合った途端、彼女はびっくりして目を大きく見開くと、

「……分かりました！　すぐに準備してきますので、もうしばらくお待ちください！」

そう言い残して部屋を飛び出した。

一人残された僕は、マリエーヌが戻って来るまでの間、この先に待ち受けている試練を想像して

尋常じゃない汗を流していた。

「お待たせしました！　公爵様。…………大丈夫ですか？　凄い汗ですが……」

――大丈夫だ。何も問題ない。

そう伝えるようにマリエーヌをジッと見つめ、彼女が手にしている皿に視線を向ける。

恐らく、そこにヤツがいるのだろう。

マリエーヌは自分の椅子に座ると、手にしていた皿の中にあるペースト状の物体をスプーンで少しだけ掬った。つやつやとした自己主張の激しいオレンジ色。間違いなくヤツだ。

マリエーヌは緊張する面持ちで僕の口元へとそれを近付けた。勢いのまま食べようとしたが、至

近距離まで迫られると、その忌まわしい存在を意識せずにはいられない。だが、ここで口を開かなければ、優しい彼女はすぐに手を引いてしまうだろう。

固く閉ざされた口を本能に逆らいながら開いていく。慎重に、スプーンが口の中へと入ってきた。

「……!!」

その瞬間、少量しか口にしていないにもかかわらず、悍ましい人参の風味が舌に纏わりついた。とても呑み込めそうにない。吐き出したくて堪らない。目の前には心配そうに僕を見つめるマリエーヌ。「無理しないで大丈夫ですよ」と言いたそうに見つめる彼女に甘えたくなる。だが――。

これまで僕は、マリエーヌに何一つ、してあげられた事がない。

どうして僕は、今まで彼女に何もしてあげなかったのだろう――そう何度後悔したか。

こんな体になってから初めて、彼女の優しさに気付くなんて……僕は本当に愚かな人間だ。

――だが、こんな僕でも、唯一彼女を喜ばせる方法を思い付いた。

それを諦めるのか？　これは僕にできない事なのか？　否、できる事だろうが！

渾身の力を振り絞り、口の中のモノをゴクリと呑み込んだ。全身に鳥肌が立つ感覚に襲われ、目尻に涙が滲む。だが、口の中にはもう何も残っていない。それを確認してもらうため、彼女に向けて口を開いた。

「……公爵様が……人参を……食べた……？」

そう呟くと、マリエーヌは目を見開いたまま唖然とした。だが、次第にその口角が上がり、感動に目を輝かせ始める。

「公爵様……！　凄い！　凄いです！　さすが公爵様です！　素晴らしいです！」

僕の手を取り、歓喜の声を上げて僕を称賛する彼女からは、先ほどまでの憂いはもう微塵も見られない。そんな彼女の姿を前に、僕はなんとも言い難い感動を覚えてジーンと胸が熱くなった。

人参を食べられた事よりも、マリエーヌが喜んでいる事が嬉しい。

初めて自分の力で彼女を喜ばせる事ができた。

こんな僕でも、彼女を笑顔にさせられるのだと知った。

――彼女のために、できる事があったんだ。

その事が、ただただ嬉しくて堪らなかった。


それ以来、僕の食事にも時々、人参が使われるようになった。

マリエーヌは無理に食べる必要はないと言ってくれたが、僕はそれを一度も拒まなかった。

僕の唯一の弱点で、何よりも嫌っていた人参。だが今は、それが食事に出るのが待ち遠しい。

それを食べれば、彼女が嬉しそうに笑ってくれると知ったから――。

レイモンドの来訪

体が動かなくなって五ヶ月が経った。

晴れた青空の下。いつものようにマリエーヌと中庭の散歩を満喫している時、奴は突然現れた。

「マリエーヌ」

背後から聞こえてきた馴染みのある声のせいで、朗らかだった気分が地に叩き落された。

「レイモンド様！　大変ご無沙汰しております」

「ああ、久しぶりだな。元気にしていたか？」

「はい。おかげさまで」

僕の位置からは後ろにいるマリエーヌの表情は見えないが、声の弾み具合で彼女がレイモンドに対して友好的なのが分かった。その事が余計に僕を苛立たせた。

次の瞬間、マリエーヌが僕の座る車椅子をくるり方向転換させた。目の前にはライトグレーのスーツ姿のレイモンドが静かに佇んでいた。長く伸びた白銀色の髪を束ね、僕と同じ真紅の瞳は、僕ではなくマリエーヌへと向けられている。

「公爵様、レイモンド様が来られましたよ」

僕の隣に来たマリエーヌが、しゃがんで声をかけてきた。嬉しそうに目を細めて。

だが、彼女には悪いが、僕にとって目の前の弟は二人の時間を妨げる邪魔な存在でしかない。一方でレイモンドはというと、なんとも言えない表情で僕に視線を移すと、仕方なく口を開いた。

「……兄さん、久しぶりだな」

「……」

当然、僕の返事は無言。たとえ声が出せたとしても、今は返事を返す気にはなれない。

そんな事よりも――。

こいつはさっき、マリエーヌの名前を呼んだ。それが心底気に入らない。僕の妻なのだから、せめて『義姉さん』と呼ぶべきだろうが。

だがふと、疑問が浮かんだ。

――前からこの二人は交流があったのか？

レイモンドは年に数回この屋敷を訪れる。だが、マリエーヌはほとんど部屋から出る事はなく、二人が話す姿を見た覚えはない。

それなのに、初対面とは思えない二人を前に、僕の心境は穏やかではいられない。

レイモンドはすぐに僕から目を逸らすと、怪訝そうにマリエーヌに問いかけた。

「それよりも、何でマリエーヌが兄さんと一緒にいるんだ？」

「え……？」

レイモンドの問いに、マリエーヌは目を丸くして瞬きを繰り返した。

なんとも不躾な質問だが、以前の僕たちを知っていれば、聞きたくなるのも無理はない。

だが今日のレイモンドの言動はいちいち鼻につく。

すると、マリエーヌは少しだけ恥ずかしそうに顔を赤らめ、

「それはもちろん……公爵様は私の夫ですから」

照れた笑みを浮かべ、どこか嬉しそうに言う彼女を見て「可愛い」としか思い浮かばなかった。

――そうだ。マリエーヌは僕の妻で、僕はマリエーヌの夫。

正式な婚姻関係を結んだ正真正銘の夫婦であり、二人だけの特別な関係。その事実が今は実に喜ばしい。神々に祝福される鐘の音が聞こえてきそうな気分だ。

だが、その気分を害する奴がここに存在する。奴は解せない顔で口をとがらせる。

「だが、兄さんは今まで君に夫らしい事を何かしてきたか？　屋敷の中でもずっと無視されていたのだろう？　夫だからと言って、そんな相手にわざわざ君が付き合う必要はない。それに、兄さんの世話は使用人に任せていたはずだが……」

口籠らせたレイモンドは、視線だけを僕に移し、頭の上から足の先まで目を滑らせた。

「思ったよりも元気そうだな。マリエーヌ、君がずっと兄さんの面倒を見てくれていたのか？」

「えっと……ここ四ヶ月ほど、でしょうか……」

「四ヶ月も？　……はぁ。ここの使用人は一体何をやっていたんだ……？」

レイモンドは呆れ顔で自らのこめかみを押さえた。そしてふっきれたように顔を上げる。

「マリエーヌ、ここの使用人には僕からもう一度言っておく。だから君は明日から兄さんの事は気にしなくていい」

「え？」

――⁉　なんだと⁉　何を勝手な事を言っているんだ⁉

レイモンドは僕の事など全く気に留める様子もなく、マリエーヌの前へ歩み寄った。目線を合わせるように片膝を地に突け、その眼差しを彼女へ向ける。その姿が、僕の神経を激しく逆撫でした。あろうことか、レイモンドは彼女の華奢な両肩にそっと手を乗せて微笑みかけた。

目の前で見せつけられたその光景に、一瞬で僕の頭に血が上った。

――レイモンド！　なぜ貴様が僕のマリエーヌに触れているんだ！　今すぐその手を離せ！

殺意を込めて睨みつけるが、レイモンドは僕の存在を無視して言葉を発した。

「マリエーヌ。今まで兄さんの世話をしてくれた事は感謝する。兄さんの様子を見る限り、手厚く看病してくれていたのがよく分かる。だがこれ以上、君に迷惑をかける訳にはいかない」

「いえ！　私は迷惑だなんて思っていません！」

「気を遣ってくれるのは有難いんだが、君はまだ若い。この先の人生も長いんだ。兄さんに付きっきりで過ごすよりも有意義な時間の過ごし方がもっとあるはずだ」

「……ですが――」

「マリエーヌ、まだ公《おおやけ》にはされていない話だが……。あと一ヶ月もすれば、兄さんの爵位は剥奪され僕に譲渡される。既に皇帝陛下の了承も得ている。そうなれば、僕はここを拠点として動く事になるだろう。……つまり、僕がこの公爵邸の新たな主になるという訳だ」

「……そうですか」

肩を落としたマリエーヌは、何か思い詰めるように顔を伏せる。

恐らく、今後の身の振り方について考えているのだろう。レイモンドがこの屋敷で暮らすとなると、いずれレイモンドが妻を迎えた時、彼女の存在が問題視される。同じ屋敷に公爵夫人と元公爵夫人が住む事になるのだから。僕の状態も世に知れ渡っている頃だろうし、僕を良く思わない人間も多い。ありもしないデマや噂を流す輩や、面白おかしく騒ぎ立てる奴らもいるだろう。

どちらにせよ、ここで僕たちが一緒に暮らすのはお互いにとって何のメリットもない。そう考えると、僕とマリエーヌを別の住まいに移す、というのが定石だ。恐らくレイモンドも、そう考えているはずだ。

だが、レイモンドの口からは予想外の言葉が飛び出した。

「マリエーヌが心配する事は何もない。君にはこれまで通り、この公爵邸に住んでもらおうと思っている」

「え……？」

「だが、兄さんは施設へ預けようと思っている」

「⁉」

――なんだと？　マリエーヌはここに残り、僕は施設へ預ける……だと？

レイモンドの言葉に一瞬思考が停止する。

恐らく施設というのは、僕みたいに体が不自由な人間が療養できる場所の事だろう。だが僕の知る限り、その施設がある場所はここから遥か遠い辺境の地にのみ。町の中心部にもそういう施設が必要だという声はかねてから上がっていた。だが、僕がそれを許可しなかった。そんな物は不要だと判断したからだ。それを必要としている人間自身も――。

こんな体にならなければ、その必要性を理解できなかった僕は、どこまで愚かだったんだ。

だが、それを今更悔いてもどうにもならない。

もし、僕が施設に預けられたとしたら……マリエーヌは、会いに来てくれるのだろうか？

施設がある場所へは、ここからはどう急いでも馬車で一週間はかかるというのに。いや、それよりも、レイモンドはなぜマリエーヌを屋敷に残すと言ったんだ？

次々と湧きだす疑問の答えを探すも、頭の中が上手くまとまらない。嫌な想像だけがぐるぐると頭の中を何度も過る。

マリエーヌを失うかもしれないという恐怖で、目の前が真っ暗に覆われていく。

――嫌だ。それだけは……彼女を失うなんて……。

公爵という爵位も、この屋敷も財産も何もかも全て、手放してもいい。

だがマリエーヌは駄目だ。彼女が僕の傍からいなくなるなんてとても考えられない。

レイモンド、お願いだ。僕は他に何も望まない。

だから彼女だけは――どうかマリエーヌだけは、僕から奪わないでくれ。

しばらく沈黙が続いた後、マリエーヌがいつもより低い声でレイモンドに問いかけた。

「レイモンド様。それは公爵様に一度でもお話されましたか？」

「……いや？　話す必要があるのか？」

「当然です。公爵様に関わる話なのですから、公爵様本人に確認をとるべきです」

はっきりとした口調でマリエーヌから指摘され、レイモンドは驚きの表情を浮かべる。

やがて、小さく溜息を吐いて立ち上がった。

「……兄さん。そういう話なのだがどうだろう？」

僕を見下ろしながら問いかけるレイモンドは、返事など全く期待していないのが分かる。

そんなレイモンドから僕は素っ気なく視線を逸らした。

「……マリエーヌ。やはり兄さんに聞いても意味がないのではないか？」

「いえ、公爵様は今、はっきりと視線を逸らしました。この話に納得していないという事です」

――さすがマリエーヌだ。僕の事をよく分かってくれている。

「……なんだと？　君は兄さんが考えている事が分かるとでも言うのか？」

するとマリエーヌも立ち上がり、レイモンドと真っすぐ向き合った。

「いえ。全てが分かる訳ではありません。もしかしたら私の思い違いなのかもと考える事もあります。それでも、公爵様と一緒に四ヶ月間を過ごして、私なりに、公爵様が考えている事を少しは理解してきたつもりです」

そう答えるマリエーヌの姿はなんとも凛々しく、キラキラと煌めいて見える。

普段のマリエーヌは優雅な立ち居振る舞いで、何でも許してしまえるのではというほどの包容力と優しさのある女性だ。だが、こうして僕を守ろうとする彼女の姿はなんとも逞しくて肝が据わっている。そんな彼女の姿を見ていると感極まって胸の奥が熱くなってくる。

一方、レイモンドは神妙な面持ちを浮かべたまま、少し間を置いてマリエーヌに話しかけた。

「そうか……。君の気持ちはよく分かった。だが——やはり君はもう兄さんの傍にいるべきではない」

——なんだと……⁉

「なぜそんな事をおっしゃるのですか⁉」

「マリエーヌ、君は今までこの屋敷で長いこと冷遇されてきた。誰からも相手にされず、ずっと一人で孤独だったのではないか？」

「……！」

図星を指されたのか、マリエーヌはグッと口を噤んだ。

そんな気はしていた。ここで働く使用人は僕だけでなくマリエーヌの事も無視している。それはきっと、僕の体が不自由になる前から続いていたのだろう。僕がもっと彼女を気に掛けていれば、使用人もそんな態度を取らなかったはずだ。彼女が孤独になる事も、なかったはずなのに——。

「君は兄さんを献身的に世話する事で、自分の中の寂しさや孤独な気持ちを満たしていたんじゃないのか？　そして今は君の方が兄さんに依存している。だから兄さんと気持ちが通じ合っているような気になっているだけじゃないのか？」

「な……⁉　そんな事は……！」

「そんな事はないと、証明できるのか？　君は兄さんと直接会話をした事があるのか？」

「……！」

つまり……こいつはマリエーヌが孤独のあまり精神的に病んでいて、僕の気持ちが分かるような妄想に浸っていると。……そう言いたいのか？

——ふざけるな。

部外者が僕とマリエーヌの関係に口を出すな。たとえ言葉を交わさなくとも、彼女は僕の気持ちを誰よりも理解してくれている。

何も知らないのはレイモンド、お前の方だろうが！

自分の言う事が正しいと思って疑わない、そのすました顔をぶん殴ってやりたい！

——くそっ！　怒りで頭がおかしくなりそうだ！

何もかもが納得いかない。マリエーヌが異常者扱いされた事も、僕とマリエーヌを引き離そうとしているこいつも……！

だがそんな僕の気持ちなど露知らず、レイモンドはそのうるさい口を止めようとしない。

「僕が公爵になったら、この屋敷の使用人は全て解雇する。信頼できる人間を新たな使用人として雇うつもりだ。そしたら……マリエーヌ。君には……いずれ僕と結婚してほしいと思っている」

「⁉」

はぁ⁉　何を言っているんだこいつは⁉　お前が一番頭がおかしいんじゃないのか⁉

マリエーヌも信じられない様子で目を見開き、抗議の声をあげる。

「でも私は公爵様と結婚しています！」

「兄さんと離婚すれば良いだけの事だ。今の兄さんの状態では自分の意思表明はできないが、肉親である僕が兄さんの代わりに離婚に同意する事ができる。離婚してから半年が経過した後、僕たちが結婚すれば何の問題も起きない」

──マリエーヌと離婚だと？

そんな事をしたら、僕とマリエーヌは……ただの他人になってしまうじゃないか……。

もしもマリエーヌと他人になってしまったら……彼女は今までと同じように、僕と接してくれるだろうか？　距離を置かれたりするんじゃないのか……？　ましてやレイモンドと結婚するなんてことになったら……。

その事を想像して果てしない絶望感に襲われる。

「レイモンド様！　公爵様の前であまりにも無神経な発言です！　私は公爵様と離婚するつもりはありません！」

「マリエーヌ。確かに今はそれでいいのかもしれない。だが、五年……いや、一年も経てば気持ちは変わる。このまま子供にも恵まれず、兄さんの世話をしながら余生を過ごすつもりなのか？　きっといつか後悔する時が来るだろう。兄さんの事じゃなく、自分の事を考えて生きるんだ。君は今まで十分我慢して生きてきた。僕は悲しみに耐えて笑う君を見て、いつか兄さんから解放させてあげたいと思っていたんだ。だから──」

「いい加減にしてください！」

マリエーヌが声を張り上げると、さすがにレイモンドも口を閉ざした。

絶望に捕らわれていた僕も、その声で少しだけ我に返ると、力なく彼女に視線を移す。

マリエーヌはハァハァと肩で息をしながら、その瞳には怒りの色を滲ませている。優しい彼女にしては珍しい。義妹が来た時も同じ目をしていたが、その時よりも遥かに怒っているように見える。

「レイモンド様。他人である私の人生を気にするよりも、まずは血の繋がった兄弟である公爵様の人生について、もっと考えるべきではないのですか？」

「……考えるも何も、こんな状態の兄さんの何を考えれば良いと？　せいぜいなるべく苦しむ事無く、残りの余生を過ごせるように配慮するくらいだろう。そう考えれば、専門の知識を持つ人間のいる施設に移った方が兄さんのためになるはずだ」

「そうやって、また公爵様を一人で放置なさるおつもりですか？」

「……なんだと？」

マリエーヌの言葉に、レイモンドは不快さをあらわにした。

だがマリエーヌは怯む事無く、言葉を続ける。

「レイモンド様。先ほど、ここの使用人を全員解雇するとおっしゃっていましたが、彼らがどういう人物なのか御存じだったのですか？」

「……ああ、そうだ。君の事を無視する奴らだったからな。どうせ兄さんがこんな姿になって、大した仕事もしていないのだろう」

「では、何の抵抗もできない公爵様が、使用人にどのような扱いを受けるのか——想像できたのではないのですか？」

「……君の言う通りだ。頃合いを見て兄さんの様子を見に来れば、使用人がまともな世話をしていないのは一目瞭然だと思っていた。それを口実に解雇を命じる予定だったのだが、まさか君が兄さんの世話をしていたとは……さすがに予想外だったな」

レイモンドは小さく溜息を吐き、視線を逸らす。

その冷めた眼差しから、使用人をどう処理してやろうかと思考を巡らせているのだろう。

だが、マリエーヌはそんなレイモンドにも鋭く瞳を尖らせ、詰め寄っていく。

「レイモンド様。そんな事を考えるよりも、もっと早く公爵様の身を案じるべきではなかったのですか？　公爵様が今までどれだけ孤独に苦しみ、辛い思いをしていたか……分かっていたのなら、なぜもっと早く会いに来てくださらなかったのですか？」

「兄さんに苦しみ？　悲しみ？　今の兄さんにそんな感情があると本当に思っているのか？　兄さんの意思が、そこにあると？」

「もちろんです！　公爵様は感情豊かな方です。目を見れば分かります。以前と比べてずっと柔らかく温かくなりました！」

「君にはそう見えるのかもしれないが、僕から見た兄さんは何も変わっていない」

「……！　それでも……私を励まそうとして嫌いな人参を食べてくれました！」

「………は？　兄さんが人参を？」

マリエーヌの必死な訴えに、レイモンドは呆気にとられた後、盛大に笑い出した。

「ふっ……はっははは！　そんなはずがないだろう！　何の弱点もない兄さんだったけど、人参だけはどうしても苦手だったんだ！　くっくく……その兄さんが人参を？　笑わせないでくれ」

「本当です！　今はもう普通に食べられるようになったんです！」

何がおかしいのか、レイモンドはお腹を押さえてひとしきり笑うと、はぁ……と溜息を吐いた。

「そうか……だとしたら尚更、兄さんの意識は薄れているのかもしれない。自分の嫌いな物を認識できないほどに」

「……どうしてですか？　どうしてさっきからレイモンド様は、まるで公爵様がここにいないかのようにお話しされるのですか？　公爵様は今、私たちの話を聞いています。きっとこれからの事を考えて、不安に感じているはずです」

マリエーヌは再び僕の隣で膝をつき、僕の顔を覗き込み——見開いた瞳が大きく揺れる。

彼女は僕の右手を両手で包み込み、優しくしっかりと握りしめると、再びレイモンドへ顔を向けた。

「レイモンド様、お願いです。今一度、公爵様としっかり向き合ってください。公爵様の声を聞いてください。公爵様は、ここにいるのです」

真剣な表情でマリエーヌは再び訴えかける。

レイモンドは呆れた様子で小さく溜息を吐くと、僕の前まで歩み寄り膝をついて僕と向き合った。

その瞬間、レイモンドは目を大きく見開き驚きの声を上げた。

「なっ……!?　兄さん……泣いているのか!?」

僕の両目から流れる涙は頬を伝い、足の上にポタッポタッと滴り落ちている。

そんな僕を見て狼狽えるレイモンドを尻目に、マリエーヌはハンカチでその涙を拭いてくれた。

そして僕を安心させるように、優しい笑みをこちらに向ける。

「公爵様、大丈夫です。何も心配はいりません。私はこれからも公爵様のお傍を離れませんから」

マリエーヌの温かい言葉が、僕の凍えそうな心を優しく満たし、溶かしていく。

――ありがとう、マリエーヌ。

本当に僕は、いつも君に救われてばかりだ。

感謝してもし足りない。今までも、これからも……君は僕にとってかけがえのない大切な存在だ。

――だが……僕も本当は、もう分かっているんだ。

レイモンドの言う事が正しいと。

これ以上、僕の我儘で、君の人生を犠牲にする訳にはいかないのだと――。

彼女の幸せのために

「マリエーヌ。君には失礼な事を言って申し訳なかった。君は兄さんの声をずっと聞いてくれていたんだな。……兄さんにも、酷い事を言って悪かったと思っている」

レイモンドは苦笑いを浮かべてマリエーヌへ謝罪すると、少し言い辛そうに僕の事にも触れた。

結局、レイモンドは涙を流す僕を見つめたまま、何も声をかけてこなかった。というよりも、言葉を失っていたという方が正しいかもしれない。血も涙もないと言われていた僕が涙を流す姿なんて、想像した事もなかっただろう。

するとレイモンドは何か思い悩むように口元に手を当てた後、小さく息を吐いた。

「だが……さっき僕が言った事は、もう一度考えておいてほしい」

「レイモンド様！」

「言いたい事は分かっている。だが、僕は兄さんにも考えてほしいと思って言っているんだ。もし兄さんがマリエーヌを大切に思っているのだとしたら、どの選択が正しいのかを」

そう言いながら、レイモンドは再び僕に向けて目を尖らせた。

それはレイモンドがいつも僕に向けていた挑戦的な視線。体が動かなくなってからは、そんな目で僕を見る事も無くなっていた。だが……レイモンドの中でも、僕に対する意識が変わったらしい。自分の意思を持つ一人の人間として認識するようになったのだろう。

「……」

僕がしっかりと視線を交わすと、レイモンドはフッと小さく笑った。

「さて、僕はそろそろここを出なければいけない。マリエーヌ、近いうちにまた来るから、その時に返事を聞かせてくれ。……兄さんも。体に気を付けて」

そう言い残し、レイモンドは僕たちに背を向け立ち去っていく。

二人だけになり、嵐が去った後のような静けさが訪れた。すると、マリエーヌが僕の顔を覗き込んだ。

「大丈夫ですよ。何があっても私の気持ちは変わりません。たとえここを離れる事になっても、私は公爵様のお傍にいます」

朗らかな優しい声でそう言うと、僕を元気付けようと笑いかけてくる。

――だが、僕はそんな彼女から……視線を逸らした。

「……公爵様？」

か細い声で呟いたマリエーヌが、果たしてどんな表情を浮かべていたのか。

視線を地に落としたままの僕には分からなかった。

◇◇◇

「公爵様、今日はお疲れさまでした。また明日、よろしくお願い致します。おやすみなさい」

僕をベッドに寝かせたマリエーヌは、就寝の挨拶を告げて部屋から出て行った。

だが、その声は普段と比べると明らかに気落ちしている。それもそのはずだ。

あれから僕は、マリエーヌと一度も目を合わせる事無く一日を過ごした。声を掛けても目を逸らしたままの僕に、彼女は何度も根気強く声をかけ続けてくれた。

その声を聞こえていないかのごとく無視するたびに、胸が酷く痛んだ。

ふいに、僕の瞳に涙が込み上げる。それが零れ落ちないよう、ぐっと堪えた。

――駄目だ。泣くな……！　泣いたらマリエーヌに気付かれてしまう！

流れた涙を自分で拭う事はできない。明日、彼女が来た時、涙の跡に気付かれてしまう。できれば僕の本心に気付かないまま、彼女の方から離れたいと思ってくれたらいい。こんな僕なんて見限って、レイモンドの言う通り、あいつと一緒になった方が彼女も幸せになれるはずなんだ……。

だがその事を想像すれば、絶望の淵に叩き落された気分になる。

二人が並んで歩く姿を想像するだけで心臓がえぐられるようだ。誰かを失う事を、こんなに怖いと思った事はなかった。

――マリエーヌを失った僕の世界は、きっと暗闇だ。

彼女と出会う前にいた、あの凍えるほど冷たい闇の世界にまた引き戻されるのだろうか。いや、彼女という温もりを知った今となっては、以前とは比べものにならないほどの絶望が僕を待ち受けているだろう。

マリエーヌが僕の世界を変えてくれた。

体が不自由になった事は不運だったが、彼女と出会えた事は幸運だった。

彼女と過ごした時間を、きっと幸せな時間というのだろう。……では、彼女はどうだったのか。

僕の前では笑顔を絶やさなかった――だが、彼女は果たして幸せだったのだろうか。

ふいに、マリエーヌが僕に向けた笑顔を思い出し、再び目頭が熱くなる。

――くそっ……！　出るな……出るな！

必死に涙を押し込めても、僕の脳内は彼女が見せてくれた笑顔で埋め尽くされている。

マリエーヌと離れたら、もうあの笑顔を二度と見る事はできなくなるかもしれない。

僕が大好きな、あの笑顔を――。

ついに……僕の瞳から、一筋の涙が零れ落ちた。


――そうか。

僕は、マリエーヌの事が好きなのか……。


そんな当たり前で単純な事に、今更ながら気付いた。

いや、そんな簡単な言葉一つでこの想いは言い表せない。

僕の彼女に対するこの想いは――愛と言うのだろうか。

愛――それは僕が今まで生きてきて、唯一理解できないものだった。

僕は自分の親からも誰からも、それを与えられた事がない。人から与えられる優しさは、いつも何かしらの下心を孕んでいた。誰からも愛されなかった僕が、誰かを愛せるはずがなかった。

『愛』がテーマとなる演劇の中で、息子を守るために自らを犠牲にし、死を選んだ母親の末路にも理解できなかった。

だが、今なら分かる。

彼女の笑顔が……優しい声が……凛とした立ち姿も、僕を守ろうとする強い眼差しも――。

何もかも、全てが愛おしい。

愛する彼女を守るためなら、僕はどんな犠牲を払ってもいい。

――本当に僕は、救いようのない馬鹿な男だ。

ずっと近くにいた……彼女を知る機会はいくらでもあったはずだ。それなのに、どうして僕は彼女の事を知ろうとしなかったのだろう。もっと早く知れていたなら、彼女にしてあげられる事は沢山あったはずなのに。だが、そんなどうしようもない僕にも、彼女は救いの手を差し伸べてくれる。

僕が生きている限り、君は僕を見捨てはしないだろう。

ならば、もういっその事……。

――そうだ。それがいい。

レイモンドはもう、爵位を継ぐための準備を終えている。

これ以上、僕を生かしておく理由もない。

……僕が今、考えている事をマリエーヌが知ればきっと怒るだろう。


――すまない。マリエーヌ。

僕は最期にもう一度だけ、君を悲しませてしまうだろう。だが、この方法以外に考えられないんだ。

今の僕では、君を幸せにしてあげられない。

誰かの悪意によって傷つけられる君を、守る事も、その傷を癒してあげる事もできない。

君が笑顔を向けてくれても、僕は笑顔を返せない。

君の誕生日が来ても、僕は何も贈ってあげられない。

君が手を握ってくれても、僕はその手を握り返せない。

君に感謝を伝えたいのに、「ありがとう」の一言も言えない。

君の名前を呼ぶ事も、「愛してる」と伝える事も……もう、叶わない。

僕が君のためにできる唯一の事。
それは――僕が死んで、君を解放してあげる事だ。

君が生きる理由を教えてくれたのに、こんな答えしか見出せない僕を、どうか許してほしい。

生きてほしいと言ってくれた君を、裏切る僕の行為を――。

だがきっと、僕の死んだ未来に、君の幸せがあるはずなんだ。

だから――。

僕が死んだその後は――僕の事なんて忘れて、どうか幸せになってほしい。

◇◇◇

次の日、僕は食事の時間になっても一切口を開かなかった。

断固として口を閉ざしたままの僕に、マリエーヌは無理やり食べさせようとはしなかった。

彼女が僕に話しかける声も、次第に元気が無くなっていった。

それでも、僕は感情を押し殺して素っ気ない態度を貫いた。

そして次の日、その次の日も……。

その間、僕は彼女と一度も目を合わさなかった。

◇◇◇

食事を拒絶し始めて五日目の朝。

相変わらず朝食を食べようとしない僕を見たマリエーヌは、早々に食事を切り上げた。

「公爵様、少し外に出ましょうか」

そう言うと、マリエーヌは車椅子に座る僕を屋敷の外へと連れ出した。

すっかり馴染みとなった中庭へ向かい、展望用の小屋まで来ると、その足を止めた。

僕の背後から、マリエーヌの憂いを帯びた声が聞こえてくる。

「公爵様。もしも今、死にたいと思うほど辛い思いをしているのであれば、それを無理に止める権利は私にはありません」

その言葉に、動かない体がピクリと反応した気がした。

確かに、体が動かなくなったばかりの頃、あの地獄のような日々の最中《さなか》で何度死にたいと思った事か。だが、マリエーヌと出会ってからは、そう思う事は無くなった。それどころか、マリエーヌと共に生きたい……そんな思いを抱くようになった。でも、それでは駄目なんだ。

マリエーヌが幸せになるためには――。

「だけど、公爵様が万が一にも私を思って死のうとしているのなら、それははっきり言って余計なお世話です」

「……！」

再び、僕の体が跳ねた気がした。

――マリエーヌ……君は。どうして僕の気持ちに気付いてくれるんだ？

いつだってそうだ。彼女は僕が望む言葉を、僕が欲しい時に言ってくれる。

言葉を交わした事もない僕たちなのに、まるで僕の心の声が聞こえているかのように、彼女はいつも僕の気持ちを分かってくれる。

いつの間にか、マリエーヌは僕の目の前へとやって来ていた。

だが、僕はまだ彼女と目を合わせる訳にはいかない。今、目を合わせてしまったら、揺らぎ始めた僕の決意は容易く打ち砕かれてしまうだろう。

「それともいっその事、二人で一緒に死にましょうか？」

――な!?　何を言ってるんだ!?　なんでマリエーヌまで死ぬ事になるんだ!!

反射的にマリエーヌへ目を向けると、一瞬で目が合った。

すると、マリエーヌは安心した顔を見せて、切なげに微笑んだ。

「嘘です。やっと目を合わせてくれましたね」

久しぶりに目にしたマリエーヌの笑顔に、僕の心の奥に秘めていた彼女への想いが込み上げてくる。

その想いと一緒に、僕の瞳にも涙が込み上げた。

僕は一体どうすれば良いのだろう。誰よりも大切な彼女のために、死のうと決意したはずなのに。

どうしてこんなにも、彼女に縋りたい思いに駆られるのだろう。

愛しくて仕方がないマリエーヌの姿を、僕は瞬きも忘れて見つめ続けた。

その時、彼女のある変化に気付いた。

――マリエーヌ……少し痩せたか……？　疲れているようにも見えるが――。

そこまで思考を走らせてハッとした。

そういえば、僕が食事を拒絶し始めてから……彼女は自分の食事をどうしていたんだ？　僕を誘いながら数口食べていたのは知っている。だが、僕が食べる気がないと分かると、自分の料理も一緒に下げていた。それを、果たして彼女は食べていたのか？

顔をよく見れば、目の下にはうっすらとクマができている。夜はちゃんと眠れていたのだろうか？

聞いて確認したいが、当然それも無理な話だ。

――いや……聞かなくても分かる。

自分よりも僕を優先する彼女の事だから、急に態度を変え、食事も拒絶し始めた僕をずっと心配していたに違いない。食事を摂ろうとしない僕の事を考えたら、食事をする気にもなれなかっただろう。僕の事が気になって、夜も十分に眠れなかったはずだ。

そしてきっと色んな思考を巡らせたんだ。

なぜ僕が食事を摂らなくなったのか。目を合わせないのか。

どうして朝になると、僕の顔に涙の跡が見られるのだろうかと。

そうして考え抜いた末に、辿り着いたんだ。僕の本当の目的を——。

マリエーヌと出会ったばかりの頃は、彼女が何を考えているのかなんて全く分からなかった。

だが、今は彼女が考えている事が手に取るようによく分かる。

——ああ、そうか。きっとマリエーヌも同じなんだ。

彼女はいつも、僕が何を考えているのか、分かろうとしてくれた。たとえ言葉を交わせなくとも、僕の目を見てそのわずかな微動から、僕の心の声を必死に読み取ろうとしてくれたんだ。

誰よりも、僕の理解者であろうとしてくれた。

相手の気持ちを汲み取り、思いやり、大切にする心——それが、マリエーヌが僕へ与えてくれていた『愛』だったんだ。

僕はちゃんと彼女からの愛を受け取っていた。

だから僕は今、こうして愛を理解し、君を愛する事ができた。

たとえ、その『愛』の持つ意味が、僕と彼女とで違っていたとしても……。

全て、マリエーヌが僕に教えてくれた事だったんだ。

その時、見つめていたマリエーヌの瞳から涙が零れ落ちた。

初めて目にした彼女の涙に、僕は計り知れないほどの衝撃を受けた。きっとその涙は僕のせいだ。

想定していたとはいえ、実際に目の当たりにすると頭の中が一瞬で真っ白になった。

できる事なら、今すぐに土下座でもなんでもして彼女に謝りたい。

ダラダラと冷や汗を流す僕に、マリエーヌは涙を流しながら口を開いた。

「公爵様が死んだら、私はまた一人ぼっちになってしまいます」

そう言うと、マリエーヌは僕の前でしゃがんで視線を合わせた。

彼女はいつも、僕に話しかける時はこんな風に寄り添ってくれる。同じ目線で、優しい声で――彼女の口から紡がれる言葉に何度聞き入っただろうか。その震える唇が、ゆっくりと開いた。

「毎日の食事が美味しいのは、一緒に食べてくれる人がいるからです。天気が良い日を嬉しく思えるのは、一緒に散歩を楽しんでくれる人がいるからです。どこにでも咲いている花々が、何よりも綺麗だと思えるのも、ふいに見上げた空に虹がかかっている事に感動を覚えるのも、いつも公爵様が私の傍にいてくれたからです。私は公爵様と共に過ごすようになってから、毎日がとても充実しています」

――それは、僕がいつも思っていた事と同じだった。

「だから私は公爵様が死んでしまったら、とても悲しいです。公爵様が、もしも私の事を考えてそのような選択をしようとしているのなら尚更――公爵様の犠牲の上で、成り立つ私の幸せなんてありません。それを、どうか忘れないでください」

マリエーヌの言葉が胸に鋭く突き刺さった。

僕はまた、間違えるところだった。

誰よりも優しいマリエーヌが、僕が死んで幸せになる未来を望むはずがないじゃないか――。

涙で滲む視界の中。僕がマリエーヌをじっと見つめていると、彼女は柔らかく笑って、「約束ですよ」と告げて僕の小指に自らの小指を絡めた。

たとえ言葉を交わせずとも、ペンを握らずとも……今の僕でもできる約束の方法があるのだと知った。

気付くと、僕の頬にも涙が伝っていた。それを彼女は自らのポケットから取り出したハンカチで優しく拭ってくれた。彼女の涙はそのままにして……。

常に自分よりも、僕を優先する姿は出会った頃から変わらない。

僕も……あの頃から変わらない。相変わらず体は動かないし、声を出す事もできない。


だけど、この目が見えて良かった。

君の優しい笑顔を見る事ができるから。

この耳が聞こえて良かった。

君の透き通るような心地良い声を、聞く事ができるから。

君と再び出会えて良かった。

君の優しさに気付く事ができたから。

愛される事、愛する喜びを知る事ができた。

生きていて良かった。

僕は――生きていて良かったんだ。

今までも、これからも――。


もし、この先もマリエーヌと共に過ごす未来を許されるのなら――。

これからも僕は、君と生きていきたい。

生き続けていれば、また同じように思い悩む事もあるかもしれない。再び、命を絶ちたいと思う事もあるかもしれない。だけど、そんな時は君の笑顔を……君の言葉を思い出そう。

僕が選択を間違えそうになるたびに、君はきっと正しい方向へと導いてくれるだろう。

どれだけ僕が絶望の淵に立たされても、君は何度でも救いの手を差し伸べ助けてくれるんだ。

やはり、マリエーヌは女神のように尊い存在。


――彼女は、僕の女神だ。

だが……この世界の神は、あまりにも無慈悲だった――。

最期の願い

パチリ……パチリ……と、火花が弾ける音。

鼻をかすめるのは嗅ぎ慣れた血の香りと、むせかえるような焦げ臭さ。

そして——僕の視線の先には、透き通るような白い肌を真っ赤に染めたマリエーヌの姿が横たわっている。

自室のベッドの横。虚空の眼差しを彼女に向けたまま車椅子に座る僕は、目の前で起きた出来事を、まだ受け入れる事ができない——。


中庭でマリエーヌと共に生きていくと誓った後、僕は五日ぶりの食事を堪能した。

いきなり沢山食べるのも体に悪いからと、朝食は少しだけに留めて、昼食、夕食と少しずつ量を増やしていった。久しぶりに食べたマリエーヌの料理はこの上ない美味しさだった。

「明日は腕によりをかけて美味しい料理を作りますね」

そう意気込み張り切るマリエーヌの姿がなんとも愛らしかった。

自分の気持ちを自覚した事も相まって、ドキドキとやけにうるさい心臓の音を奏でながら、その姿をいつまでも見つめていた。そんな僕の視線に、彼女は恥ずかしがるように顔を赤らめていた。

夜を迎え、いつものように「おやすみなさい」と声を掛けて彼女が部屋から退室した。

扉が閉まる音を聞くと同時に、急に睡魔が襲ってきた。

ここ数日、ずっとよく眠れていなかった。再び彼女と過ごせる事に安心したのだろう。

僕はそのまま瞳を閉じ眠気に身を委ねれば、すぐに深い眠りへと落ちていった。


深夜──何かを察した僕は目を覚ました。

長年住んできた屋敷の事だ。いつもと何かが違う。異変が起きた事はすぐに分かった。だが、それを誰かに伝える術がない。間もなく聞こえてきた使用人の悲鳴により、疑惑が確信に変わった。

動く事ができない僕は、マリエーヌが無事にこの屋敷から逃げ出してくれる事だけを祈っていた。

それなのに──彼女は僕の元へとやって来た。

屋敷のあちこちから火の手があがり始める中で、息を切らして駆け付けた彼女は、僕を車椅子に座らせて一緒に逃げようと試みた。

そこに、二人組の男が現れ……。

僕を殺そうとした彼らから、僕を庇って彼女は──。

──僕はその光景を、後ろからただ、見ている事しかできなかった。

抜け殻のようになっている僕の耳に、高揚感に浸る男の声が聞こえてくる。

「まさか、あの名高い冷血公爵サマがこんな腑抜ヤロウになっていたとはなぁ！　くっくく……いいザマじゃねえか！」

無精ひげを生やした中年男は、僕の髪の毛を掴んで持ち上げると、ニヤニヤと汚い笑みを浮かべて僕の顔を眺めている。だが、その顔がすぐに不満げな表情となり、大きく舌打ちした。

「ちっ！　……何の反応も無しかよ。つまんねえ男だなぁ！」

僕の髪から乱暴に手を離すと、男は車椅子を勢いよく蹴り上げた。

ガシャンッ！　と大きな音を立てて車椅子ごと倒れた僕の体は床に放り出される。

僕のすぐ目の前には、変わり果てたマリエーヌの姿。

――マリエーヌ……。

手を伸ばせば触れられる距離にいるのに、彼女に触れる事も寄り添う事もできない。

だが触れなくても分かった。少しも動かない彼女が、もう息をしていない事を。

つまり、彼女はもう――死んでいるんだ。

閉ざした瞳は二度と開く事はない。

もう僕に笑いかけてはくれない。

彼女の口から言葉が紡がれる事もない。

もう僕に話しかけてはくれない。

その声を、二度と聞く事はできない。

その手から、彼女の温もりを感じる事も……。

人が死ぬという事は、こういう事なのか――。

「なあなあ、こいつをアジトに持って帰って他の奴らにも見せようぜ。こいつには散々仲間を殺されてきたからなぁ。みんな喜ぶと思うぜぇ？　一人ずつ順番にナイフを突き刺して殺した奴が罰ゲームってのはどうだぁ？」

「諦めろ。依頼主からはここで殺せと言われているだろ。外へ連れ出して誰かに見られたらどうするつもりだ」

「ちっ。ツレねえなぁ。にしても、あの神父のオッサンも執念深いよなぁ。腕を斬られて追い出されたのが三年前の話だろ？　その復讐を今更俺らに依頼とか……まあ、俺らにとっては美味しい仕事だったけどよ。こんなにあっさり公爵邸が陥落するなんて拍子抜けもいいとこだぜ」

「相変わらずお前はよく喋るな。……ちっ……思ったよりも火の回りが早い。そろそろ行くぞ」

「へいへーい」

男たちは廊下へは向かわず、部屋の窓から屋敷の外へと脱出した。開け放たれたままの扉の先には、もう火の手が部屋のすぐ前まで迫ってきていた。その熱風が部屋の中へと入り込む。

だが、僕の心は凍り付いたまま。

――マリエーヌ……マリエーヌ……。

彼女の名前を頭の中でひたすら呼び続ける。だが、彼女は何の反応も示さない。

胸を埋め尽くすのは後悔の念。

叫び出したいほどの激しい悔しさは涙となり、僕の瞳から止めどなく溢れ出した。

――僕のせいだ。彼女は僕のせいで死んでしまった。

誰よりも大切で、守りたかった、僕が愛した唯一の女性――。

身を焼かれる熱も、呼吸もままならない苦しみも、忍び寄る死への恐怖も――今の僕には何も感じない。

マリエーヌを失った哀しみは、今度こそ僕の生きる意味を失わせた。

彼女のいない世界に、もはや生きる理由などない。

だが――。
どうしても納得がいかない。

神よ……僕の事はどうでもいい。この最期も、僕の自業自得だろう。

だが、マリエーヌは違う。彼女が一体何をしたというのだ?

家族から虐げられ、好きでもない男と結婚させられ、その男からも、仕える使用人からも冷遇され続けてきた。

それなのに……彼女は憎まれても仕方がない僕に、何の見返りも求めず優しくしてくれた。

愛を知らなかった僕に、人を愛する事を教えてくれた。

絶望の淵に立たされる僕を、何度も救い、手を差し伸べてくれた。

それなのに……それなのに……！

こんな結末はおかしいだろ!!

マリエーヌだけは……彼女だけは幸せにならなくてはいけなかったはずだ!!

誰よりも幸せになる権利を持っていたはずなんだ!!

それなのに、なぜマリエーヌが死ななければならなかったんだ!!

既に部屋の中は炎で真っ赤に染まり、僕の意識も途切れだした。瞼が重たく自然と閉じていく。


——マリエーヌ……。


閉じた瞼裏に、彼女の優しい笑顔が映し出される。

もっと、君の笑顔を見ていたかった。

僕は君に、何もしてあげられなかった。

まだ君に何も、返してあげられていない。

このまま死んだら、あの世で君と出会えるのだろうか。

いや……僕は人を殺めすぎた。きっと同じ場所には行けないのだろう。

君とこうして出会えた事自体が、僕にとっては奇跡だったんだ。

だが——。

もし、もう一度、奇跡が起きて君と再び出会えたのなら……。

君とどんな日々を過ごすだろうか。


——ああ、そうだ。

毎朝、君に花束を届けよう。

屋敷中の花瓶が足りなくなるほど、部屋に飾りきれないほどの花束を。

それから、何もない君の部屋を埋め尽くすほどのプレゼントも贈ろう。ドレスもアクセサリーも宝石も、君に贈りたい物は山ほどあるんだが、全部受け取ってくれるだろうか。

食事の時間も常に一緒だ。いつも君は僕の食事を優先して、ゆっくり食べられていなかったから。君の舌を唸らせるほどの最高のシェフを屋敷に招こう。美味しそうに口いっぱいに頬張る君の姿を見ているだけで、きっと僕の胸もお腹も一杯になるだろう。

天気が良い日は、二人で手を繋いで中庭を一緒に散歩をしよう。今度は、僕が君の歩幅に合わせて歩くんだ。同じ目線で見る世界は、今までとは違う新しい景色を僕たちに見せてくれるだろう。

出られなかった屋敷の外にも行ってみよう。僕が街の中を案内する。君がまだ知らない、新しい世界を存分に見せてみせよう。君が望む場所なら、どこへだって連れて行こう。

そして、一度も呼んであげられなかったその名を呼び、伝えられなかった君への愛を……。

惜しむ事なく言葉にして君に伝えよう。何度でも……君が呆れるほど、愛を囁こう。

君にしてあげたい事は他にも沢山ある。

君が僕にしてくれた事全てを、僕が何倍にもして返すんだ。

そして今度こそ、僕が必ず君を幸せにしてみせる。

だから——。


神様。

どうかもう一度だけ……僕にチャンスを与えてください。

彼女を幸せにするチャンスを——。


沈んでいく意識の中で、幸せそうに寄り添い、笑い合う僕たちの幻影を遠目に見つめていた。

その姿も徐々に霞んで見えなくなっていく。

だが、不思議と僕の心は穏やかだ。

触れていないはずなのに、マリエーヌの優しい温もりに包まれているような気がする。

きっと、最期の時までマリエーヌが僕を守ってくれたのだろう。


それが前の人生で迎えた、僕の最期だった——。

目覚め

――目を覚ました僕は、二度瞬きした後に跳び起きた。

グラッと視界が歪み、意識が朦朧とする中、ふらつく頭を手で支えた。

……⁉　なんだ⁉

僕は……死んだんじゃないのか……？　助かったのか？　あの状況で……？

だが、目を凝らして辺りを見渡せば、見慣れた景色が広がっている。

今、僕がいる場所はさっきまで炎に包まれていたはずの自室のベッドの上だ。

――一体どうなって？　……いや……それよりも……。

僕は両手をゆっくりと自分の目の前まで持ってくると、握ったり開いたりを繰り返した。

――体が……動く……？

自分の思い通りに動く両手に、今は違和感しか感じない。

「マリ……エーヌ……」

それは自然と零れた言葉だった。久しぶりに聞いた自分の声。

そして自らの口から発せられたその名前に胸が苦しくなった。

「マリエーヌ……」

――声が出せる……。マリエーヌの名前を……呼べる……？

……マリエーヌは⁉

衝動的にベッドから飛び下りた。

床に足を着けた瞬間、膝がガクンッと折れ倒れそうになったところを、サイドテーブルに掴まりなんとか耐える。数ヶ月ぶりとなる、手足を動かす感覚が上手く掴めない。それに体も異様に重たく感じる。だが、手も足も確かに動いている。車椅子が無くとも、自分で歩けるはずだ。

再び立ち上がろうとした時、テーブルの上に置いてある新聞が目に留まった。

その日付が書いてある部分に目を走らせ――。

「マリエーヌ‼」

泣きたくなるほど愛おしいその名を叫び、自らの足で地を踏みしめ部屋から飛び出した。

◇◇◇

「マリエーヌ！　マリエーヌ！　どこにいるんだ⁉」

扉をかたっぱしから開けまわって彼女の姿を捜す。

「公爵様⁉　どうされましたか⁉」

呼んでもいない使用人が次々と僕の元へと駆け付ける。

今まで散々僕を無視してきた奴らの、気遣わしげな顔面に虫酸が走る。

「うるさい！　僕に近寄るな！　今すぐマリエーヌに会わないといけないんだ！」

群がる使用人を振り払い、罵倒して先へ進んだ。

体が熱い。呼吸も苦しい。頭も割れるように痛む。少しでも気を抜けばこの場で倒れてしまいそうだ。だが、僕は足を止める事無く彼女の名前を呼び、捜し続けた。

「マリエーヌ！　いるんだろう⁉　マリエーヌ！」

期待してはいけない。だが、期待せずにはいられない。

もう一度、彼女に会えるかもしれないのだから。

さっき見た新聞の日付は、僕が事故に遭った日の一週間前だった。

とても現実とは思えないが、もしも本当に、今の僕があの事故に遭う前の姿なのだとしたら、この頭の痛みも覚えがある。公爵になってから一度も体調を崩さなかった僕が、あの時は原因不明の高熱で倒れて寝込んでいた。その時に戻っているのだとしたら――マリエーヌもここにいるはずだ。

――彼女もまだ……生きているはずなんだ‼

急いだ足が絡まり、バランスを崩した僕は床に膝をつき、咄嗟に手で体を支えた。

乱れた呼吸を整え、少しだけ頭が冷静さを取り戻す。

――そうだ。マリエーヌの部屋だ。そこにきっと……いるはずだ！

再び立ち上がると、僕の足は導かれるように彼女の部屋へと走り出した。

「マリエーヌ‼」

部屋の前まで来た僕は、自制できずに勢いのまま扉を開け放った。

その瞬間、どこか懐かしく暖かい風にあおられ、柑橘系の甘い香りがふわりと僕の鼻をかすめた。

僕の視線の先には、見覚えのある亜麻色の髪が風に靡いて揺れている。

小さく震える華奢な後ろ姿。僕がその姿を見間違えるはずがない。

――マリエーヌだ。

息が詰まった。時間が止まったかのように動く事もできず、懐かしく思えるその後ろ姿に目を奪われた。しばらくして、爽やかな笑顔で振り返った彼女と目が合った瞬間、僕の中でせき止めていた彼女への想いが一気に溢れ出した。

「あ……あ……。マリ……エーヌ……ほんとに……君……なのか……？」

その想いは涙となり、頬を流れ落ちる。

やっと彼女に話しかけられるというのに、言葉が詰まって上手く出てこない。愛してやまないその姿を求めて僕は手を伸ばし、自らの足で地を確かめながらゆっくりと歩み寄る。

一歩……また一歩と、彼女との距離が近付いていく。

未だにこの状況が信じられない。僕は夢を見ているのだろうか。

それとも今までの出来事、全てが夢だったのだろうか……？

僕がこれまで見ていたものは全て夢の中の幻想で、目の前のマリエーヌは僕の知っている彼女とは別人なのかもしれない。そんな不安が頭を過った時、彼女が動いた。

僕の方へ緊張した面持ちで歩み寄ると、背筋を伸ばして深々と丁寧に頭を下げた。

「はい。正真正銘のマリエーヌでございます」

そう告げて顔を持ち上げた彼女は、新緑色の澄んだ瞳を細めて僕に優しく微笑んだ。

――僕が大好きな、あの笑顔だ。

その瞬間、なぜか分からないがはっきりと確信した。

目の前の彼女は間違いなく、僕と共にあの時間を過ごした彼女だという事を。


彼女も、僕と同じようにここへ戻って来たのだと――。


口を噤んだままのマリエーヌは、不安そうに僕を見つめている。

そんな彼女の姿を前に、僕も言葉が出てこない。言いたい事は無数にあったはずなのに、何を言えばいいのかも分からない。

思えば、あれだけの時間を共に過ごしてきたというのに、彼女と会話をするのは初めてで。

ドキドキと心臓が音を立てて高鳴り出し、体の熱は更に上昇していく。

しかし、マリエーヌの表情を見る限りでは、彼女は僕と過ごしたあの日々の事を覚えてはいないのだろう。

僕を見つめる瞳が怯えるように震えている。

――そうだ。僕は今まで、沢山君を傷つけてきた。

ならば、今はとにかく安心させてあげたい。

まずは今までの自分の非を認めて誠意を持って謝るんだ。

「マリエーヌ……」

その名前を口にした瞬間、マリエーヌの瞳が大きく見開いた。

——ああ、そうか。

僕は今、初めて彼女を前にして、その名を呼ぶ事ができたんだ。

ずっと呼びたくて仕方なかった、その名前を——。

「君を愛してる」

無意識のうちに口から飛び出していたのは、抑えきれなかった彼女への想いだった。

それもそのはずだ。

僕はその言葉をずっと君に伝えたくて、堪らなかったのだから——。

◇◇◇

なぜ、僕が過去に遡り戻って来られたのかは分からない。

この世界はもしかしたら、あの時命を失った僕が見せている、幻想の世界なのかもしれない。

ある朝、目が覚めた時、全てが幻となり消えてしまうのではないか——そう思う時もある。

そんなもの寂しい気持ちを埋めるように、僕の腕の中で幸せそうに眠るマリエーヌの体を、慈しみを込めて抱きしめた。

体から伝う温もりから、彼女の存在を深く感じられる。心地良く鳴り響く生きる鼓動が、僕の不安を和らげていく。彼女の優しい香りに包まれ、幸せな気持ちに浸るうちに、自然と瞼は閉じ、僕も深い眠りへと落ちていった――。


朝を迎え、目を覚ました僕は、一緒に寝ていたはずのマリエーヌがいない事に気付いた。

「マリエーヌ⁉」

咄嗟に跳び起きた僕は、ベッドの上、部屋の隅々にまで視線を走らせ彼女を捜すが、その姿は確認できない。不安に駆られ、ベッドから飛び出し部屋から出ようとしたその時、ガチャッと扉が開いた。

その先から現れたのは、たった今捜し求めようとしていた愛しのマリエーヌだった。

「あ……公爵様、おはようございます」

僕に気付いた彼女は、いつものように柔らかい笑みで僕に挨拶をする。その姿に、放心状態のまま体の力が抜け、崩れ落ちるように膝をついた。

「え、公爵様⁉　大丈夫ですか⁉」

「……すまない。大丈夫だ。本当に僕は、君の前では情けない姿を見せてばかりだな……」

起きた時にマリエーヌがいなくてパニックになり、再び彼女の姿を見て安心して腰が抜けたなんて、情けなくて言えるはずがない。

自らの不甲斐なさに呆れ返っていると、マリエーヌが申し訳なさそうに眉尻を下げた。

「ごめんなさい。勝手に部屋を出てしまって……公爵様が目覚める前には戻って来ようと思っていたのですが」

「いや、君が謝る事は何もない。僕が勝手に不安になっただけなんだ」

――そう、不安だったんだ。目が覚めて君がいない事に。

僕は今までの経験で、幸せと不幸は表裏一体なのだと、この身をもって思い知らされている。

今の幸せが、いつまた一瞬にして不幸に転じるか分からないという事も――。

気落ちし合う僕たちの間に気まずい沈黙が流れる。

本当に、僕は何をやっているんだ。

今までの事に関してもそうだ。

彼女を幸せにしてみせると意気込んでいた癖に、再び会えた事が嬉しくて堪らなくて、勝手に暴走して困らせてきた。それまで名前を呼んだ事もない男が、いきなり愛の告白をしだしたのだから戸惑うのも無理はないのに。……だが、僕も必死だった。

どうしても彼女を振り向かせたくて、脇目も振らずに恋愛というものを勉強した。誰も好きになった事がない僕は、どうやって自分の気持ちを伝えれば良いのかも分からず、ただひたすらに思いの丈を彼女に打ち明けた。リディアの助言も得て、架空の物語の中ではあるが、少しずつ人の恋愛というものを知っていった。

その甲斐もあって、徐々に、彼女からの好意を感じるようにもなった。その一つ一つの些細な変化が、僕にとってどんなに嬉しかった事か。

彼女を幸せにするはずが、気付けば僕が幸せになってばかりだ。

「――さま？　公爵様？」

その声にハッと我に返る。すぐ目の前に、僕と目線を合わせてしゃがむマリエーヌの姿があった。僕を心配する新緑色の瞳が揺れている。

「すまない、もう大丈夫だ」

立ち上がり、マリエーヌに手を差し伸べる。その手を取り、彼女も緩やかに立ち上がった。

「心配させてごめんなさい。ただ、今日はどうしてもやりたい事があって……」

そう告げると、マリエーヌは少しだけ緊張する面持ちでコホンッと小さく咳払いをすると、僕の目の前に一輪の真っ赤な薔薇を差し出した。

愛しむような優しい笑みを浮かべて僕を見つめると、艶のある唇がゆっくりと開いた。

「公爵様の瞳のように美しく、情熱的に咲き誇る薔薇が咲いていました。どうか受け取っていただけますか？」

そう告げた後、しばらくしてマリエーヌも薔薇に負けないほど、顔を赤く染めて恥ずかしそうに視線を逸らした。

「今日、目が覚めた時に、なんとなく私の方から公爵様にお花を差し上げたいと思ったのです」

「……」

「……？　公爵様？」

何も言わず動かないままの僕を不思議に思ったのか、マリエーヌは再び視線を僕へと移した。僕の顔を見るなり、大きく目を見開いて驚きの声を上げた。

「え⁉　公爵様……⁉　どうなさったのですか⁉」

「……」


言うまでも無く、僕の瞳からは涙が流れている。本当に、僕の涙腺は壊れてしまったのだろうか。

だが、僕に薔薇を差し出す姿が、あの時の彼女の姿と重なった。

毎朝、欠かす事無く僕に花を持ってきてくれた君の姿と――。

「ありがとう、マリエーヌ」

あの時の僕は、君に差し出された花を受け取る事もできず、お礼を告げる事も叶わなかった。

だが、今はこうして君の手から花を受け取れる。感謝の言葉も伝えられる。

そんな当たり前で些細な事が、今の僕には嬉しくて堪らない。

顔をほころばせるマリエーヌに近寄り、その体を優しく抱きしめた。

少し戸惑いを見せつつも、マリエーヌも僕の背中に手を回し、優しく抱き返してくれた。


「マリエーヌ。愛してるよ」


君の名前を呼んで、愛を伝えられる事を、僕がどれほど幸せに感じているか。

君はまだ知る由もないだろう。

――僕は知っている。

今ある幸せが、決して当たり前ではなかった事を。

ある日突然、当たり前の幸せが変わってしまう事も。

だからこそ、今この瞬間を大切にしたい。
一分一秒でも長く、マリエーヌと共に過ごしたい。
ここに生きている限り、僕は何度でも君の名を呼び、愛を囁き続けるだろう。

――マリエーヌ。
ありがとう。
僕に愛を教えてくれて。
君を愛する事ができて、僕はとても幸せだ――。

心に潜む悪魔　～マリエーヌ～

窓の外が闇に染まる中、ベッドの上で目を覚ました私は近くにある時計を確認した。

間もなく日付が変わる。

――そろそろ行かないと。

重い瞼を持ち上げ、まだ眠っていたい気持ちに鞭打って体を叩き起こした。

公爵様の身の回りのお世話をするようになって三ヶ月。

夜は二度起き、寝返りのうてない公爵様の体勢を変えに行く。ずっと同じ姿勢で眠っていたら、せっかく綺麗になった床ずれがまたすぐにできてしまうから。栄養状態もずいぶんと良くなったとはいえ、成人男性が必要とする食事量には程遠い。まだ油断はできない。

ベッドから立ち上がると、椅子の背もたれにかけていたショールを肩に羽織り、部屋から出た。

まだはっきりとしない意識の中、薄暗い廊下を歩いて公爵様が眠る部屋へと向かう。

公爵様のお世話をするようになってから、私は時々、昔の事を思い出すようになった――。

◇◇◇

お母様が再婚する前、一緒に暮らしていた私のお祖母様も、病気の後遺症により話もできずに寝たきりだった。

お祖母様は、私の実のお父様の母親。お父様はというと、私が産まれて間もなく他所の女性と共に姿を消したらしい。だけどお母様は一人残されたお祖母様を見捨てはせず、いつも献身的にお世話をしていた。私もお母様が仕事で出ている時は、代わりにお祖母様のお世話をするようになっていた。


ある日、自分の時間を犠牲にしてお世話するお母様に、私はつい不満を漏らしてしまった。

「なんでお母様がお祖母様のお世話をしないといけないの？　お父様のお母様でしょ？　お父様がするべきじゃないの？」

そのお父様が行方不明なのだから仕方がない。そんな事は分かっていた。だけど、私もお母様との時間をお祖母様に取られているようで、寂しかった。

お母様は少し困惑すると、寂しそうに笑みを浮かべた。

「マリエーヌ。確かに私はお祖母様と血は繋がっていないけど、マリエーヌのお祖母様である事に変わりはないでしょ？　だから私にとっても大事な家族なの。それにマリエーヌはお祖母様にとっても血の繋がった唯一の孫なのだから、そういう悲しい事は言わないで」

そう言って私の頭を撫でるお母様に、「分かった……」と告げたものの、頭の中では納得していなかった。お祖母様が家にいる限り、外を自由に出歩く事もできない。お祖母様さえいなければ、もっと自由に遊べていたのに……と、幼い私の不満はつのっていった。

そんなある日、お母様が仕事で家を出た後、私はお祖母様を一人、家に残したまま街へ遊びに出掛けてしまった。ついに不満が爆発してしまったのだ。

いつも我慢しているのだから、少しくらい自由に出掛けても罰は当たらない、と自分に言い聞かせて。

賑わう街を駆け回り、港を出航する船を眺めたり、ショーウィンドーから見られるドレスを眺めたり、なけなしのお金で美味しそうな焼き菓子を買ってみたり。時間を忘れて街の中を満喫した私は、思っていたよりもずっと遅く家へ帰ってきた。

お祖母様の様子をうかがいに行った時、やけに蒸し暑い部屋の中で、お祖母様は大量の汗をかいて意識を失っていた。すぐに近くのお医者様を呼び、命に別状はなかったものの、お祖母様は熱中症による脱水症状を起こしていた。

もしも私がお祖母様と一緒にいたのなら、お日様が部屋の中を照らし出すタイミングでカーテンを閉めていた。室温が上がれば、お祖母様の分厚い布団を薄手の布団に替えていたし、窓や扉を開けて熱を逃がす事もできた。水分だってしっかり飲ませてあげられていたはずだった。

私の勝手な行動が原因で、お祖母様を死なせてしまうところだった……と、血の気が引いた。

仕事から帰って来たお母様に、私は泣きながら事の経緯を説明した。「ごめんなさい」と謝ると、お母様は私を叱ろうとはせず、苦笑いを浮かべて口を開いた。

「そう……。マリエーヌの中の悪魔が出てきちゃったのね」

「悪魔……？　私、悪魔なの？」

急に出て来た恐ろしいフレーズを聞いて真っ青になる私に、お母様はフフッと笑うと朗らかな笑みを浮かべて語り出した。

「マリエーヌだけじゃないわ。人は誰もが心の中に悪魔を飼っているの。それはもう悪〜い悪魔がね。いつもは心の片隅で眠っているんだけど、周りの監視の目が緩んだ時に、突然姿を現して暴れ出す事があるの。マリエーヌの中にはどうやら『遊びたい悪魔』が住み着いているみたいね」

「遊びたい悪魔？　私の中にそんな悪魔がいるの？」

「そうよ。いつもは私がマリエーヌの事を見ているから、その悪魔は顔を出す事はないの。だけど今回は私の目が届かないところでついにその悪魔が暴れ出しちゃったみたいね。それでマリエーヌの遊びたい気持ちが我慢できなくなっちゃったの」

聞けば聞くほど、自分の中の悪魔が恐ろしくなり、涙を浮かべてお母様に縋りついた。

「そんな……じゃあ、どうやったら私の中の悪魔を追い出せるの⁉　また暴れ出しちゃったらどうすればいいの⁉」

「残念だけど、悪魔を追い出す事はできないの。悪魔に負けない強い気持ちを持って、どうにか抑え込むしかないのよ」

「悪魔に負けない強い気持ち……？　ねえ、お母様の心の中にも悪魔がいるの？」

「もちろんよ！　私の悪魔は一杯いるわよぉ？　『遊びたい悪魔』『さぼりたい悪魔』『眠りたい悪魔』『美味しい物食べたい悪魔』……ああ、数えたらキリがないわ」

「そんなにいるの⁉　じゃあお母様はどうやってその悪魔たちを抑え込んでいるの⁉」

私の知る限り、お母様は常に完璧な人だった。

仕事もできて、お祖母様のお世話も手を抜かず、家事も滞りなくこなしていた。そんなお母様の中に沢山の悪魔が住んでいると聞いて、とても信じられなかった。

真剣な眼差しで答えを待つ私を、お母様は愛おしそうな笑みを浮かべて見つめ返した。

「それはね……マリエーヌ、あなたが一緒にいてくれるからよ。娘の前ではお手本となる人間でないといけないっていう気持ちが、私の中の悪魔を抑え込んでくれているの。マリエーヌが傍にいてくれなかったら、きっと私の中の悪魔も暴れ出しているわ」

お母様の言葉を聞いて、私の存在が役に立っていたと知れて嬉しかった。

だけど、私の不安は消えなかった。

「どうしよう……。お母様がいない時に、また私の『遊びたい悪魔』が暴れだしちゃったら……」

不安げに話す私の両肩に、お母様が優しく手を乗せて膝をつき、優しい口調で語り掛けてきた。

「マリエーヌ。お祖母様は話はできないけれど、ちゃんと耳は聞こえているの。目だって見えているわ。だからきっとお祖母様は、貴方が家から出て行ってしまった時、とても不安だったはずよ。『マリエーヌ、置いて行かないで』って、悲しんでいたと思うわ」

「そうなの？　お祖母様、悲しかったの？　うっ……ううっ……ぐすっ……私、そんなつもりじゃ……」

「大丈夫よ。お祖母様もきっとあなたの気持ちを分かってくれているわ。いつもあんなに一生懸命お祖母様を見てくれているんだもの。だけどマリエーヌ。何か忘れている事があるでしょ？」

「……うん。私、お祖母様に謝ってくる」

お母様にそう告げ、ベッドで寝ているお祖母様に涙ながらに「お祖母様、ごめんなさい」と謝ると、お祖母様は優しい眼差しで私をじっと見つめていた。

それ以来、私はお祖母様と二人でいる時は、片時も傍から離れなかった。


あの時、お母様が話してくれた悪魔の意味が、今ならよく分かる。

今の公爵邸の中は、沢山の悪魔が住みついている。使用人が飼いならしていた悪魔たちが。

私の前ではたびたび顔を覗かせてはいたけれど、公爵様の体が動かなくなってからは、あちこちで好き勝手に暴れている。

私が公爵様のお世話をする前、一度だけ、公爵様の様子を見に行った事がある。

虚ろな瞳で汚れた服のまま、広い部屋の中で一人取り残されている公爵様を。

その姿を、私は自分の姿に重ねて見ていた。

立派なお屋敷に住んでいても使用人からは冷遇され、話す相手もいなく、外にも出られない自分と一緒だと――。

だから、私は公爵様のお世話を任された時、自分がしてほしい事をしてあげようと思った。

沢山話しかけてほしい。

誰かと一緒に食事がしたい。

あの綺麗な中庭を誰かと散歩したい。

――愛を持って、接してほしい。

全て私がしてほしいと思った事をしているだけで、何の見返りも求めてはいない。

だけど時々、不安になる。

私がしている事は本当に正しいのか。

公爵様の気持ちを分かった気になっているだけなのではないか。

全部自分の独りよがりなのではないかと。どうにもならない孤独が私に襲い掛かる。

そんな時、「もうやめてもいいんじゃないの?」と、心の中の悪魔が囁き出す。

それでも――公爵様はきっと私を待っている。

私と目を合わせてくれるし、私の声も届いている。

公爵様の心は、ちゃんとそこにある。

公爵様が私を見てくれている限り、私の中の悪魔はこれからも姿を現す事はない。

◇◇◇

公爵様の部屋の前まで来た私は、扉を控えめにノックした後、静かに部屋の中へ入った。

顔を覗くと、公爵様はゆっくりと目を開き、まるで待っていたかのように、ジッと私を見つめる。

あの氷のように冷たかった瞳が、今は優しく温かい。

勝手な思い込みかもしれないけれど、私と公爵様の心の距離は、以前と比べてずっと近くなったと思う。最初は少し緊張したけれど、今は公爵様と一緒にいると安心する。

公爵様もそう思ってくれていると嬉しい。

それに公爵様が嫌いな人参を食べてくれたのも、きっと落ち込む私を励まそうとしてくれたのだと思う。あの時、私が喜ぶ姿を見た公爵様が、少しだけ笑ってくれたようにも見えた。

もしかしたら、私の願望が見せた幻なのかもしれないけれど。

だけどあの瞬間は、私たちは確かに心が通じ合い、笑い合っていたのだと、私は信じている――。

エピローグ

カラカラカラカラ……。

気付くと私は、見覚えがある草花の咲く道を、車椅子を押しながら歩いていた。

——あれ？　私、何をしていたのかしら？　また夢でも見ているの？

車椅子には誰かが座っているけれど、つばの長い帽子を被っているため、誰なのかは分からない。
だけど私は歩みを止める事無く、足の赴くままにゆっくりと進んでいく。

カラカラカラカラ……。

どこまでも続く晴天の下、静寂に包まれたこの場所に車輪が回る音だけが奏でられる。
体を撫でるそよ風が心地良く、それに合わせて草木がザァッと揺れる。

カラカラカラカラ……。

そういえば、昔はよくこうやってお祖母様が座る車椅子を押していた。

――じゃあ、この人はお祖母様？　きっと昔の夢を見ているんだわ。

その時、ザアアッ！　と突風が吹き、お祖母様の帽子がふわりと飛んだ。

幸いにも、近くの木の枝に引っかかったので、私は車椅子を止めて帽子を取りに行った。手を伸ばして帽子をなんとか掴み取り、ついている汚れを手で払い形を整える。それを持って車椅子の所へ戻り、お祖母様に帽子を被せてあげようとして――違和感に気付いた。

俯き気味に座るその人物の顔はよく見えない。だけど、風を受けてサラサラとなびく髪の色は綺麗な白銀色をしている。

――あれ？　お祖母様の髪の毛って、もっと茶色かったわよね？

再び風がザワザワと吹き荒れ始め、車椅子が揺れたので私は慌てて車体を押さえた。

車椅子に座る人物は動じる様子も無く、ピクリとも動かない。

風になびく服の袖から覗く手は、痩せこけているけれど、骨ばった男性のような手をしていた。

――やっぱりお祖母様じゃない？

でも……だとしたら……。

この人は一体、誰なのかしら？

特別書き下ろし ◆ 私の女神 ～リディア～

昼休憩を終えた私は、いつものようにマリエーヌ様のお部屋へとやって来た。

部屋の窓を開け放つと、暖かく気持ちの良い風が吹き込んでくる。天気良好。良い掃除日和だ。

手にしているはたきをパタパタと軽快に動かし、棚や窓枠の埃を上から順に叩《はた》き落とす。それを一通り終えると、今度はほうきに持ち替え、床を隅から隅まで掃いていく。

その時、床に落ちている『それ』を発見した。手で摘んで拾い上げ、両手で包み込むと、窓から外へ手を出した。両手をソッと広げると『それ』は風に乗って遠くへ飛んで行った。

「おい。ゴミを外へ捨てるな」

「うわっ！　びっくりしたぁ！」

突然、背後から声を掛けられ思わず体が跳びはねた。

せっかく穏やかな気持ちで『それ』を見送っていたというのに……。

小さい溜息を一つ吐き、後ろを振り返る。そこには予想通り、ジェイク様がジトーッと、ねちっこい眼差しをこちらへ向けて佇んでいた。多分、公爵様を捜してここまでやって来たのだろう。だけど公爵様はマリエーヌ様と一緒に、中庭で散歩を楽しんでいる真っ最中。天気も良いし、しばらくは戻って来ないはず。

それはともかくとして、今の発言はちょっと聞き流せない。

「いえ、私はゴミなんて捨てていません」

「いや、今、床のゴミを拾って外へ捨てていたじゃないか。嘘をつくんじゃない」

「いいえ、嘘はついていません。っていうか、私が嘘をつけないのはご存じですよね？」

私の言葉に、ジェイク様はハッとすると訝しげに眉をひそめた。

「……確かに。じゃあ、今のは何を捨てていたんだ？」

だから、捨てたんじゃないんだってば。

「話すと少し長くなりますが、よろしいですか？」

「いや、全然よろしくはない……が、どうせ公爵様もまだしばらくは戻らないんだろうな……。仕方がないからその話とやらを聞こうか」

「分かりました。では……あれは五ヶ月前。私が初めてこの公爵邸を訪れた日の事です――」


――それは公爵様……そしてマリエーヌ様と、初めてお会いした時のお話。

◇◇◇

「いいか？　お前たちが今からこの部屋で目にする人物。その女性は――この屋敷に住まう神だ」

……………。

突拍子もなく飛び出した神発言に、シン……と、空気が沈黙する。

その神がいるらしい部屋の前。臨時で雇われた私を含める侍女五名は、横一列に並んだまま固唾を呑んで立ち尽くす。

まるで自分が神であるかのごとく、堂々とした態度で私たちを見下す男の口から、まさかそんな言葉が出てくるとは、誰が想像できただろう。

男の正体は、この公爵邸の主——アレクシア・ウィルフォード公爵様。

『冷血公爵』『死神公爵』などと、恐ろしい呼び名は数知れず。

誰からも恐れられている公爵様は、昨日突然、大勢の使用人を解雇したらしい。それも上流階級の貴族たちは一人残らず切られたとか。そもそも、そんな人たちが使用人として働いていた事自体が異例ではあったのだけど。

公爵邸で働く人間は、最低でも中流階級以上の貴族でなければならない、というのは有名な話。それほど身分に強いこだわりを持つ公爵様が、今すぐにでも雇える侍女を探しているとかで、なんと私たちのような労働階級の人間に声を掛けてきたのだ。

寮住まいをしていた私たちは早朝から叩き起こされ、事の経緯を説明された。そして急かされながら朝食を頬張り、荷造りも十分にさせてもらえないまま、馬車の中へと押し込まれた。

四時間ほど馬車に揺られて到着した公爵邸。あろうことか、公爵様自らが私たちを出迎えた。ガチガチに緊張する私たちに「付いてこい」と一言だけ告げて、このお部屋の前まで辿り着き——冒頭の神発言。

——神、とは……？

「あの……それは……もしかして、死神ですか？」

思わず口にしていた。

「は……？　何を言っているんだ貴様は……？」

地鳴りするような、怒りを孕んだ声。今にも私を殺しそうな剣幕で睨まれる。

——間違えた。死神はこの男だった。

だけど次の瞬間、公爵様の顔がほころび頬はうっすらと赤く染まった。

不気味な笑みを浮かべた公爵様のお口がゆっくりと開く。

「彼女は……僕の女神なんだ」

…………。

見ているこっちが恥ずかしくなるくらい恋する男子みたいな顔で、微塵の迷いもなく飛び出した女神発言。私たちはただ唇をギュッと絞りあげて、瞬きをひたすら繰り返した。

——誰だこの人。

以前、街で一度だけ公爵様を見かけた。人々には目もくれず、威圧的な瞳はゾッとするほど冷たくて。容姿の美しさには目を見張ったけど、面食いの私でもこの人の事は好きになれなかった。噂通りのめちゃくちゃ感じ悪い人。そういう印象だった。

だけど今の公爵様の瞳からは、温かみを感じられるし、前に見た姿とは全く別人のよう。

いろいろと訳が分からないけど、とりあえずはその女神様のおかげで私は命拾いしたらしい。

公爵様は再びキリッと瞳を鋭くさせる。

「誰よりも慈悲深く、健気で儚く美しく尊い存在……そんな女神の身の回りの事を、今から三日間お前たちに託す。その後の事はお前たちの働き次第になるだろう。たった数日だけでも神に仕えられる事を誇りに思え」

「……はい」

「神である彼女の部屋は、言わば聖域。入室する際には必ず身と心を清めるように。一切の穢れを持ち込まず、塵の一つも残さぬよう、誠心誠意仕事に励め。分かったな」

「……はい」

話の内容については深く考えず、ただただ返事を繰り返していく。

その時、公爵様が地面に落ちている何かを拾い上げた。内ポケットからハンカチを取り出すと、その上にソッと置いた。そこには……え、よく見えない。何あれ？　糸……？

「このように、彼女の髪の毛を拾った場合は丁重に保管し、僕の元へ持って来るように」

「は？」

耳を疑う発言に、その声は勝手に出てしまった。

「……なんだ？　何か問題でもあるのか？」

ギロリとこちらを睨む公爵様に、「いえなんでもありません」と言いたいのはやまやまなのだけど、残念ながら私は嘘がつけない……！　この体質で何度寿命を縮めてきたかは分からないが、とにかく今の発言に対する真意が気になって仕方ない。

「えっと……なぜ、髪の毛を公爵様の元へ持って行かないといけないのですか？」

「保管するためだ」

「え……なぜ、保管するのですか？」

「愛する者の全てを大事にしたいというのは当然の事だろう」

「うわ、気持ち悪……」

「……なんだと……？」

殺気だった声と共に、公爵様の表情に黒い影が落ちる。その体からは黒々とした悍ましいオーラみたいな物が……寒っ！　何これ⁉　なんかすっごい寒くなってきた！　何この人⁉

――ってそんな事よりも……今度こそ……私の人生終わったわ。

だけどやけくそになった私の口は止まらない。

「人の髪の毛を収集するなんて……公爵様はその方に呪いでもかけたいのですか？」

「……は……？　呪い……だと……？　それは……彼女が僕の事を好きになる……という呪いだろうか……だとしたら、それは少し興味が……いやいやいや、彼女の心を呪いで縛るなんて……そんな事などあってはならない！　そんな誘惑に僕が負けるなどありえない！」

「いえ、残念ながらそんな呪いではありません。確かにそれも十分気持ち悪いですけど。――とある国では、藁で作った人型の人形の中に、殺したいほど憎い相手の髪の毛を入れて釘を打ち込むという呪いの儀式があるのです。最悪、呪われた相手は死に至る事もあるという、大変恐ろしい呪いです」

「な……なんだと……？　そんな呪いが存在するのか⁉　それは駄目だ！　大至急、落ちている彼女の髪の毛を一本残らず回収しなければ！　誰にもそれを奪われないよう、公爵邸の宝庫の中に厳重に保管しよう!! なんとしても彼女の髪の毛を守るんだ!! ——マリエーヌ!」

その叫びと同時に、公爵様は部屋の扉をバァン! と勢いよく開け放った。

扉の先には、椅子に座った亜麻色の髪の女性が、目をぱちくりとさせてこちらを見ている。

「あ……公爵様……? いかがなされましたか?」

その女性——マリエーヌ様は、その場から立ち上がると、駆け寄って来た公爵様と向き合った。

「マリエーヌ! 君の髪の毛が大変だ!」

「……え?」

「君の抜け落ちた髪の毛が大変らしいんだ!」

「ええっと……そんなに大変なのでしょうか……? ごめんなさい。自分では気が付かなくて……」

「いや、違うんだ! 君は何も悪くない! ……大丈夫。僕が君の髪の毛を全て拾い集めて保管するから……心配する事は何もない」

——公爵様。

それではマリエーヌ様の抜け毛が酷い事を心配しているようにしか聞こえません。

保管した髪の毛を使ってカツラでも作るおつもりですか?

「あの、公爵様。どうか落ち着いてください。呪いの手段を使うなんて、相手に対してよほど強い恨みを持つ人間ぐらいです。マリエーヌ様が公爵様のおっしゃる通り、女神のような方なのだとしたら、誰かに恨みを買うはずがありません。呪いをかけられるかもしれないという心配は不要かと思われます」

「……確かに……！　その通りだな……。僕とした事が……つい取り乱してしまった。マリエーヌは皆から愛されるべき存在。感謝はされど、恨みを持たれるなどあるはずがない。君は神なのだから」

公爵様はうっとりとした眼差しをマリエーヌ様へ向け、その長い髪を慈しむように撫でた。

――髪なのか、神なのか……ややこしいな。

私は女神――マリエーヌ様へと視線を向けた。マリエーヌ様は公爵様の言葉の意味が分からず不思議そうに首を傾げている。

恐らく、このお方が公爵夫人で間違いないのだろう。

公爵夫人と言うからには、きっと高飛車で我儘な女性なのだろうと思っていた。だけど、目の前のその人は、思った以上に……うん、普通の人っぽい。貴族という感じも全くしない。

私がマリエーヌ様をジッと見つめていると、ふいに目が合った。マリエーヌ様は少しだけ戸惑いながら公爵様に声を掛ける。

「えっと……公爵様。こちらの方々は……？」

「ああ、すまない。彼女達の紹介がまだだったな。臨時ではあるが、新しい侍女を雇ったんだ。君の身の回りの事は全て、彼女たちに任せるといい。困ったことがあればなんでも言ってほしい。もし、君のお気に召す侍女がいれば、専属侍女に任命してもよいだろう。だが――もしも無礼を働く輩がいたら、遠慮なく僕に教えてほしい。それ相応の報いを受けさせてやるから」

一瞬だけこちらに視線を向けた公爵様の瞳は、マリエーヌ様へ向けていた温かい瞳とは全く違う、殺気立つ眼差しだった。あまりの迫力に背筋が凍り、戦慄する私たちの前にマリエーヌ様がゆっくりと歩み寄る。足を止め、ピンっと背筋を伸ばすと、私たちに向けて柔らかく微笑みかけた。

「初めまして。マリエーヌと申します。どうぞよろしくお願い致します」

そう告げて、深々と丁寧に頭を下げた。

まさか公爵夫人ともあろうお方が、労働階級である私たちよりも先に頭を下げるなんて――。

――って、このままボーッと突っ立っている訳にはいかない！

「は……はじめまして！　リディアと申します！　今日から誠心誠意、マリエーヌ様の身の回りのお世話に尽力して参りますので、何卒どうぞよろしくお願い致します！」

緊張のあまり声が裏返りながらも、体が折れ曲がるくらいの勢いで頭を下げる。

――あ……しまった。挨拶する時は、こんなに声を張り上げちゃいけないって何度も言われてたのに……。

なんせ今日は侍女として久しぶりのお仕事。数ヶ月のブランクもあり、つい素が出てしまった。

すると、頭上からクスクスと明るい笑い声が聞こえた。

頭を持ち上げると、マリエーヌ様が口元を押さえて笑っている。私と目が合うなり、慌てて笑いを引っ込めた。

「あ……ごめんなさい。とても元気が良くて可愛らしくてつい……。リディアさん、これからよろしくお願い致します」

もう一度、丁寧に頭を下げたマリエーヌ様は、優しい笑みを浮かべて私を見つめた。

その姿はまるで――本当に女神のように思えた。

――私は侍女として働き始めてから、まだ一年にも満たない。だけど、職場を転々としていた事もあり、沢山の貴族令嬢と出会った。

私が見てきたお嬢様たちはみな、裏表が激しい人たちだった。

友人同士のお茶会では仲良さげに笑顔を交わし、会話に花を咲かせながらも、その本心は隙あらば相手を蹴落としてやろうという野心が渦巻いていた。自分よりも階級が劣る貴族に対する陰湿な虐めも、それはもう酷いもので。他にも、溜め込んだ鬱憤を侍女に向けて当たり散らす令嬢も多かった。今回集められた侍女の中には、それに耐えきれず寮へ出戻った子だっている。

貴族社会は嘘まみれだ。

皆が自分をより良く見せようと、見栄だらけのドレスに身を包み、偽りの言葉を吐き散らし、偽物の笑顔を張り付ける。

嘘のつけない私は、人の嘘にも敏感だ。

そのせいで、初対面であらかた分かってしまう。目の前にいる人物の姿が偽りなのか、本物の姿なのか。だから新たな主人を前にするたび、激しい嫌悪感に苛まれた。

――気持ち悪い、と。

それでも、侍女になるために努力してきた事を無駄にはしたくなかった。本音を口にして解雇されたとしても、めげずに新しい職場で頑張ってきた。

だけどそれももう限界。ここ数ヶ月、私は雇われないままずっと寮の穀潰し状態。たとえ雇われたとしても、またあの気持ち悪い人たちのお世話をしなければいけない。そんな事のために、今まで一生懸命勉強してきたのだろうか……。そう思うと、全てが無駄な事に思えた。

もう田舎に帰ろうかと思っていた矢先、少しでも人手がいるからと、ここへ連れてこられた。

公爵夫人なんて絶対にろくな人間じゃない。どうせ私が行ってもいつものように機嫌を損ねるだけ。

そう思っていた。それなのに――。


――この人の下で仕えたい。


マリエーヌ様に対しては、今までの令嬢に感じていた嫌悪感は何もない。

むしろ、マリエーヌ様の纏う空気が温かくて、柔らかくて……居心地が良いとすら思える。

私には分かる。

このお方が今、私に向けている笑顔は本物であると。

マリエーヌ様は、本当に優しいお方なのだと。

――私は、マリエーヌ様にお仕えするために、今まで頑張ってきたんだ。

私が頑張ってきた事は、無駄じゃなかった……そう思うと、心が救われた気になった。

マリエーヌ様への挨拶を終えた私たちは、公爵様と共に部屋を出た。

まさに聖域により心が洗われたような……浮き立つ気持ちのまま、私は公爵様に話しかけていた。

「公爵様……本当に、マリエーヌ様は女神のようなお方なのですね」

「ほう……。お前、なかなか見る目があるじゃないか。その通り、彼女は僕の女神で――」

「一つ、ご提案させていただいてもよろしいでしょうか」

「……なんだ？」

公爵様の女神語りが始まる前に口を挟んだせいか、若干顔をしかめられた。

だけど気にしない。私はマリエーヌ様を守りたい。

公爵様の手元に保管されたままの、何に使われるか分からない髪の毛も解放させてあげたい。

「マリエーヌ様の髪の毛……自然に返してあげるのはいかがでしょうか」

「自然に……だと？」

「はい。神のようなマリエーヌ様の髪には、きっと不思議な力が秘められていると思います。言わば聖遺物《せいいぶつ》にも等しい物。それを窓の外から自然へ解き放つのです。そうすれば、風に乗って飛び立ち、この公爵領のありとあらゆる場所へと巡るでしょう。それは大きな祝福となり、大地を豊かに実らせ、人々の心に宿り、この世界を更なる栄光へと導く事でしょう」

「それは……素晴らしいな……！　なかなか良い事を言うではないか！　お前、名は何という？」

「リディアと申します」

「では、リディアの案を採用するとしよう。今後、マリエーヌの髪の毛を発見した場合は、窓の外から自然に解き放つように。分かったな」

「はい、かしこまりました」

そんな感じで私たちは公爵邸で働く事になった。

私はマリエーヌ様の専属侍女になるため、最大限努力する事を固く心に誓った。

たとえ蕁麻疹が出ようとも、ボロを出して不快な思いをさせないようにしなくちゃ！　と、強い決意を胸に抱いたのも束の間、それはものの数時間後に容易く破られた。

だけどマリエーヌ様は、変わらない女神対応をしてくれた。


そして三日後、私は晴れてマリエーヌ様の専属侍女として任命されるのだった。

◇◇◇

「――という事があったのですよ」

「いや、抜けた髪の毛はゴミだろう。なんだ聖遺物って」

間髪を容れずにジェイク様のツッコミが入った。

「いえ、マリエーヌ様の髪の毛は特別なモノです。神の髪は神同然」

「リディア……言ってる事がだんだんと公爵様に似てきているが大丈夫か？」

――は？　公爵様に似てる……？　それはさすがに不快なんですけど？

「余計なお世話です。そんな事よりもジェイク様は自分の白髪を気にした方が良いと思います。最近特に酷いですよ。もしかして抜け毛も気にされているんじゃないですか？　白い毛をよく拾うんですよね」

「なっ……！　人が気にしている事をお前は……！」

「おい、マリエーヌの部屋で何をしているんだ？」

突然聞こえてきた公爵様の声。ジェイク様の背後には公爵様と女神——マリエーヌ様が立っていた。どうやら中庭の散歩を終えて戻って来たらしい。

私はサササッと公爵様の元へ行くと、そっと耳打ちする。

「公爵様。ジェイク様が、マリエーヌ様の髪はゴミだとおっしゃいました」

「……は？」

「え……？　いえ！　そのような事は言ってません！」

「嘘を言うな。リディアが嘘を言うはずがないだろう」

「いや、私がゴミと言ったのは抜けた物のことでして……」

「たとえ抜けようが抜けまいが関係ない。神をゴミなどと言う、ゴミ以下の貴様も焼却処分してやろうか……？」

「あ……いえっ……で、できれば私の事も自然に解き放っていただければ——」

「ならば土に返してやろう。せいぜい、農作物の肥やしくらいにはなってみせろ」

「あの……公爵様？　せめて私を人として扱っていただけません……？」

そんなやり取りを眺めていると、マリエーヌ様がおずおずと私の元へとやってきた。

「ねえ、リディア？　何の話をしていたの？」

「……それは……この部屋の『かみ』のお話です」

「え……？　やだ……リディアまでそんな事を言うなんて……なんだか恥ずかしいわ……」

そう言ってマリエーヌ様は赤らめた頬を両手で隠した。その姿がまた可愛い。

髪なのか……神なのか……もうどちらでもいいや。

私にとっても、マリエーヌ様が女神である事には変わりないのだから――。

あとがき

初めまして。三月叶姫《みつきかなひめ》と申します。

この度は、『昨日まで名前も呼んでくれなかった公爵様が、急に溺愛してくるのですが？』をお手に取ってくださり、誠にありがとうございます。題名が長いので、『きのなま公爵』という略称で慣れ親しんで頂けますと幸いです。

今作は私にとって初めての書籍であり、本当に身に余る光栄を頂いてしまったと震えております。それもまさかＴＯブックス様にお声掛け頂けるなんて……と、運命的なものを感じました。

実は、私が小説を書き始めて初めて購入したライトノベルが、ＴＯブックス様で刊行された本でした。当時、すっかり電子書籍に染まっていた私が、届いた本を手にした時の衝撃は今も忘れません。可愛くて美しいイラストの表紙、素敵なタイトルロゴデザイン、目を惹く帯、艶々の質感……更にはページをめくればこれまた美しいカラーイラストが……!! 他人の私が見てこんなに感動しているのに、作者様は完成した本を手にした時、どれほどの感動を覚えたのだろう……と、その心境までも想像してしまい、本を手にしたまましばらく感激していました。

私が『書籍化』というものに魅力を感じ始めたのは、ここが原点だったように思います。

きのなま公爵は、私の読みたい物、書きたい物を存分に詰め込んだお話です。

ヒーロー回帰モノが大好きな私は、それを取り入れたネタを考え始めた時、突然『マリエーヌ！　どこにいるんだ!?』のフレーズが頭の中に響き渡り、「マリエーヌって誰!?」と、脳内でツッコミを入れるという不思議体験からこの物語がスタートしました。

一章は死に戻った公爵様がヒロインをこれでもかと溺愛する明るいお話、二章では転じて重々しい雰囲気となり、切なくも温かいお話となっています。そして最後まで読んだ後にもう一度、一章を読み返して頂けたら、散りばめられた公爵様の切実な想いをより共感して頂けるはず……そう願いながら、この物語を書き綴りました。

今作は本当に多くの方々に支えられ、助けられ、一冊の本として出来上がりました。

こんな無名の作者にお声を掛けてくださり、女神のような優しさで導いてくださった担当編集様。公爵様の溺愛っぷりが存分に伝わる超美麗な表紙と口絵、素晴らしすぎる挿絵を描いてくださったwhimhalooo様。美しいタイトルロゴ、デザインを手掛けてくださったデザイナー様。連載中に先読みして、的確な感想を述べて叱咤激励してくれた友人R。いつも励まし合い仲良くしてくれる作家仲間たち。他、この作品に関わって下さった全ての方々に、この場をお借りして多大な感謝を申し上げます。本当に、ありがとうございました。

そしてコミカライズの方も、既に連載が開始しております！　作画を風見まつり先生がご担当されており、原作の二人のイメージピッタリの素晴らしい漫画を描いて頂いております！コミカライズは私にとっても夢のまた夢だったので、それを叶えて頂き感激に震えるばかりです。

更に小説も……なんと二巻を出させて頂けるようです……！　この作品で本当に描きたかった事、伝えたいメッセージは全て二巻の中にあります。二人が本当の意味で結ばれるまで、多くの方に見届けて頂ける事を願っております。ここまでお付き合いくださり、ありがとうございました。

巻末おまけ ◆ コミカライズ第一話冒頭試し読み

漫画◆風見まつり
原作◆三月叶姫
キャラクター原案◆whimhalooo

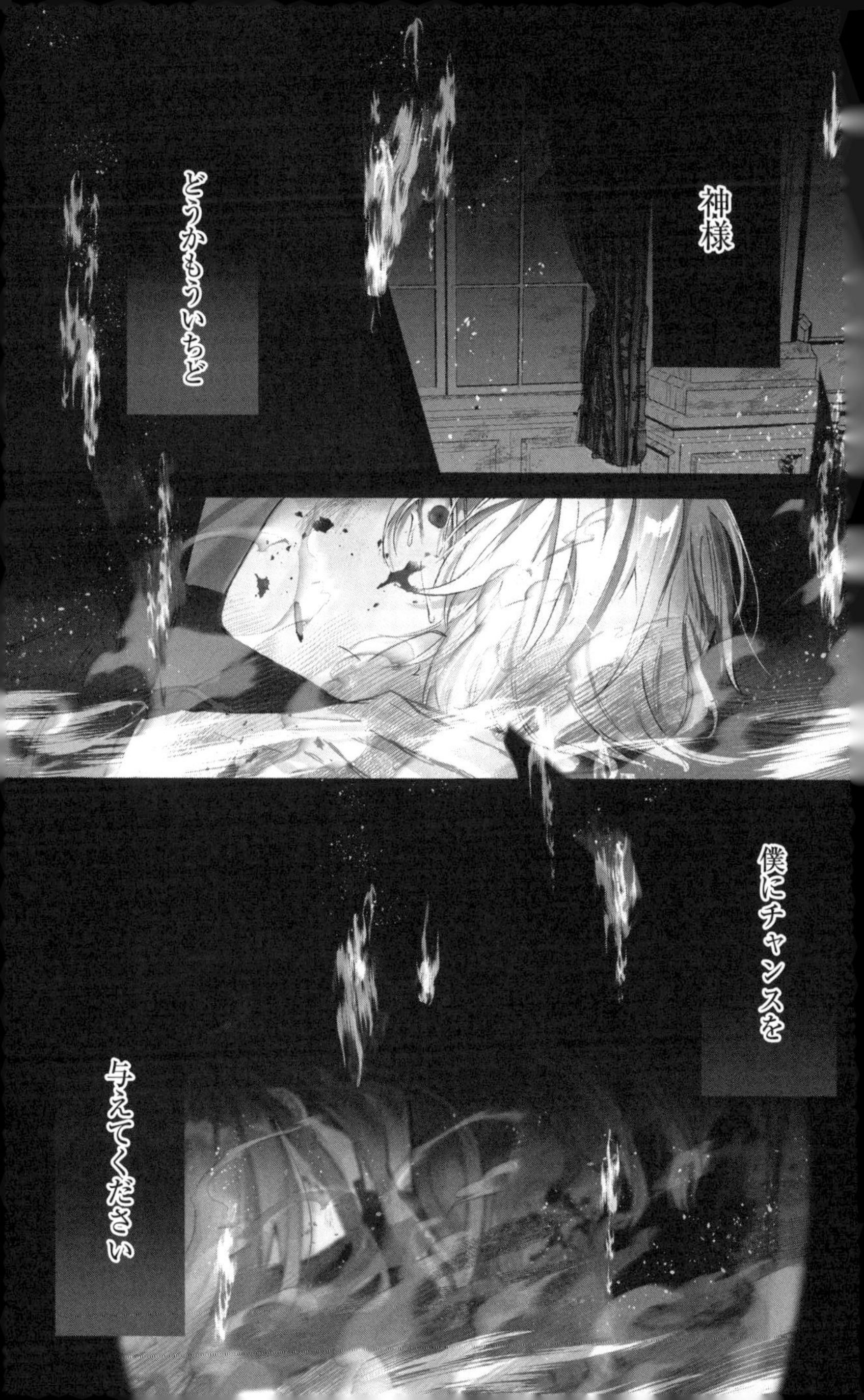
神様
どうかもういちど
僕にチャンスを
与えてください

彼女を幸せにするチャンスを――

絶賛連載中！
続きはシーモア先行配信で！

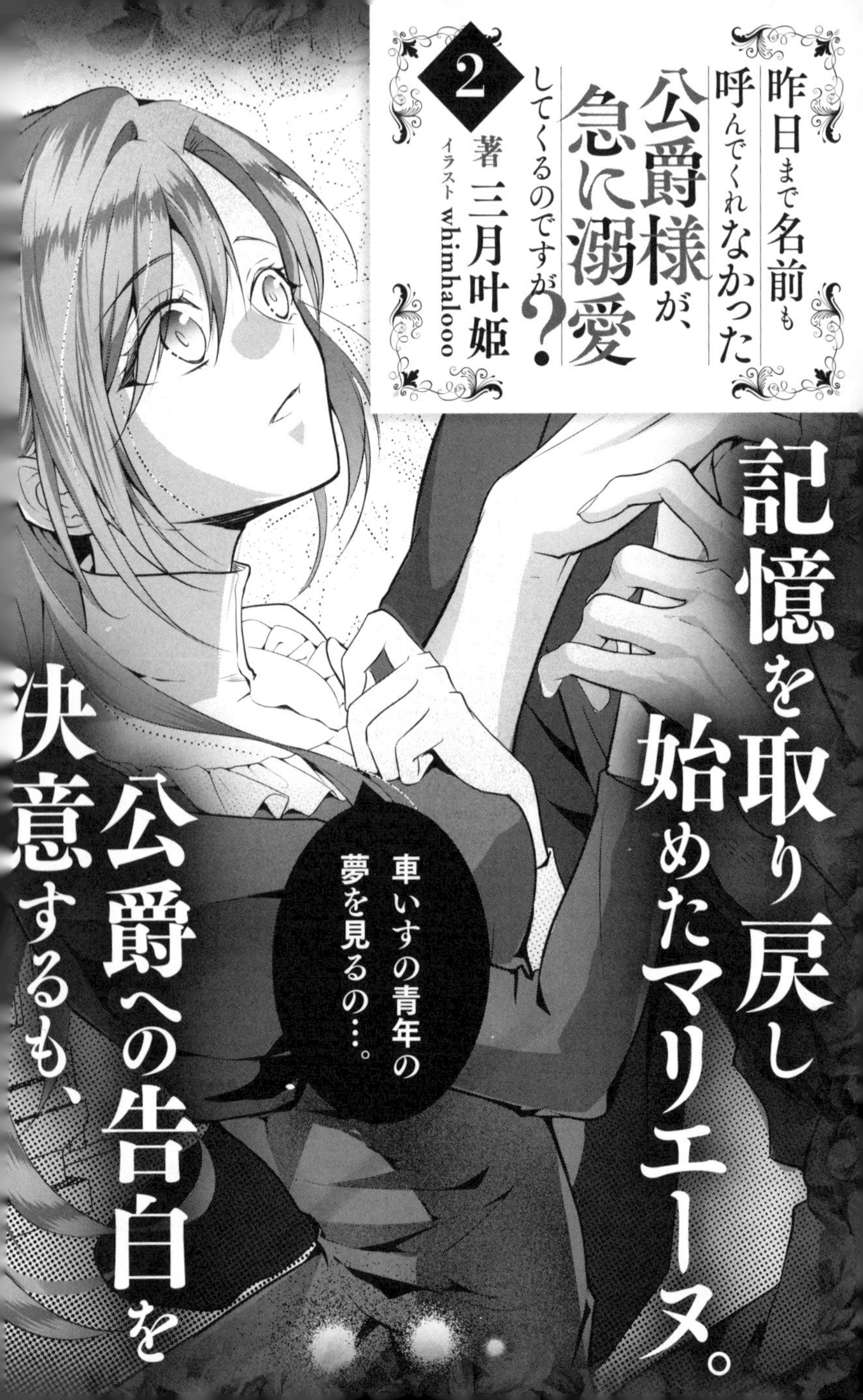
昨日まで名前も呼んでくれなかった
公爵様が、急に溺愛してくるのですが？
2
著 三月叶姫
イラスト whimhalooo
記憶を取り戻し始めたマリエーヌ。
公爵への告白を決意するも、
車いすの青年の夢を見るの…。

因縁《トラウマ》の相手が来訪して――!?
君を傷つける奴を生かしておけないな。
2024年春発売予定!!

昨日まで名前も呼んでくれなかった公爵様が、急に溺愛してくるのですが？

2023年11月1日　第1刷発行

著　者　三月叶姫

発行者　本田武市

発行所　TOブックス
〒150-0002
東京都渋谷区渋谷三丁目1番1号　PMO渋谷Ⅱ　11階
TEL 0120-933-772（営業フリーダイヤル）
FAX 050-3156-0508

印刷・製本　中央精版印刷株式会社

ISBN978-4-86699-981-4